U0628698

大鱼文化传媒　　大鱼文学

唯将终夜常开眼
报答平生未展眉

多出的
一秒用来
想你

miss you

则慕

——

著

河北出版传媒集团
花山文艺出版社

图书在版编目（CIP）数据

多出的一秒用来想你/ 则慕著. -- 石家庄:花山
文艺出版社，2016.12（2020.3重印）
ISBN 978-7-5511-0214-8
Ⅰ．①多… Ⅱ．①则… Ⅲ．①长篇小说－中国
－当代Ⅳ．①I247.5
中国版本图书馆CIP数据核字(2016)第287016号

书　　名：多出的一秒用来想你
著　　者：则　慕

策　　划：张采鑫
责任编辑：卢水淹
特约编辑：欧雅婷
美术编辑：许宝坤
责任校对：齐　欣
封面设计：Insect
内文设计：Insect
出版发行：花山文艺出版社（邮政编码：050061）
　　　　　（河北省石家庄市友谊北大街330号）
销售热线：0311-88643221/29/35/26
传　　真：0311-88643225
印　　刷：三河市华东印刷有限公司
经　　销：新华书店
开　　本：889×1194　1/32
印　　张：9
字　　数：242千字
版　　次：2017年2月第1版
　　　　　2020年3月第2次印刷
书　　号：ISBN 978-7-5511-0214-8
定　　价：45.00元

多出的
一秒用来
想你 *More than one second for*
miss
you

目录

miss you

多出的
一秒用来
想你 *More than one second for*

目录

miss you

第一章 *miss you*

晨光熹微，东方既白

　　高二理科A班新来了一个转校生的事在一中引起的波澜比想象中还大。

　　无非是因为转校生身材高大、面容英俊，不像是B市来的，更像是某本漫画里走出来的。

　　此刻他站在讲台上，脸上带着微笑，嘴角上扬的弧度仿佛是精心计算过一般，完美而柔和。台下是窃窃私语的陌生的同学们，身处的是第一次踏入的教室，可是他站在那儿，不见拘束，更没有慌张，只是伸出纤长白皙、指节分明的右手拿起一根白色粉笔，在黑板上写下自己的名字，一笔一画，遒劲有力，笔锋尽显——方季白。

　　是个武侠小说里才会出现的名字。

　　写下名字后，他转身看着台下："大家好，我叫方季白。我母亲说，我刚出生时她被推出产房，恰好看见晨光熹微，就想到了'东方既白'，于是给我取了这个名字。嗯……这个名字稍微有点儿女性化，希望大家不要笑我。"

他带着一丝赧然就这么一勾唇，便足够台下女生心跳如雷了，何况说话内容比他本人看起来要亲和许多，声音也很好听，当即就有人小声道"不会的"，惹得他又微微一笑。

　　方季白没有解释自己为什么会从B市来D市这种小城市，不过随便猜也可以猜到几个原因——无非是B市户口考试比较简单，如果提前来D市一中这种省重点里的尖子班上学，等高考回去B市考试一定会有优势很多，又或者是父母来D市工作……

　　班主任对方季白也分外和善，全然没有平时严厉的样子："这个自我介绍太简单了，不如跟大家说说你的爱好？"
　　方季白点点头："我喜欢看书和摄影，以后希望可以当一个摄影师。"
　　这个志向显得有点儿特别，毕竟班上很少有人在这个年纪正儿八经接触所谓摄影的东西，不过由方季白来说，却显得理所当然——他才刚来，没有校服，穿的是一件普普通通的白色衬衫和暗色长裤，脚下踩着一双黑色帆布鞋，手上戴着一个运动腕带……很普通的穿着，却让人感觉分外干净整洁，加上他举手投足都透露出良好的修养，以及居然能在高二转入理科A班，都足见他家世不错。
　　"行，那大家鼓掌欢迎新同学吧。"班主任笑了笑。
　　话音刚落，大家就积极地鼓起掌来，这次的掌声听起来比之前任何一次都要热烈一些。

　　等鼓掌完了，班主任扫了眼班上的座位，说："方季白你就坐……"她还在思考，方季白忽然指着靠墙角落的位置："那边不是有空位嘛，我就坐那里吧。"
　　班主任循着他所指的方向看去，微微一愣，露出了为难的表情。

班上其他同学也都心照不宣地朝那边看了一眼，然后不屑地摇了摇头。

　　接着，方季白看见了卫展眉。

　　她之前一直趴在桌子上，整个脑袋都埋在手臂里，从方季白进教室到全班鼓掌，始终没有抬过头。

　　直到他说要坐到她身边后，她前面的人便去推她的桌子，说"你终于要有同桌了啊"，她才慢慢地抬眼往讲台方向看了一眼。

　　卫展眉长得其实挺好看的。

　　她的父亲卫锋是八〇至九〇年代D市有名的帅小伙儿，母亲林恩则是小有名气的美女摄影师。

　　卫展眉继承了卫锋高挺的鼻子和薄唇，也继承了林恩的鹅蛋脸与大眼睛，就连眼角那颗泪痣的位置，都与母亲几乎一样。如果单单看脸，这张脸甚至称得上惊艳，尤其是那双眼睛——哪怕此刻她朦朦胧胧地抬头，这么不咸不淡地对方季白投去一瞥，也依然是眼波流转、眉目生情的样子。

　　眼角一颗淡淡的泪痣，不明显，但若被发现，就显得很特别。

　　可偏偏，这张脸上没有一丝表情，大而黑的眸子里，也没有任何多余的情绪。

　　一抬眼，她看见方季白带着微笑看着自己，也看见班主任的为难，和其他人投来的称不上善意的目光。

　　卫展眉最讨厌的事情就是被太多人注视，她对着方季白称不上友好地皱了皱眉，又把脑袋重新埋进了手臂里。

　　她依稀听见前排的女生冷笑道："又是这副德行……"

另一个说：“除了成绩一无是处的人，不知道在神气什么……”

卫展眉太习惯这样的议论了，她的脸对着课桌，并没有闭上眼睛，只面无表情地发着呆。

过了一会儿，议论声慢慢小了，然后她听见一道如山涧流水般好听的男声：“你好，以后我们就是同桌了，多多指教。”

卫展眉猛地坐起来，冷冷地看着自顾自坐在她身边的方季白。

方季白嘴角微笑不减，依然友好地看着她，手也伸了出来，等待与她握手。

而卫展眉只是一动不动地、冷漠地看着他的手。

一看就知道是养尊处优的手，手指纤长，指甲修剪得干干净净，边角整齐没有一点儿死皮。

教室里安静得可怕，没人说话，直到铃声响起，早读下课了。

卫展眉就这样在众人悄悄的注视下，直接站了起来，一把推开椅子，看也不看还伸着手的方季白，大步走出了教室。

方季白愣了愣，转头看着她离开，最后有些尴尬地笑了笑：“嗯……我是不是被讨厌了？”

坐在卫展眉正前方的女生蒋薇薇立刻道：“不是，她肯定不是针对你，她这人就这样……脾气超级差。”

蒋薇薇的同桌赵婷珺也点点头：“她对谁都这样，眼睛长在头顶上……不过，其实我觉得，你还是不要坐在这里比较好。”

虽然转校生坐在自己身后她很开心没错，但赵婷珺还是咬咬牙提醒他：“卫展眉不是什么好女生，她家里情况比较复杂，而且……你不觉得她有点儿臭吗？”

方季白有些惊讶：“唔，没有。”

"反正她挺脏的。"赵婷珺摇摇头，"这么热的天，她有时候都能两三天才洗一次澡，最夸张的一次她一个礼拜都没洗澡！"

　　蒋薇薇也做出捏鼻子的表情："我记得！真的超级——超级——恶心！"

　　方季白默不作声地看着面前两个女生议论卫展眉，他还没有说话，就有人走过来，伸手敲了敲桌子："喂，你们两个不要在背后说别人的坏话啊。"

　　蒋薇薇、赵婷珺抬头，发现来人是班长左芯薇，顿时就有点儿悻悻然。

　　左芯薇好笑地摇摇头，又看向方季白："你好，我是高二A班的班长左芯薇，你以后有什么问题可以找我，我一定会尽量帮忙。"

　　左芯薇不但是班长，还是班花，个子高挑、白瘦、五官精致，是标准的美女。一中虽然允许女生留长发，但不许女生披头发，她却不像其他女生一样绑高高的马尾，而是斜着将头发绑在一边，让它们自然地垂在脖颈一侧，显得十分温柔恬静。

　　"好。"方季白冲左芯薇笑了笑，"谢谢。"

　　"还没帮着你呢，说什么谢谢。"左芯薇勾了勾嘴角，"不过刚刚蒋薇薇和赵婷珺虽然说的话有点儿过分，可也都是真事。唔，卫展眉其实成绩很不错，只是其他的地方确实有些问题——何况，这里是最后一排，也不便于你看黑板。如果你想的话，我可以跟老师说一下，让我同桌跟你换个位置，我毕竟是班长，以后也好帮助你这个新同学。"

　　方季白说："我两只眼睛都是1.5，不碍事。"

　　大约没想到会被拒绝，左芯薇愣了愣。

　　方季白又说："其实我喜欢坐最后一排……因为上课开小差也不会有人发现。"

说这句话的时候，他的和善里难得地透露出一点儿狡黠来，甚至还眨了眨眼，看起来不像刚才那么风度翩翩又完美，只是反而多了一点儿属于这个年纪男生独有的青春的气息。

左芯薇看着一愣，最后笑起来："行，那你先坐这里吧，如果想换位置了再说。"

方季白点点头，这时候卫展眉回来了，她见左芯薇站在方季白旁边，微微顿了顿。

左芯薇见她回来，立刻道："卫展眉，你不要那么冷淡嘛，多照顾照顾新同学。"

方季白本觉得卫展眉不会理会左芯薇，可没想到卫展眉看了眼左芯薇，又看了眼他，最后说："哦。"虽然语调还是冷冰冰的，脸上也没什么表情，可介于她对其他人是那副样子，能回左芯薇的话，已经足见她和左芯薇关系还算不错了。

左芯薇听见卫展眉的回答，对着方季白微微一笑，这才转身走了。

卫展眉拿出下节课要上的英语课本低头开始预习，方季白却没拿书，只撑着脑袋看着卫展眉，明亮的眼睛带着一丝探究和好奇。卫展眉便是再冷漠，也能感受到那道目光，她很讨厌被人看着——不管是被很多人看，还是被一个人看，都会让她十分不自在。

可方季白就这样一直看着她，直到她眉实在忍不了了，她放下英语书，转头要质问方季白到底想干吗，结果这个时候上课铃响了。

方季白当即低头去找英语书，再抬起头来时，就见卫展眉皱着眉头看着自己。

他微微一愣，说："怎么了？"

卫展眉抿了抿唇，最后一言不发地转开了视线。

高二理科A班转来了个大帅哥的事情很快就在全校掀起了一阵波

澜，理科班本就女生就不多多，大家彼此间也还算熟悉，这种小八卦总是散播得很快，到了第三节课下课，已经有不少女生会状若无意地经过A班窗边，然后精准地朝着角落投来好奇的目光。

方季白似乎很习惯这样的事情，淡定自若地拿了本课外书在看，而向来低调的卫展眉却因此也连带受了目光的"关照"，她稍微有些烦躁，却什么也不能做，只好继续埋头装睡或专心看书。

方季白看出卫展眉的窘迫与不满，抱歉地小声说："你是不是不喜欢这样？不好意思，我也没办法。"

倒也不是他的错，他道什么歉？

卫展眉瞥了他一眼，到底是摇了摇头，没有说话。

放学后，方季白被班主任叫去小公室拿校服和其他东西，卫展眉收拾了书包便要离开，却被左芯薇叫住。

如果是其他人，卫展眉大约根本不会理会，可左芯薇不同。在卫展眉家里的事情在学校开始传得沸沸扬扬的时候，在大家都面带嫌恶避开她的时候，只有左芯薇会跟她说话——虽然并不是说什么掏心掏肺的心事，只是一两句散漫又普通的关心，可雪中送炭往往让人觉得温暖。

即便卫展眉并不需要被人温暖，可面对左芯薇的善意，她到底也还是有点儿感谢，所以整个一中学生里，她大约也只愿意听左芯薇说两句话。

左芯薇说："跟方季白坐一起，是不是压力挺大的呀？"

卫展眉摇摇头。

左芯薇有点儿惊讶："我记得你不是被很多人注意啊，当他同桌不是会挺辛苦的？你要是不喜欢这样，我可以去帮你跟老师说，换个位置，或者挪开一点儿……"

"无所谓。"卫展眉简略地说。

无所谓。

虽然他会带来好奇的视线，但与她关系不大，何况她很清楚，在学习氛围紧张的一中，这种好奇的期限是很短暂的。因为他而特意调换位置，对她来说才是真正的不方便。

听她这么说，左芯薇顿了顿，最后还是露出个笑脸："嗯，好吧……你想换了再跟我说。"

卫展眉点点头，想了想，还是补了句"谢谢"。

两人已经走到了学校门口，忽然发现门口有些学生没走，左芯薇好奇道："发生什么了……"

卫展眉没兴趣凑热闹，看也不看就打算走，左芯薇就忽然拉了拉她，说："你看。"

卫展眉这才往那边看了一眼，透过人群，她看见一辆黑色的轿车停在校门口，她认不得车子的牌子，但一眼看去也晓得这辆车大约不会便宜。

左芯薇应该是认得的，她看着那车，表情惊叹，最后又收回了惊讶的表情，镇定地说："第一次看到……肯定是来接方季白的。"

卫展眉点点头，没有回答，转身走了。

左芯薇看着卫展眉的背影，脸上的笑意很快消失了，她耸了耸肩，又朝着那辆车投去羡慕的一瞥。

卫展眉下课后并不会立刻回家，或者说，她也不晓得那个地方能不能称之为家。

应该是不能的，也许那里是顾墨的家，是顾安的家，是林舒和顾盛的家……但绝不是她的家，因为没有一个家，是让人一想到要回去就头疼不已的吧。

卫展眉跟以往一样，在回去路上的一个小公园停住脚步。时值傍晚，小公园里并什么人，她照例在角落的秋千上坐下，拿出英语书开始背单词，明天就要听写……

看着看着，她忽然听见另一边传来一阵喧闹声，伴随着尖叫求饶声、口哨声和大笑声。

又来了。

卫展眉皱了皱眉头，将书放回书包，站起来朝那边看了一眼——那边是一个小小的沙地，前方有个还算大的儿童滑滑梯。这个对小孩儿来说好玩的器材，却成了不良少年掩盖犯罪行为的最好遮掩物。

从缝隙间，依稀可以看见一群男生围着另一个男生，肆意地用脚踢他，对他吐口水，翻他书包，最后从里面抽出几张零钱，又十分不满地踹他。

那个男生抱着头，哭得撕心裂肺，跪地求饶。

卫展眉不喜欢管闲事，她也管不了，只是这样的声音会让她根本没法看书。她拎着书包转身便要离开，然而只走了两步，她就在那个滑梯的另一侧看见了顾墨。

顾墨身上还穿着一中的校服，嘴里却叼着一根烟，神色懒散。

顾墨是卫展眉没有血缘关系的表弟，只比卫展眉小三个月。

小时候顾墨性格还算乖巧，好歹愿意喊两声表姐，大一点儿后，便只喊她卫展眉，到现在，两人已经是见面也不会打招呼的关系了。

除了一件对顾墨来说应该算不上什么的事情之外，他们之间并没有什么特别的矛盾，也没发生过什么争吵，一切都顺其自然——卫展眉越来越阴沉，顾墨也一样，两人偶尔单独在家里碰上了，可以一整天不跟对方说一句话。

卫展眉想，或许是因为顾家整体环境有问题，所有人的性格都会越来越扭曲。

比如顾墨，初中的时候他明明是个乖学生，成绩虽然没卫展眉那么好，但到底也考上了一中，可是上高中之后，就认识了一堆校外的混混朋友。一中有个规矩，每个班最后十名都要往下降班级，顾墨就一路从B班降到了E班，现在大约已经不怎么去学校了。

反正没人会管他，林舒要打工挣钱，顾盛忙着赌博，他们不会注意到自己的儿子不知从什么时候起，身上多了一缕似有若无的烟味和一些伤口。

但卫展眉也发现得很晚，甚至，还是某一回，也是类似这样的场景下，她才忽然发现，顾墨不知道什么时候起，已经比她高了半个头。

之前他一直比她矮，然而少年的生长往往就像忽然拔高的大树，不知不觉间，顾墨已经变成了现在这个样子——个高腿长，身姿挺拔。顾墨的五官像他的妈妈而不是顾盛，而顾盛的前妻大约是个美人儿，所以顾墨也很好看，鼻梁高挺，下颌与下巴生得完美，线条柔和，加上嘴唇形状好看，如果只看下半张脸，会有点儿像漂亮的女生，然而他眉眼凌厉，一眼望去只让人胆战，一点儿也不女气。

此刻，顾墨斜倚着滑梯，食指与中指衔住烟，看见卫展眉，他连眉毛都没抬一下，仿佛不认识她一样。

卫展眉也一样，她目不斜视地从他身边经过，然而此时那个被揍的男生却忽然大声喊："卫展眉！"

卫展眉的动作微微一顿，那个男生像是找到唯一的救命稻草一般，对着她的方向疯狂喊："卫展眉，救救我！卫展眉！"

此时，卫展眉才发现，被揍的男生居然是同班同学王宇，数学课代表，两人不熟，准确地说，基本上他们一句话都没说过，以至于刚刚卫展眉那么一瞥，居然根本没认出他来。

可王宇大约是实在害怕，认出她后，竟然大喊她的名字，指望她去救他。

卫展眉皱了皱眉头。

那几个揍王宇的不良少年已经饶有兴致地说："哟，熟人啊？不会是女朋友吧？"

一阵大笑。

王宇只不管不顾地喊着"救救我"。

那几个男生放过王宇，朝卫展眉走过来，卫展眉握着书包的手紧了紧。

那几个男生走向卫展眉的时候，王宇就趁机拿着书包，跌跌撞撞地跑了。

一个小混混见了，也并不去追，啐了一口："真是个孬种。"

另一个却只看着卫展眉，言语轻浮："没事儿，反正明天还能堵他，何况这不是留了个漂亮的'女朋友'嘛！"

众人一阵大笑，顾墨却把香烟往地上一丢，用脚碾了碾，终于站直："不关她的事，让她走。"

大约没想到顾墨会忽然出头，那几个人一愣，他们看起来都比顾墨年纪大一些，然而顾墨一开口，那些人便立刻停住脚步，只有一个人说："哟？顾墨，你马子啊？"

只需要一句"我表姐"就能解决的问题，顾墨却没理会，只是用充满不耐的声音对卫展眉说："还不走？"

卫展眉瞥了他一眼，匆匆离开。

回到家中，林舒不在，顾盛也不在，这让卫展眉松了口气，她迅速地在浴室洗了个澡，将衣服洗了，便回了自己的房间开始写作业。

卫展眉的成绩一直很好，从初中开始就是稳定的全校前十，所以她虽然人缘很差，性格也不好，但老师们依然不会为难她。

卫展眉并不觉得自己有学习的天赋，只是她可以肯定，她比大部分人努力。

无数的试卷，无数的习题，一有空就背英语和语文还有公式……

那些为人称羡的成绩，她付出了多少汗水，只有她自己知道。

写完作业已经是十点，外面响起开门声。

卫展眉心里一紧，就听见顾盛在大声地嚷嚷："你给我滚，你给我滚！"

而后是什么东西被砸碎的声音，接着是林舒的惊叫："你砸花瓶做什么？这个花瓶是安安买的，很贵的！"

"贵个屁！"顾盛显然又喝醉了，口吃有些不清，"你们母女……都、都是废物，晦气！你一去，老子就输、输光了！以后别他妈去'和慧轩'了！"

林舒怒道："你自己喝醉了去打牌，怎么可能赢？我不去接你，难道又让你像上次一样被人家保安丢在街上？我……啊！"

她的话没有说完就发出一声尖叫，之后是她被推倒在地被拳打脚踢的声音。

顾盛喝醉了会打人，打牌输了也会打人，现在又喝醉又输钱，林舒被打几乎是逃不掉的事实。

卫展眉站在门口，紧紧地咬着下唇，双手不自觉地攥紧，浑身微微发着抖。

这时候林舒一边尖叫一边喊道："卫展眉，啊！你给我出来——我看见你房间有灯了！"

卫展眉闭了闭眼，推开门，眼前的景象已经不能让她意外了。

林舒躺在地上，使劲往角落躲，顾盛因为喝醉了，走路有点儿歪歪扭扭的，但准头十足，每一脚都往林舒肚子上踹，嘴里还在骂骂咧咧的："晦气，扫把星！"

林舒只有一米六左右，人也瘦，因为生活操劳，虽然只有三十多岁，看起来却像四十了一样，缩在地上，分外可怜。而顾盛，他身材还算高大，不然顾墨也长不到那么高。顾盛长得也还可以，在普通中年男人里算看得过去的，只是有个不知何时顶起来的啤酒肚，此时他满面通红，醉醺醺的，眼神迷蒙，看起来莫名有些猥琐。

听见卫展眉开房门的声音，他扭过头。

看见卫展眉面无表情地站在那儿，背后是来自她房间内那盏小小台灯的白光，顾盛顿了一会儿，忽然笑了："哟，展眉回来了啊？"

卫展眉说："阿姨，叔叔。"

林舒忙着爬起来，顾盛神志不清，两人都不会在乎她语气冷淡。

林舒的手上和脸上都有点儿血痕，嘴角也青了一块，她看着卫展眉，似乎并不因自己被打而有任何多余的情绪，只是说："卫展眉，把你叔扶进房间去！"她不敢再去扶顾盛了，不然就算卫展眉在这儿，她只怕还是要被打。

卫展眉没有动。

林舒眉毛一竖，说："听不懂人话啊？！"

顾盛说："你吵什么吵！"

林舒忍气吞声地去墙角拿了扫把，开始扫地上的碎片，一面又对卫展眉说："扶一下你叔！你吃我们用我们这么多年，现在连吩咐你一点儿事都不行了？"

卫展眉垂眸，这才迈开步子，伸手去扶顾盛。

手指碰到顾盛手臂的那个瞬间，顾盛身上的酒气扑面而来，她一阵反胃，顾盛却顺势倚在了她肩上，手也自然而然地搂住她的腰："还是展眉懂事啊！成绩又好，人又听话！你看你教出来的顾安和顾墨……顾墨呢？顾墨又没回来？"

林舒说："卫展眉不也是我教出来的？！"

顾盛不屑地哼了一声。

卫展眉注意到林舒的眼圈红了，不知道是因为气还是怨，她也不想知道，她只想快点儿把顾盛送到他和林舒的房间去。

整个顾家都不大，八十平方米的地方，硬生生地被分出了几个房间，一个客厅、一个厨房、一个卫生间、三个卧室。卫展眉的卧室最小，只能摆得下一张单人床、一个小书桌和一个小衣柜，主卧要大一些，但也宽敞不到哪里去，中间放着一张被套已经老旧得不行的双人床。

整个主卧里弥漫着一股酒味和药水味，让人有些作呕，卫展眉垂着眸扶着顾盛进了主卧，一进去，顾盛原本搂着她的腰的手，就收紧了一些，整个人也往她身上更加紧贴地靠拢。

卫展眉强忍恶心，把顾盛往床上一推。

顾盛没留神，人又有些恍惚，便被她一下推到了床上。

顾盛一皱眉就要骂人，卫展眉已经转身要走，他立刻伸手拉住卫展眉的手。

卫展眉想要抽回去，他却用他那双厚实充满老茧的手在卫展眉手上蹭了几下："展眉，你的手真是读书人的手啊，挺嫩的啊……"

卫展眉狠狠一甩手，理都没理顾盛，大步走出了房间，也没管客厅里刚扫完地正抬头想和她说话的林舒，直接走回了自己房间，

"砰"的一声关上了门。

林舒在她门外猛地拍门："卫展眉，你使什么性子啊？啊？老娘是欠你们的吗？所有人都靠老娘吃饭，都给老娘甩脸子！我是欠你们的吗？我欠你们的吗？你们怎么不去死啊！"

卫展眉不说话，也不开门，任由林舒一直反复拍着她的门。

她早就习惯了。

林舒被打之后，从不敢去找顾盛发脾气，顾安住校，顾墨不在家，她总会拿卫展眉发泄自己的怒气。

有时候卫展眉觉得林舒应该已经有点儿精神衰竭或者干脆就是神经病了。

就比如现在，林舒在反复地拍门，反复地说同样的话，翻来覆去都是"老娘欠你们的吗"和"你们怎么不去死啊"。

直到顾盛大吼一声，林舒才消停下来，又坐在客厅里抽泣，房间的隔音效果太差了，卫展眉可以听见她在哭，听见她抽纸擦脸……

卫展眉没有理会，只按了几下书桌上的消毒液，反复在自己的手上来回摩擦，这里刚刚碰过顾盛……等摩擦得手都疼了，她才坐回凳子上，有些无力地将头抵在书桌上，闭上了眼睛。

第二章 *miss you*

他不是好人

　　卫展眉打着瞌睡走出房门，沙发上空空如也，顾墨昨天又没回家。

　　顾家三个卧室，除了林舒和顾盛睡主卧之外，只有两个房间却有三个小孩儿。小时候顾安和卫展眉睡在一起，上初中后顾安就不肯了，非要卫展眉去睡沙发，说想要有自己的空间。

　　最后，顾墨把自己的小房间让了出来，把自己的柜子也搬到原本就有些拥挤的客厅里，睡沙发，在餐桌上写作业。

　　高中后顾安开始住校，但她周六周日有时候会回来，所以她的房间依然得为她保留好，别人不能随便进入。顾安向来任性，顾墨和卫展眉也从不和她争。

　　卫展眉昨夜没睡好，她翻来覆去的，总觉不安宁，林舒明明已经去睡了，毕竟第二天还要上早班，可林舒的哭声却似乎消散不去，始终萦绕在她脑中。

　　卫展眉顶着两个黑眼圈走进学校，让原本就阴沉的她看起来更加可怕。

方季白已经到了，他为卫展眉让开座位，看着她坐进去，微笑地说："早上好。"

卫展眉没理他，脑袋昏昏沉沉的，困得要命，一坐到位置上，她就趴了下来没有起身。

方季白小声说："刚刚赵婷珺说今天是孙老师的英语早读，孙老师很严格，你这样睡觉会被骂吧？"

虽然他是好意提醒，可卫展眉只是烦躁地看了他一眼。

方季白无奈地笑笑，只好低头看起了自己的英文书。

等正式开始早读，方季白惊讶地发现孙老师虽然看见卫展眉躺在桌上一动不动，但并没有出言叫醒她，相反，其他学生哪怕只是稍微走个神都要被书敲脑袋。

下了早读，卫展眉站起来走了。

赵婷珺回头，笑着对方季白说："你不用提醒她啦，她成绩好，性格又古怪，老师都睁一只眼闭一只眼的。"

方季白若有所思地点点头。

等上课前，卫展眉才回了自己的位置上，方季白注意到她手上攥着一个什么东西，但没等他看清楚，她就一股脑儿塞进了抽屉里。

方季白又主动跟她说话："你叫卫展眉？你的名字跟我的名字一样，都挺古风的。"

卫展眉看了他一眼，没有说话。

方季白又饶有兴趣地说："不过，为什么会取这样的名字呢？卫展眉，未展眉……听起来很严肃的样子，难怪你也总是一脸严肃。"

卫展眉一脸严肃地看了他一眼，终于开口："关你什么事。"

方季白大约没想到卫展眉会这么不留情面，微微一愣。他还没有说话，前边一直偷偷在听他们说话的赵婷珺就忍不住转头："喂，人家方季白早上好心提醒你你不理，现在跟你说话你又这样，活该一辈子没朋友啊！"

卫展眉冷冰冰地看着赵婷珺，最后说："又关你什么事？"

"你！"赵婷珺被她气得脸都红了。

方季白连忙说："啊，老师来了，别吵了。"

赵婷珺转身，果然发现语文老师走了进来，她只好瞪了一眼卫展眉，又端端正正地朝前坐好了。

把赵婷珺气成那样，卫展眉自己却是完全无动于衷，拿出语文课本和笔面无表情地开始听课。

方季白想了想，还是低声道："抱歉。"

卫展眉莫名其妙地看了他一眼——他道什么歉？

但她确实不喜欢方季白，皱了皱眉，并没有说话。

第二节课是班主任的课，她一来就通知大家，下周是9月的最后一周，而10月中下旬就要月考，所以周一和周二班上要提前考一次，范围是高一学过的所有知识和高二开学以来学过的所有。

这个消息一来，虽然大家早就习惯，但还是哀号遍野。

方季白听说要考试也不由得皱起眉头，等下了课，他侧头看向卫展眉："请问……D市的课本和B市的课本一样吗？"

其实问这个问题，他也没指望卫展眉会回答，卫展眉或许根本也不知道。然而，卫展眉却低着头一面写题目一面说："不一样。"

"你知道？"方季白有些惊讶，"哪里不一样？"

"数学。"卫展眉冷淡地说，"B市的高一课本比较简单。"

方季白说："你……研究过？为什么？"

卫展眉没理他。

方季白发现了，问一些客观问题，卫展眉是会回答的，她并不是完全不愿理人，只是任何涉及她自己的问题，她都不会回答。

于是，方季白只好说："数学啊……完了，我原本就数学成绩最差。"

见卫展眉对这句话没反应，方季白又说："下周一之前，你可以替我辅导一下吗？"

"不可以。"卫展眉眉毛都没抬一下。

方季白被拒绝，倒也一点儿不气馁，反而说："真的不行吗？不是白白帮我补习，你也可以提要求，比如要……"

他小心地看了一眼卫展眉的表情，说："钱也可以，或者你有什么喜欢的明星吗？我可以帮你拿签名照，或者你有什么其他想要的东西……"

卫展眉终于抬头看了他一眼。

可这一眼让方季白愣了愣——之前卫展眉也总是这样面无表情地看着他，然而这样的眼神还是第一次。

这冰冷的眼神里，多了一丝厌恶。

方季白立刻道："抱歉，我不是那个意思……"

卫展眉已经迅速地低下了头，最后忽然说："下课后辅导你？"

"对。"方季白有些惊喜，"去我家也行，找一家环境好的店也行，在学校里也行，怕时间晚了我会让人送你回家……"

"找王宇吧。"卫展眉打断他。

王宇，就是那个数学课代表，他的数学成绩几乎一直是全校第一第二来回波动，高一就参加过数学竞赛，还拿了个铜牌。

方季白不认得谁是王宇，问了赵婷珺，才晓得是第二排那个小个子男生，他想了想，还是点头对卫展眉说了声谢谢。

下课之后，方季白就直接去找了王宇。

卫展眉远远看见方季白才开口没说几句，王宇就连连点头，还带着一点儿伤的脸上露出了满满的喜悦。

卫展眉垂眸，继续做自己的题。

放学后，王宇兴冲冲地在其他人羡慕的目光下跟着方季白走了，然后上了他家的车。

王宇和方季白都坐在后座上，他看了一眼驾驶座上的中年人，说："方叔叔好！"

那个中年男子笑了笑，没说什么。方季白说："这不是我爸，是司机，你要喊的话，也应该是刘叔叔。"

王宇一愣，有些尴尬。他看了一眼方季白，发现此时的方季白虽然和白天在学校里一样，看起来温和，嘴角带着一点儿淡淡的笑意，可哪里又有一点儿不一样……他是个词汇匮乏的人，说不出具体是哪里不一样，只是本能地觉得有些害怕。

D市虽然是不富裕，但一中毕竟是最好的学校，放学后的时候人流量会很大，车并没有立刻发动，在等着前方人潮散去。

为了避免尴尬，王宇主动说："方季白，你为什么会找我来给你补课啊？我还以为你会找江浩呢。"

"江浩？"方季白显然有些意外，"他的数学也很好？"

大约没想到方季白不知道江浩成绩好，王宇愣了愣，最后说："嗯，很好……高一那个竞赛，我不是拿了铜牌嘛，他拿了个银牌……平常第一名也就我们两个争了。"

但他不肯在方季白面前落了下风，又补充道："不过，其实我是觉得我比他强，一次竞赛而已，能说明什么……哎！"他瞥了眼窗外，忽然下意识一缩。

方季白愣了愣，说："你放心，外面看不见里面。"

王宇这才坐直了，尴尬地说："不好意思……"

方季白往外看了一眼，见外面不远处站了一群凶神恶煞的小混混，为首那个眼睛乱瞟，显然在找人。

　　"在找你？"方季白看了一眼王宇，"你怎么会和那种人认识？"

　　"什么啊……"王宇叫苦不迭，"他们是附近的小混混，看我好欺负，就堵过我几次，抢我钱，我哪儿来那么多钱，唉！昨天我又被他们堵了，他们没搜出什么钱就揍我。你看，我嘴角这点儿伤就是昨天弄的……不过我昨天跑了，他们肯定不爽就又来找我了，唉，我开始都在发愁这件事，没想到就能跟你一起坐车了，真是谢谢哈！"

　　小混混……被揍的王宇……明明比王宇成绩要好的江浩……

　　方季白很快就懂了，他看了一眼王宇，说："你和卫展眉关系不错吧？"

　　王宇傻了："我和卫展眉？根本不熟啊！说起来……她昨天还害了我！"

　　方季白说："哦？"

　　"昨天，就是我被那群人揍的时候，我看到了她。我喊她，她就顿了一下，根本不过来帮我！好在那些人被她吸引了注意力，我才能趁机跑。后来你知道吗，我回头，还看到她和那些人说了几句话，那些人就放她走了，可见她肯定认识那群小混混！再说了，以前高一她被人欺负，好像也是小混混帮她摆平的！"王宇愤怒地拍着自己的大腿，"卫展眉这种人，真是可怕。看起来吧，是个不喜欢说话的好学生，可实际上天知道她是怎样的啊，又阴沉又和小混混有来往。再说了，她爸爸是那样的人，她这样也不奇怪，啧啧啧……"

　　"其实，我本来是让卫展眉替我补习。"方季白含笑打断了他的话，"卫展眉拒绝了，然后推荐了你。我想，她是猜到那些人会来找你，所以借此让我顺道保护你。"

　　"啊？"王宇十分惊讶，最后摆摆手，"怎么可能！她那种人，不害别人就不错了，还救人？我跟你说，你千万别把她想得太好了，你新来的不知道吧，她爸爸是……"

"我忽然想起来。"方季白又一次打断了他，"我父亲给我请了家教，我其实不用请同学帮忙。"

"什么？"王宇呆呆地看着他。

方季白笑着越过王宇，把他旁边的车门打开了，然后说："你可以走了。"

王宇不可置信地看着方季白。

方季白的脸上仍然带着笑意，就是这样的笑，让他看起来宽和又容易亲近，迅速和班上的人打成一片。然而此刻，这笑看起来，却像是撒旦的笑，让王宇毛骨悚然。

见王宇不动，方季白说："他们好像看到你了……我是你的话，现在就立刻下车逃跑。"

王宇猛地回头，果然看见那几个小混混已经看到了他，正大步走来。而如果司机不开车，他不下车，那就相当于瓮中捉鳖了。

王宇几乎连滚带爬逃地下了车，他依稀听见方季白说："记住，不管你今天还是以后遭受了什么，都是因为——卫展眉。"

王宇来不及细想，就已经撒丫子跑了起来，那几个小混混也加快速度，冲了过去。

在方季白合上车门前，有个混混在车门口站定不动。

方季白看了他一眼，有些意外地发现对方穿着一中校服，胸口上绣着"顾墨"二字。

顾墨高高大大，表情桀骜，此刻正皱着眉，看着方季白："你是他什么人？"

"同班同学。"方季白笑了笑，"不熟，所以让他下车。"

顾墨又皱了皱眉头，没有说什么，转身走了。

卫展眉走进教室的时候，第一下就看见了王宇，毕竟实在很显眼——他一看到卫展眉进教室就站了起来，然后恶狠狠地看着她。

他眼角又多了一道伤，整个人佝着背，显然，脸上的伤只是轻的，真正让他痛苦的伤在身上。

他咬牙切齿地说：“卫展眉，算你狠，你真够恶心的！”

卫展眉漠然地看了他一会儿，没说话，继续往前，走到了自己位置上。

她能感觉到王宇的目光一直追随着她，带着浓厚的怒意。

其他人也在窃窃私语，无非是讨论卫展眉又做了什么。

过了一会儿，方季白来了，他跟前两天一样，先跟卫展眉打了个招呼：“早上好。”

卫展眉看了他一眼。

方季白笑了：“你今天不趴着睡一觉？感觉你看起来还是没什么精神。”

卫展眉忽然说：“王宇。”

“啊？”方季白愣了愣，朝王宇那边看了一眼。他坐过来之后，王宇就没有敢一直瞪着这边，但眼神依然时不时地往这边飘来。

他了然地笑了笑，说：“怎么，他找你麻烦了？明明是我说不要他给我补课的……”

“为什么？”卫展眉问。

方季白说：“嗯……因为他说你坏话。”

卫展眉皱了皱眉头。

方季白叹了口气：“他明明是自己被小混混围堵，喊你名字祸引江东已经很过分了，我昨天跟他说了是你让我去找他而没推荐江浩，他居然还是一直诋毁你。”

卫展眉没有说话，低头翻了翻书。

方季白看着她侧脸没挪开视线，似是有些好奇她怎么没反应。

过了一会儿，卫展眉有些受不了他一直盯着自己看，这才开口："无所谓。"

"嗯？"方季白有些疑惑。

卫展眉没有解释，方季白仔细想了想就明白了，她是说，被人那样说无所谓。

他叹了口气："你觉得无所谓，我不能觉得无所谓啊。"

跟你有什么关系？

卫展眉古怪地看了一眼方季白。

方季白想了想，说："我不喜欢这种……嗯，怎么说，恩将仇报，还在别人背后说别人坏话的人。"

卫展眉动作顿了顿，依然只是说："无所谓。"

方季白侧头看着她，忍不住笑了笑："不过，没想到你居然是面冷心热的人，居然还会想着要去帮王宇。"

"没有。"卫展眉立刻否认。

方季白说："那为什么推荐王宇，不推荐江浩？"

"你可以去找江浩。"卫展眉冷淡地说。

方季白摇摇头："算了，先不找人给我辅导了。我还是比较喜欢你这种话不多的。"

自己话也不少，还嫌弃别人话多……卫展眉内心腹诽，脸上却依然没有表情，只专心看书。

当天最后一节课是体育课，卫展眉从不上体育课，只点个名就回教室看书，可等她回到教室的时候，发现自己摆在桌上的参考书不见了。

高一上学期的时候，这种事情经常发生，最严重的一次不只参考书，整个书包都消失了，好在她也没什么贵重物品可以丢，跟学校报备了一下，教导主任看在她当时期中考考了全校第八的分儿上，免费给她补了一套。只是笔记本什么的丢了太可惜了，她当时花了很多时间重新整理。

这一次也是，那本参考书是三个年级所有历史、地理重要知识点的整合，她自己在空白的地方记了很多东西，后面的习题也做了好几次，写了很多笔记，就这么没了……

而且，那本参考书很厚，价值也很高，所以定价高昂。

卫展眉站了一会儿，教室里空落落的，只有两三个来大姨妈的女生坐在一起聊天，看见她站在那儿，瞥了她一眼也没人理她。

她不打算去问她们是谁拿走了自己的参考书，问了她们也不会说，何况她心里有数。

卫展眉转身走出教室，趴在栏杆上往下看，就看见王宇正匆匆忙忙地朝着球场跑去。

她跟着下了楼，一路走到小操场。

篮球场上是他们班的男生和隔壁班的几个男生，方季白也在。

这群男生看见卫展眉走过来，都是一愣，方季白更是似乎以为她来找自己，打了个暂停的手势就要朝她走过来。

卫展眉看都没看他，直接走到一旁坐在长椅上旁观的王宇面前，说：“我参考书呢？”

王宇大概没料到她会直接来找自己，微微一愣，然后硬着头皮说：“什么啊？”

“《高中历史地理跟踪详解》。”卫展眉直接报了名字，“B大出版社。”

王宇依然说：“我听不懂你在说什么。”

卫展眉抿着嘴不说话了，只站在他身边盯着他。

这时候，方季白走过来了：“怎么了？”

卫展眉没理方季白。

王宇经过昨天那一遭，很怕方季白，却又不敢恨方季白，只敢把所有的愤怒都放到卫展眉身上，他故作镇定地道："卫展眉硬要说我拿了她的书——呵呵，太搞笑了吧，你以为人人都跟你一样穷酸啊？我为什么要拿你的参考书啊？"

方季白皱眉看着王宇。

王宇一阵心虚，总觉得方季白昨天那样为卫展眉出头，搞不好现在就要帮忙了，然而，方季白只是说："卫展眉，你怎么确定是王宇的？"

"就是！"王宇眼睛一亮，"你看到了？还是别人看到了？"

卫展眉没说话。

王宇不依不饶："不说话，那就是没人看见了，没人看见你凭什么污蔑我，啊？"

方季白说："卫展眉？"

卫展眉闭了闭眼，最后依然只是看着王宇："把我的书还我。"

王宇也火了，站起来伸手就想推卫展眉："说了我没拿，你有病啊？！"

方季白立刻拦住："好好说，别上手！"

王宇悻悻然收回手，方季白看了眼卫展眉："卫展眉，这也没什么证据证明他拿了你的书，你这样武断也不太好，也许是你自己弄掉了？要不然这样，你告诉我书名，我去帮你买一本。"

卫展眉本来打定主意要跟王宇耗下去，耗到他把自己的参考书还给自己为止，可方季白这样看似过来调解一通，她反而不知道说什么好了。

卫展眉抿着唇，冷冷地看了一眼方季白，直接转身走了。

"哎，这就走了啊？冤枉了人也不道个歉，毛病……"王宇看着卫展眉的背影，顿时就得意起来，然而侧头一看，又见方季白似笑非笑看着自己，仿佛已经看穿了一切。

王宇顿时就蔫儿了，说："呃，我……我真没拿她参考书，我拿她书干吗啊！"

方季白说："嗯。"

王宇有些紧张地说："昨天……你那样，我还以为你力挺卫展眉呢，你今天怎么……"

"我没有力挺任何人。"方季白说，"只是不喜欢你在背后说人坏话，所以一时生气就让你下车了，你没出什么大事吧？"

"没……"王宇叹了口气，"被堵了那么久，怎么也逃跑逃出经验了。"

方季白笑了笑，也没说要帮忙。

另外几个打篮球的男生也过来了，好奇地说："刚刚卫展眉来干吗啊？"

王宇大概说了一下，着重突出自己多委屈，卫展眉多神经质。

一个男生说："她高一下学期不是都安静挺久了么，怎么现在又这样啊？"

篮球队里有个个子挺高的叫郑高飞的男生说："卫展眉不一直这样嘛，莫名其妙的，阴着个脸，简直就是现代版李莫愁啊！"

这个说法让其他人都笑了起来，王宇也跟着大笑起来，笑了一会儿，他忽然想起方季白，连忙抬头看过去，却见方季白勾着嘴角在看那几个男生，虽然笑容敷衍，但似乎也并没有不快。

王宇实在有点儿搞不懂方季白到底在想什么，可说不上为什么就是更怕他了。

王宇挠了挠头，没敢多说什么，方季白却忽然说："说起来，卫展眉……到底做了什么，为什么大家对她都是这样的态度？"

卫展眉在外面磨蹭到晚上七点，实在饿得不行了才回了家，结果发现顾墨居然在家。

他没什么正形地靠在沙发上，两条大长腿架在茶几上，手里拿着遥控器在胡乱地转台。

见卫展眉回来了，他抬了抬眼，没有说什么。

卫展眉当然也不会跟他打招呼，回到房间把书包一放，就先去厨房下面，等锅里水沸了，她拿面条的时候迟疑了片刻。这时候，厨房外响起顾墨的声音："给我弄一碗。"

他不晓得什么时候来了，站在厨房口，依然懒散地靠着门。

卫展眉没应声，但下了两个半人的分量，顾墨这个年纪比较很能吃，饭量几乎是她的两倍。

卫展眉盖上锅盖，开始切葱蒜和一点点冰箱里剩下的空心菜，等都切好了，她想了想，抓了点儿紫菜和空心菜一起丢进锅里，拿了两个大碗出来。

冰箱里没有鸡蛋了，卫展眉也不会去买，所以只能吃全素面。

她做这一切的时候，顾墨没有说话，只站在门边。

卫展眉没有回头，不知道他有没有在看自己，也并不在意。

等面好了，她先把空心菜、紫菜都分别用漏网盛进两个碗里，然后把面捞起来，过了一遍冷水，又淋了一遍食用水，再又放进碗里，开始加香油、酱油、辣椒粉、切好的葱和蒜……

夏天，在没有空调的顾家吃煮面实在很折磨，所以卫展眉都是做冷面，不但方便，即便没有肉和鸡蛋，也不会觉得不好吃。

她端着自己那碗面走了出去，坐在餐桌上开始吃，没一会儿，顾墨也出来了，把面往桌子上一放，然后坐在她对面低头拌面。

卫展眉能感觉到顾墨有什么话想跟自己说。

可她不问，顾墨也不说。

顾墨吃东西的速度比卫展眉快很多，一碗面很快见底，他把碗一推，不走开只看着卫展眉。

卫展眉没理顾墨，只当感受不到他的视线，慢吞吞地吃完了自己的面，端着碗转身要进厨房，他这才忽然说："小心你们班那个新来的。"

卫展眉的动作顿了一下，她充满不解地回头看着顾墨。

顾墨怎么知道她班上新来了个转校生，还要她小心方季白？

顾墨说："他不是什么好人。"

卫展眉没点头也没摇头，面无表情地进了厨房洗碗，等进房间之前，坐在客厅的顾墨又说："你听到没有？"

他的语气有点儿不耐烦，更有点儿焦躁，卫展眉终于看了他一眼，说："你有什么资格评判任何人？"

顾墨一下就站了起来。

卫展眉冷淡地看着他，说："一个随时会被学校开除的混混，难道是好人？我，难道又是好人？"

"卫展眉！"顾墨显然在压抑自己的怒意，最后又坐回凳子上，"算了。"

算了就算了。

卫展眉直接走进房间，拿了换洗衣物去洗澡，等洗完澡出来，顾墨已经不在了。她运气不错，十点的时候只有林舒一个人回来，林舒每次回来通常都会很累，也不会大闹或者来折腾她。

卫展眉认真地把所有作业都做完了后，伸手去拿参考书，手又忽然一顿。

她想了一会儿，去衣柜最下面的小格里，把一个小纸盒拿出来，又把里面的钱都抖了出来。

都是些零零碎碎的小钱，五毛的、一元的、两元的……最大是十元的，只有一张。

这些钱拢共也没多少。

她小心地数了一遍，皱起眉头，又再数了一遍，最后把钱收回纸盒里，慢慢闭上眼睛。

第三章 *miss you* ╱ 朋友？

"把书还我。"

王宇一进教室就被卫展眉给拦住了，她脸上并没有什么表情，只是静静地看着他："把我的书还我。"

王宇被忽然冒出的卫展眉吓了一跳，听见这句话几乎要炸了，即便他比卫展眉还矮一点儿，但到底是个男生，力气要大一些，伸手便直接猛推了卫展眉一把，说："你是不是真的有神经病啊？！"

卫展眉只微微晃了晃，她盯着王宇，一字一句道："把书还我，或者，被我一直跟着。"

她的眼神和语气让王宇一愣，可班上已经陆续来了人，他不能露怯，于是，他咬咬牙，说："一直跟着我，你以为你是贞子啊！你就算是贞子，也找错了人了！我最后说一次，我没拿你的书！"

此时，左芯薇进来了，看见两人对持而立，一愣，道："发生什么事了？"

王宇一副见到救星的样子："班长，卫展眉有病，非说我拿了她的参考书，我真没拿！不信，你们可以搜我书包和抽屉啊！"

他这么说，卫展眉皱了皱眉头，自己确实疏忽了，今天他肯定把书带回家了，昨天她应该直接翻他的书包。

左芯薇困惑地说："参考书？不对啊，卫展眉，王宇拿你的参考书做什么……哎，这样吧，马上上早读了，你先回座位上，我帮你和王宇说说行吗？你总信我吧？"

卫展眉又皱了皱眉头，没有说什么，转身回了自己的位置。

她走了之后，左芯薇说："喂，你到底有没有拿她的书啊？"

王宇顿了顿，说："没！"

左芯薇说："可卫展眉也不是会随便冤枉别人的人啊……何况她这么气势汹汹来找你肯定是被逼急了……你想成为第二个赵俊？"

听见赵俊的名字，王宇的脸色立刻变了，他说："我……我真的没有！赵俊那是欺负她欺负得太狠了，我这也太无辜了吧，要我说，就是因为她有方季白给她撑腰！"

"方季白？"左芯薇愣了愣，"什么意思？"

"方季白对她可好了！"王宇不自觉地夸大方季白和卫展眉的关系，"前天听我说了几句卫展眉的坏话，就把我赶下车让我被小混混打了一顿……反正，挺偏帮卫展眉的。"

左芯薇将信将疑，最后说："要不然，你给她买一本算了……不过是一本参考书而已。"

"帮她买，那不就证明是我拿的吗！"王宇立刻摇摇头，"我不要！"

左芯薇还想劝他，就看到方季白了。

从左芯薇这个方向来看，只能看见方季白一坐到座位上就带着笑容跟卫展眉说话，而卫展眉完全不理方季白，方季白却并不在意，反而笑了笑，又说了什么，最后才拿出书本。

从头到尾，卫展眉看都没看一眼方季白。

左芯薇看着这一切，最后对王宇说："算了，你自己好好地想一想吧。"

王宇撇撇嘴，觉得这事儿没什么好想的，反正他不可能承认自己拿了卫展眉的书，也不可能赔她一本。

　　而那边，跟卫展眉说话没得到任何反应的方季白沉默了一个早读，见一下早读卫展眉就又去了王宇那边要王宇还书，无奈地走过去，却被左芯薇给拉住了。

　　左芯薇对他使了个眼色，让他跟自己离开教室。

　　"这事儿，你还是别插手了。"左芯薇说，"我刚刚也跟王宇谈过了，他不承认，可卫展眉就是认定了……这件事总归与你没关系，你就别蹚浑水了。"

　　方季白笑了笑："这怎么能叫蹚浑水？卫展眉这么在意那本参考书，总得帮她一下吧。"

　　"你还真热心。"左芯薇看着他，"还是，你只对卫展眉一个人这么热心？"

　　"啊？"方季白一脸迷茫不似作伪，"她是我同桌，帮她一下很奇怪吗？不过如果是别人的事情，能帮忙的我也会尽量帮忙……是不是有点儿多管闲事？"

　　左芯薇立刻摇头："怎么会，这种性格很好啊。其实我也是这样的人……"

　　说出这句话的时候，左芯薇有那么小小一瞬的心虚，但她很快就转了话题："说真的，卫展眉的事情你不要管了，她没你看起来那么可怜。"

　　"什么意思？"方季白皱了皱眉头。

　　左芯薇犹豫了一会儿，还是说："我不知道你听没听过赵俊……"

　　"哦，昨天他们说过一点儿。"方季白回忆起昨天那几个男生说的——

　　"其实我们班高一有个叫赵俊的很会打篮球，个头儿很高，人也胖壮胖壮的，当年高一大家为那事儿不是都要么避着她，要么小小地欺负一下嘛——也算不上欺负，都是玩。这个赵俊做得可能有点儿过火，后来是放寒假前一个月的时候吧，赵俊忽然被他爸妈接回家了，因为被人打伤了脑子，伤得还不轻，脑震荡，人都傻了，也没法念书了。有目击者说好像看到是混混，不过最后也没找到到底是谁……大家都觉得是卫展眉做的，可没人敢去问，她也没提过……老师来说赵俊退学的时候，她什么表情都没有，吓死人了。不过，也因为这件事，没人敢欺负她了，反正不理她就是了。"

昨天知道了这些，方季白也总算明白A班人对卫展眉那微妙的又嫌恶又害怕的心态了。

左芯薇点点头："既然你知道赵俊，那你也该知道卫展眉的性格吧。其实我觉得不坏，就是……就是有时候被逼急了可能会做一点儿出格的事情。所以我才让你别蹚浑水的……"

方季白说："我知道了。"

说是这么说，方季白还是转身回了教室，看着卫展眉站在王宇身边，跟个女鬼似的，王宇一副快要崩溃的样子。

等上课后，方季白才回到座位上的卫展眉说："你这样也没用，你别去找他了，我已经想到解决办法了，等下午行不行？"

卫展眉依然没理他。

方季白愣了愣，最后说："你生气了？"

他仔细思考了一下，说："是因为昨天在篮球场上我帮王宇说话了？我虽然不喜欢他这个人，但这种事情不能带主观判断不然很容易冤枉人，你如果真气我……"

"我没生气。"卫展眉一面低头开始画函数图，一面道，"我只是单纯不想跟你说话，你也别跟我说话。"

她的语气冷冰冰的，但确实没什么怒意，只是在普通地表达自己的想法一般。

方季白怔忪片刻："我发现，你虽然看起来很沉闷，但表达自己的想法还挺简单粗暴的……嗯，你没生气就好。"

卫展眉的笔尖一顿。

方季白带着笑好脾气地说："我还是会跟你说话，不过，你可以不理我。"

然后，卫展眉果然一上午都没理他。

卫展眉中午吃过饭趴着小睡了一会儿，醒来一看墙上的钟已经是两点二十八分了，夏季是两点半上课，而身边的位置还是空的。

最后方季白是踩着点和化学老师一起进来的，他看起来难得地有些狼狈，脸上流着汗，脸颊也红了，显是一路跑来的，手里还拿着个塑料袋。

他没有多说什么，将塑料袋放进抽屉里。

下课后，卫展眉想去找王宇的时候，他没有让开，而是从抽屉里拿出那个塑料袋，说："我特意问了王宇那本书叫什么名字……是这本对吗？B大出版社，《高中历史地理跟踪详解》。"

卫展眉一顿，低头看去，果然正是自己不见的那本参考书，只是封面崭新。

她抬头看向王宇。

果然，王宇显然晓得方季白要当和事佬替她买书，正鬼崇地朝这边投来视线。

她又看着方季白。方季白对她笑了笑："我中午出去买的……也不好打扰司机，对D市也不太熟，还好找到了。喏，这次别弄丢了，也别去找王宇了。"

卫展眉摇了摇头，意思是，不收。

方季白叹了口气："我也喜欢看这种参考书，你不要的话可只能丢了啊。"

事实上，方季白问了王宇书名后，王宇就立刻告诉了左芯薇，说："方季白估计要去帮卫展眉买书了。你看你看，他是不是对卫展眉好过头了？"

所以此刻不只是王宇，左芯薇也在关注方季白和卫展眉那边的动向，当然，还有坐在卫展眉前排的赵婷珺和蒋薇薇。

然后他们一起看到，卫展眉拿过那本书，看了一眼，然后扬手往后一丢。

他们坐在最后一排，背后没多远就是垃圾桶。垃圾桶很大，卫展眉准头也不错，那本厚重的书就这样直接在空中划出一个抛物线，然后稳稳地落入了垃圾桶里。

方季白的瞳孔有那么一瞬间的放大。

"卫展眉，你会不会太过分啊？"赵婷珺实在忍不了了，"人家好心帮你买参考书，你就这样丢了？"

卫展眉冷漠地看着她："他自己说我不要就丢的。"

"你摆什么谱儿啊？"赵婷珺目瞪口呆，"基本的家教有没有啊？"

卫展眉看着她，平静地说："没有父母，所以没有家教，这不是当初你们说的吗？"

大约没料到卫展眉会用这种杀敌一千自损八百的方法来回答自己，赵婷珺一下子就傻了，这话她虽然没当卫展眉面说过，但背地里确实没少说，现在听卫展眉这样说，顿时就有些不知所措。

方季白没有说话，安静地看着卫展眉。

卫展眉却收回了视线，拉开椅子，从中间走出去，又走到了王宇身边。

王宇彻底崩溃了："你是不是真的有病啊？方季白不是都帮你

买了吗？你疯了啊！"

卫展眉说："我说过，除非还我书，不然我会一直跟着你。"

"疯子，疯子……"王宇忽然提起书包，猛地一推卫展眉，直接撒腿就跑了，看样子也不打算上后面的三节课了。

卫展眉面无表情地看着王宇跑走，也没打算追，反正王宇不可能一辈子不来上学。

所有人都用一种看恐怖片时看到忽然出现的鬼一般的表情看着卫展眉，在王宇推开她跑走的那个瞬间，整个教室出现了一种诡异的安静。

始作俑者卫展眉却镇定自若地坐回自己的座位上，连左芯薇都没开口说话，蒋薇薇和赵婷珺则头都不敢回。

只有方季白。

开始在丢他书的时候，卫展眉能感觉到，方季白有一瞬间表情变得和以前不大一样，起码在那个当下他是真的不悦的，可现在他又已经恢复到之前好脾气的样子。

卫展眉坐回座位后，方季白叹了口气，说："你这是何必。"

第二天是双休日，与其他学生不一样，卫展眉最讨厌的就是双休日，她得一直待在家里。林舒周六周日也比平常空闲一些，只要上半天班，还有顾盛……

想到顾盛，卫展眉就有些犯恶心。

好在顾盛只有在周六晚上回来了一趟，虽然他趁着醉意有狂敲卫展眉的房门，但最后还是被林舒给拖回了主卧。

林舒说："你敲错房间了！"

之后却惹来顾盛的一顿不轻不重的拳头。

卫展眉冷漠地听着，只有她知道，顾盛并没有敲错房间，他想做什么，在她的面前从不遮掩。

因为他知道，她可以躲避，可以害怕，可以恐惧，可以犯恶心……唯一无法做的就是反抗。

双休日卫展眉都把自己关在房间里，除了上厕所和吃饭，其他时候绝不出去，吃饭也只是自己随便弄点儿东西。

结果没想到周日中午顾盛还没走，人也看起来清醒了不少。他清醒的时候和没输钱的时候看起来总是很和善的，对林舒也很温柔。

卫展眉出去上厕所的时候，主卧门没关，她听见顾盛极尽温柔地对林舒说："昨天又喝醉了……你看你的手上又青了，我真是混账！混账！"

然后是顾盛打自己脸的声音，下手还挺狠。

林舒过了一会儿，又忍不住伸手拦他，说："行了……"她声音里居然还有点儿哭腔。

顾盛立刻说："我其实赢了点儿钱，这样吧，下周我带你和小孩儿们去附近的公园玩怎么样？你不是嫌累吗，陪你去休息休息……"

"你不每天这样折腾，我就不会这么累。"

"哎，都是我的错，以后我再喝酒，或者赌博，你就别管我了，我这种人渣，你就让我死在外面算了——"

话还没说完，他似是被人用手捂住了嘴，然后林舒说："行了行了，别咒自己了，至于吗……"

两个人就这样甜蜜蜜地和好了，卫展眉无话可说，反正类似的例子她早就看烂了。

无非是顾盛打林舒，第二天恢复清醒后就开始柔声忏悔，林舒很快就会原谅他。有几次打得狠了，林舒差点儿下不了床，这种时候顾盛就会一把鼻涕一把眼泪地跪在床边忏悔，伺候着林舒。

卫展眉小学五年级的时候，还对这一切无法理解，她拉着顾墨和不怎么乐意的顾安偷偷去对躺在床上不能动弹的林舒说："阿姨，你带着我们逃吧！你跟顾叔叔离婚吧，不要让他打你了！"

他们几个小孩儿拳拳真心，林舒听了却脸色大变，即便动弹不了，却依然抓起床头的水杯就往他们这边丢来："卫展眉你一天到晚在想什么？啊？你没看到你顾叔叔这几天都变好了吗？你就是跟那个狐狸精妈妈一样，看不得我好，看不得我有幸福！"

顾安当即就被吓哭了，转身就跑。卫展眉愣在原地，还是顾墨拉着她逃走的。

卫展眉不能理解，林舒被打成那样，几乎瘫痪，可顾盛只是做了几天家务，林舒就觉得幸福了？

她不知道幸福是什么模样的，但怎么也不会是那个模样的。

可她也明白了，自己对林舒说这些是不对的……"你就是跟你那个狐狸精妈妈一样"这一句话，深深刺痛了她的心。

从小到大，林舒不满的时候就会骂她，骂她的时候也总会带上她的妈妈，林舒的亲姐姐林恩。

翻来覆去，无非是"那个狐狸精""抢我男人的贱货"……她骂得那么理所当然、理直气壮，卫展眉根本不懂如何反驳，何况，林舒说的话掷地有声，不知道真相的她，也不敢反驳。她只是逐渐学会，漠视林舒和顾盛，以及他们那套相处方式。

可惜，顾盛原来在赌博、喝酒、吃软饭、打女人之外，还有那么恶心的缺点……

卫展眉不愿去想了，也不想再听那两人的喁喁私语，又把自己关在房间。

结果没想到中午林舒却来敲她的门："展眉啊，出来吃午饭吧，爱学习也要吃饭啊。"见没反应，她又敲了敲门，"展眉？展眉？"

这是她不出来就不罢休了……

卫展眉到底还是开了门走出来，意外地发现饭桌上除了顾盛和林舒居然还有顾墨。

桌上有辣子鸡、青椒炒肉、紫菜鸡蛋汤、手撕包菜。

都是再家常不过的菜了，但在顾家却是很难得。卫展眉稍微有些意外，就听得林舒笑盈盈地说："这都是你顾叔叔买的，我做的，怎么样，还不错吧？"

卫展眉敷衍地点了点头，低头拿起筷子开始吃饭，顾盛则帮林舒、顾墨分别夹了菜，又想来帮卫展眉夹，卫展眉把碗往里收了收，说："不用了，谢谢叔叔。"

顾盛立刻把脸一板，说："展眉啊，你这是瞧不起叔叔？"

卫展眉说："我不喜欢吃肉。"

顾盛说："你看你瘦的……"

见卫展眉依然躲着，林舒打圆场："展眉不喜欢吃就不要逼她嘛，女孩子不都这样，喜欢减肥，安安之前也嚷嚷呢……对了，安安这周末又不回家？哎，展眉，下回在学校里你跟她说一声，让她下周五务必回家啊，周六周日她爸要带咱们去森林公园呢。"

顾安也念一中，却住校。

一中宿舍不错，环境也好，住校要每个学期额外缴纳八百块。顾安今年念高一，上学之前就一哭二闹三上吊要住校，最后顾盛被吵烦了，某次赢了钱，丢了八百块给顾安，顾安藏得好好的没让他再拿走，开学后就真去住校了。现在距离开学已经三个礼拜了，顾安一次都没回来过。

顾家这境况，他们三个小孩儿是没可能有手机的，林舒只能让卫展眉和顾墨传话，可林舒不知道，顾安在学校根本不理卫展眉——当然，卫展眉也不会主动跟她打招呼。

只是比起卫展眉和顾墨的冷漠，顾安对他们简直是避之不及，好像看他们一眼就会瞎，根本不敢让其他人知道自己和他们是什么关系。或许，她不回家，也是不想让同学知道自己家是这样。

不过这些都没必要跟林舒说。
卫展眉点了点头。

她当然也想住校，可惜，别说八百块了，八十块她都要凑很久。

饭桌上还算和谐，顾盛在大肆吹嘘自己的牌技。林舒听着，又时不时暗暗劝他回去上班——顾盛有个其实还可以的事业单位的职务，是他以前自己当上的，每个月工资也不多，才两千块，福利和奖金也不算多，但胜在稳定。后来，顾盛觉得没前途，就辞了职自己去创业，没半年就亏光了所有钱，还迷上了赌博和喝酒……

不过那个职务的人来来走走，最近似乎又空下来了，顾盛还有当年的关系在，随时可以回去工作。听林舒说，这些年，那基础工资还涨了五百块呢……所以，林舒一直很希望顾盛回去工作。

但林舒一提这个，顾盛就有些不悦。
林舒不敢打破难得这么好的氛围，只能赶紧转了话题。
吃完饭，卫展眉端着碗想去厨房洗碗，林舒说："放着吧，一会儿我一起洗了。"
卫展眉摇摇头，还是自己去了厨房。
此时门响，众人一愣，林舒说："是顾安回来了？顾墨，你离门近，开个门。"
顾墨起身开门，然而打开门一看，来人却让他深深皱起眉头。

站在门外的，是方季白。

方季白看见顾墨，也是一愣："请问……卫展眉在吗？"

顾墨说："你找她干吗？"

这一点儿都不客气的口吻却没能让方季白不快，他温和地说："我想……啊，卫展眉。"

卫展眉此时正好从厨房出来，方季白立刻打了声招呼。

卫展眉看见他，露出不可置信的表情，又看了一眼屋内阴着脸的顾墨、皱着眉头的顾盛，还有茫然的林舒，深吸了一口气，把方季白往门外一推，自己也跟着走出去，然后猛地关上门。

卫展眉没有跟方季白说话，只是大步往前走。顾家住的是一个老旧的小区，没两步就走到已经久无人打理的小区花园里，方季白跟在她身后，走到这里，她才停住脚，猛地回头："你怎么知道我家的？你来这里做什么？"

这还是这一个礼拜的相处下来，方季白第一次听卫展眉说话声音如此急躁。

他顿了顿，说："地址……是我之前登记自己地址的时候无意中看见的。"

"那你来我家做什么？"卫展眉毫不犹豫地赶人，"我连话都不想跟你说，你却找到我家里来？方季白，你会不会太没有自知之明了？请你现在就离开。"

方季白叹了口气："好，我走……不过，这个给你。"

他一直提着一个牛皮纸袋，卫展眉太生气所以一直没有注意，现在却看到他从牛皮纸袋里拿出了一本习题书。

《高中历史地理跟踪详解》。

封面有点儿翻了，看得出旧旧的。卫展眉迟疑地接过，翻开一看，里面密密麻麻都是她自己写的笔记。

是她丢掉的那本。

这一下卫展眉便有些错愕了。

方季白说："你怀疑王宇，其实确实不会毫无理由，可王宇那么笃定他没有拿，我想，如果他真的拿了，大概没有带在身上，也不敢放在书包里，应该是直接拿到楼下去藏起来……我沿着我们班到体育馆的路线找了一上午，最后你猜我在哪里发现了？"

卫展眉最讨厌别人说什么"你猜"，可眼下这个情况，让她也不得不说："在哪里？"

方季白说："在一楼男厕所的杂物间里……藏得特别好，我找了三次，才在一个巨大的垃圾箱下面找到，虽然我擦过，但这是书不能真的清洗，所以还是有点儿脏，你不要介意。"

卫展眉摇摇头："不会。"

她手里拿着书，眉头皱得很紧，像是在思考该怎么跟方季白继续相处，刚刚她对他那样凶……然而方季白却说："其实我昨天就想去找了，可惜我家来了客人，只能今天早上去学校，一找到我就立刻来给你，因为看你的样子，觉得这本书对你来说肯定很重要。"

他叹了口气："是我疏忽了，不该一声不吭就来你家，抱歉。现在东西也送到了，我走了，明天见。"

卫展眉这才发现他的衣角裤脚和膝盖都有灰尘，就连下颌处都沾了些灰。

只有开始捏过书的手，干干净净的，大约是洗了手才帮她擦书。

卫展眉下意识道："谢谢……"

"啊？"方季白转身都要走了，惊闻这一声谢谢，茫然地回头，又笑了笑，"没事。其实是我的错，你那天并没有冤枉王宇，可是我却没有信你，还帮他说话……"

"我没有证据。"卫展眉垂眸，"你没有理由，无条件地相信我。"

方季白说："为什么没有啊？我们是同桌，而且我还在努力和你交朋友，人当然应该相信自己的朋友。"

朋友？

卫展眉有一瞬间的茫然，可她终究还是摇了摇头："总之，谢谢你。"

方季白说："好啦，不要一直道谢……对了，这件事就算了吧，书反正也找到了。王宇……你也别再找他麻烦了，没必要浪费自己的时间。"

卫展眉摇摇头，方季白却明白她并不是不同意，而是表示自己本来就没想找他麻烦。

虽然卫展眉话很少，但就像他之前说的那样，偶尔情绪外露的时候，表情动作神态都很直接，可以一眼看穿。

内敛却又浓烈的性格，真是个矛盾体。

卫展眉忽然伸手，指了指自己左边的下颌："你这里，有灰。"

方季白一愣，伸手去碰自己右边的下颌："这里？"

"不是……另一边。"

方季白又去擦自己左边下颌，可是却一直擦不到，卫展眉皱起眉头，下意识想伸手去帮他擦，可这手才刚刚抬起，就立刻放下去，最后她说："算了，你自己回去洗个脸吧。"

"啊，对。"方季白笑了笑，"那明天见。"

难得地，卫展眉点了点头。

方季白保持着笑容离开了，卫展眉看着他走出小区上了车，这才低头去看那本参考书。

失而复得的感觉，确实不错。

她转身想回去，却发现顾墨不知什么时候站在花园外的另一边，正冷冷地抱臂看着她。

卫展眉表情不变，打算直接回去，可顾墨却拦下她，表情不善。

"我不是跟你说过离那个转校生远一点儿吗？现在人家直接找到家里来了？"

卫展眉说："跟你没有关系。"

"卫展眉！"他喊她名字，语带怒意，然而卫展眉只冷淡地拨开他的手，不顾他的表情，直接走了。

她并没有任何解释，没有说自己对对方已经够冷淡了，也没有说参考书的事情。

没有那个必要。

周一，一到学校就要开始考试，方季白趁考试开始前小声跟卫展眉打招呼："早上好。"

卫展眉犹豫了一会儿，破天荒地点了点头。虽然依然没说话，但方季白显然已经很开心了。

早上第一门考的就是数学，对还有些困倦的大家来说实在是个不小的挑战，大家在老师的吩咐下都把桌椅挪开，愁眉苦脸地开始做题。

卫展眉把最后一道大题重新算了两遍，确认无误后正好响铃，老师拍手让大家把卷子从后往前传上去。

她传了卷子，有些累地揉了揉脖子，就听见旁边的方季白轻轻叹了口气："果然好难……"

卫展眉看了一眼方季白，他草稿纸上东西不少，但很多都明显只算了三分之一左右就卡壳了。

方季白看向她："你考得怎么样？"

卫展眉还没来得及回答，就听见老师说："王宇请假了，左芯薇你帮他把卷子收了拿去办公室。"

卫展眉动作一顿，立刻看向王宇的座位，果然那里空无一人。

而王宇身边的人也正好在往卫展眉这里看来，神色莫测——显然，上礼拜卫展眉的纠缠让大家都觉得王宇没来上学的事情和她有关系。

卫展眉皱眉，看向方季白。

方季白也注意到王宇没来了，他见卫展眉这样看着自己，微怔，而后苦笑道："你不会怀疑我吧？"

他昨天还劝她不要去找王宇麻烦。

卫展眉摇摇头。

方季白也不会怀疑卫展眉，只是颇为好奇地说："其实我很想知道，如果他一直不承认，你打算一直这样跟着他？"

卫展眉点头。

"真是……"方季白哭笑不得，"这样很浪费你自己的时间啊，而且几乎是最笨的办法。你说你成绩这么好，为什么做事这么一根筋？"

卫展眉不咸不淡地瞥了一眼方季白，倒是没有生气的意思，反而让方季白心中一动。

但不等他再说什么，卫展眉已经往桌上一趴开始休息了。

两天的考试一晃而过，虽然方季白刚来一个礼拜就碰上考试，不过看他的样子，除了数学，其他似乎都考得还不错。

因为老师们都要照常上课，所以批改试卷比较慢，成绩要周五才会发放。

对此，方季白颇为不满："这中间的两天岂不是让人很紧张？"

卫展眉稍微有点儿惊讶地看了他一眼。

虽然方季白甚至想要找人给他补习数学，但不知道为什么，他就是让人觉得他不会在意成绩，现在这么直白地说出来，倒让人惊讶。

方季白看了一眼她："你这么气定神闲……你觉得这次可以考第几？"

现在的卫展眉对方季白的态度显然和以前有些不一样，她沉吟了一会儿，还是回答了："前三。"

在班上的话，前三是没太大问题的，尤其王宇还缺席。

"唔……"

方季白趴在桌上没有说话，看起来难得有点儿孩子气。

等下了课，同学们一窝蜂地往食堂的方向冲去。

卫展眉想要起身，方季白忽然说："对了，你好像都不吃食堂啊，每次都拎着黑色的布袋子……你自己从家里带饭来的吗？"

卫展眉伸手去拿"午饭"的手一顿，最后她点点头。

方季白说："你每次中午都在哪里吃饭？我今天也不想去食堂，我去买桶泡面然后跟你一起去吃怎么样？"

小卖部有泡面，店主也会准备好热水，可以直接端着找个地方坐下来吃。

然而卫展眉摇摇头，没有说话，直接拎着黑布袋和自己的天蓝色水杯就离开了。

方季白看着她的背影，有些困惑地皱了皱眉头。

不知道什么时候走到他身边的左芯薇忽然伸手在他面前晃了晃："喂。"

方季白抬头，看见是她，微微一笑："怎么了？"

左芯薇说："一起去食堂吃饭？"

"好哇。"方季白没有犹豫便答应了。

左芯薇忍不住扬了扬嘴角，和他一起走出教室。一路上女生眼光羡慕，男生则是羡慕夹杂着不悦，这些眼神都她都很习惯，也暗自享受，而她身边的方季白却似乎毫无所察，只微笑地与她说话，仿佛眼里看不到其他人。

左芯薇在开心之余，又不由得多出那么一丝得意。

第四章 *miss you*

他发现的，她不为人知的美丽

　　此时正是午饭时间，方季白东西都没吃就匆匆拿着相机来了操场，对着空无一人的操场按下快门。

　　来D市也有快两个礼拜了，事情太多导致他一直没时间碰自己的相机，昨天他在午饭时恰好问了一下左芯薇一中有哪些老学生才知道的好看的地方——他之前自己到处转过一圈，没觉得哪里特别值得拍。

　　左芯薇还真说几个地方，虽然有的也无非是操场啊、天台啊，但她说，操场的左边有扇绣了的铁门，里面有条小路，两边是树林和一栋废弃的教学楼，废弃的原因据说是因为教学楼发生过什么事——但凡在学校里，总有这样那样的怪谈，何况是一栋废弃了的大楼，自然会有无数传说。

　　左芯薇以为他是想去冒险，有些惊讶地说："想不到你还喜欢这些啊，那你可以晚上去。不过真的挺可怕的，几乎没什么人敢去那儿，而且好像之前有学生出过事，所以门一般都是锁着的。"

　　方季白没有解释，只是随意应了，放学后就去看了一眼，结果发现那片树林和教学楼风景确实不错，于是今天就带了相机打算趁着中午拍几张照片。

门确实是锁着的，但门旁边有个旧阶梯，并没有损毁，站在那个阶梯上然后翻过去，其实是一件非常轻松的事情。

方季白把相机挂在脖子上，手撑着一旁的栏杆，长腿一跨就翻了过去，他敏锐地注意到一件事——那个栏杆十分洁净。

按理来说，即便他昨天来过，今天一个上午，这上面也应该积了些灰尘。

难道，有人来过？

他放轻了脚步，手里举着相机，慢慢往前走。

然而刚走到小道上，他就愣住了。

小道两侧，一边是完完全全的树林，看起来有些幽深，另一边的有个岔道。岔道的两边树木明显稀少一些，一路往前就是那栋废弃的教学楼，岔道的左侧，有一个长长的白色长椅，长椅上方是紫藤花架，现在开得很好，紫色花朵蜿蜒攀爬，有些则垂落，此刻阳光透过那些树木照耀在紫藤花与长椅上，显得分外美好静谧。

这本该是非常美丽的场景，然而此刻长椅的靠背上却有一束长长的黑发披散着。

在这个瞬间，连方季白都不由得停下脚步，脑中闪过昨天左芯薇说的那些怪谈。

他没有上前，然而那一束黑发却忽然动了动。

大夏天的，方季白觉得手心出了一点儿冷汗。

接着，他看见有个人像是忽然冒出来一般，坐在了长椅上，黑发也随着那个人的动作从长椅靠背上慢慢起来了——原来刚刚是有个女生坐在长椅上仰着头晒太阳，她把脑袋抵在长椅靠背上，黑发则撩起来，披在靠背上，也不嫌脏。

她的头发又黑又厚又长，披散开来像一道瀑布倾泻，自然挡住了方季白的视线，让他乍一眼看去，好像只有头发，而看不到那个女生。

　　大约是晒够了，她坐直了身子，披在椅背上的黑发这才自然也就随着她坐直的动作慢慢滑过去了。

　　方季白："……"
　　去鬼屋都面不改色的他，还真是第一次有被吓到的感觉。
　　他没有贸然上前，毕竟大中午会有披着头发的女生出现在这里也有些奇怪。为了保险起见，他悄悄挪动脚步，一点点靠着树木的庇护，在没被那个女生发现的情况下往里侧边挪动了一些，这样他就可以看见那个女生的侧脸。从他这边看去，女生的侧脸后面则是教学楼的一角。
　　那个女生则又已经懒洋洋地仰头，把头靠在了椅背上。
　　走到侧边，看到女生的脸，方季白又愣住了。
　　因为前面依然是头发。
　　黑色的，长发。
　　方季白："……"
　　好在这时候方季白已经冷静多了，虽然一眼看去前面还是头发，但仔细一看，还是可以看到——那些头发的缝隙里，其实是有一张人脸的。
　　他明白了。
　　那个女生开始那样晒太阳，大约是觉得热了，所以才坐直身子，拨弄了一会儿头发，然后又重新把头靠在椅背上，把头发往前披，挡住自己的脸，免得太晒。
　　方季白也真是……无话可说了。
　　他站了一会儿，见那个女生不动，在考虑要不要过去喊她的时候，忽然看见她身侧放的东西——一个黑色的布袋，一个天蓝色的水杯。
　　这是，卫展眉的东西。

他停下想迈出的脚步，就这样看着卫展眉仰头在那儿发呆，看不清她的脸，只是依稀能感觉到她很疲倦。

过了一会儿，卫展眉终于动了动，她坐直身子，头发从脸上滑落。方季白惊讶地发现，原来一直盘发的卫展眉，头发放下来，居然已长发及腰。

她就这样坐在光影斑驳的紫藤花架之下，伸手将头发拨至耳后，露出白皙、秀丽的侧脸。从侧面看去，她的鼻子很挺，鼻尖微微翘着，有一份完全不属于她的俏皮。她低着头，垂着眸，睫毛纤长。接着，她从黑布袋里拿出了什么东西，而方季白，则不由自主地将手中的相机抬起来。

可透过镜头，他看见卫展眉手里拿的东西，又愣住了。

从黑布袋里拿出的，是一袋看起来就很劣质的饼干，而且已经开封了，袋口用一枚黑色细长的发卡给卡住了，她拿开发卡，小心地从里面抽出装饼干的盒子。

那饼干就那么一个长条白盒子装着，上面分了三份，每一份里有大约四块饼干，不大，还有碎末，一望便知劣质又难吃，但已经被吃了一份。卫展眉正小心翼翼地拿起第二份的第一片，慢慢地放进嘴里。

她吃东西不快，吃饼干也似乎懒得咀嚼，咬一口，在嘴里含着，等化了才慢慢吞下去，然后再吃下一口。

就这么慢吞吞地吃了三片，她低头看了一眼，又把它们塞回去，然后重新用发卡封好口，最后放回黑布袋里。

她喝了口水，然后抬起头，有些茫然地看着前方。

是的，茫然。

方季白只能想到这个词。

平日里的卫展眉，虽然冷淡，但看起来又很坚定，无论是考试也好，追问王宇也好，好像只要她决定做什么，就不会有任何退缩。

然而此刻的卫展眉，或许是因为她披下了头发，或许是因为此刻的光影太迷惑人，或许是因为眼角那颗泪痣此时莫名清晰，而她望着远方的目光看起来是那么茫然，甚至带了一丝无助和哀伤。她的身后是破败的教学楼的一角，那与她精致的脸形成了鲜明的对比，却又似乎与她此刻的表情相互对应。

方季白甚至觉得，如果此刻她落下一滴泪来，他也不会有丝毫惊讶。

因为，此刻的她，是那样适合流泪。

忽然，起风了。

整个树林被吹得飒飒作响，垂落在滕架上的紫藤花也摇摇欲坠。

而卫展眉的长发被风吹起，像一幅泼墨，落在林间。

方季白不再犹豫，连按了无数快门记录下这一刻——这是夏末的正午，这是紫藤花架下，这是十七岁的卫展眉。

这是他无意中发现的，她不为人知的美丽。

然而卫展眉若有所感，忽然回头朝这边看来，皱眉道："谁？"

于是这一天，留在方季白相机中最后的卫展眉，就是她扭头看过来，脸上的哀伤荡然无存，只有不满和疑惑的样子。可是，那蹙着眉头、眼神冰冷的卫展眉，依然好看到值得小心收藏与呵护。

而这一年，这一刻，方季白还没有明白这个道理。

方季白有点儿沮丧。

好不容易因为参考书的事情，卫展眉对他的态度要好一点儿了，可发现他在拍她，立刻又黑下脸去对他。

她走到他的身边，对着难得不知所措的他说："你在干什么？"

然后，她看了一眼他手中的相机，厉声道："你跟踪我？偷拍我？"

偷拍是真的，跟踪就太冤枉了，可方季白晓得自己就算解释对方大概也是不会信的。

他只好苦笑一下，说："如果我说……是我拍景，而你刚好闯入我的镜头，你信吗？"

卫展眉才不跟他扯这些文绉绉的，说："删了。"

方季白假模假样地删了几张，然后说："好了。"

卫展眉不怎么相信他，但也没有再多说什么，转身走了，走之前还没忘记带上自己的小黑布袋子。

回到教室，卫展眉一下午都没再理方季白一次，方季白也晓得她大概心里不舒服，所以很自觉地没去招惹她。

但第二天上午的第四节课结束后，方季白说："我们一起去吃午饭吧。"

卫展眉看都不看方季白就要往外走，方季白也不多说什么，只跟在她身后。

左芯薇刚合上课本转身想去找方季白，就见方季白跟在卫展眉身后出了教室，神色一僵。

方季白怕卫展眉太过排斥，只不远不近地跟着她。

卫展眉一边登上铁门旁边的阶梯，一边极其不耐烦地转头看了一眼方季白："不要跟着我。"

方季白笑了笑："我想跟你一起吃午饭。"

卫展眉冷冷地看了他一眼，直接走到自己习惯待着的紫藤花架下，跟以往一样，把头发散开，揉了揉脑袋，然后望着远方开始出神。

方季白在她身边坐下，侧头看她。

这个瞬间，他忽然很想知道，卫展眉到底在想什么。

看着远方的她，好像忘记了周围的一切，可那双盯着前方的眸子里，又没有透出任何的神采。

这大约是她放松的时刻，可她哪怕放松起来，也是这样冷冰冰，没什么感情的，仿佛于她而言，人生中并没有真正的"轻松"。

方季白有点儿手痒，不过今天他没带相机来。

过了一会儿，卫展眉才回过神似的坐直了，然后打开自己的黑布袋，拿出那盒皱巴巴的饼干。

她把黑色的发卡抽开，慢慢抽出饼干盒，像是打算彻底无视方季白一样要开始吃她那碎了的饼干。

忽然，方季白说："我突然发现我忘记带午餐了。"

卫展眉没理他，方季白却忽然伸手把她的饼干给抢了过来。

卫展眉一愣，方季白已经把剩下的几块还算完整的饼干都给吃了，一边点头一边道："比想象中的好吃。"

"方季白！"卫展眉不可置信地看着他。

方季白一脸无辜，用眼神问她"怎么了"。

卫展眉胸膛剧烈地起伏了两下，最后却也没有说什么，起身就要离开，方季白连忙拉住她的手："我把你的午餐吃了，所以我请你吃午饭吧。"

"不用。"卫展眉冷冷地甩开他的手。

"卫展眉，我记得你每次都会很晚离开学校。"方季白说，"如果中午不吃饭怎么撑得住？"

卫展眉仍然不理方季白。

方季白嘴里的饼干还没完全咽下去，看起来有点儿狼狈："卫展眉，你应该知道我没有任何恶意！"

卫展眉忽然想到周日的时候，匆匆忙忙赶去给她送参考书的方季白，身形微微一顿。

方季白说："不去食堂，我知道附近有家小餐馆。"

卫展眉看了他一眼。

方季白对着她露出一个情真意切的笑，又说："如果你不想这样……要不然吃完饭给我讲两道题？"

他这样说，卫展眉皱了皱眉，却没有再立刻拒绝。

方季白拿着那盒只剩下碎屑的饼干盒，说："走吧。"

卫展眉跟在他身后，两人一前一后地走出了小操场。

方季白把饼干盒丢进走道边的垃圾桶里，回头正要和卫展眉说话，结果一回头才发现，卫展眉不知道什么时候已经转了个方向，朝教室走去了。

方季白有些错愕地站在原地，最后无奈地笑了笑。

上课之前方季白回到教室，发现卫展眉正趴在桌上休息，他悄悄往卫展眉抽屉里放了几根火腿肠、两包薯片和一瓶牛奶——方季白家教甚严，很少去吃零食，刚刚在小卖部看了几圈，也只能挑出这些看起来不算三无食品又应该能充饥的东西。

卫展眉感觉到了，她坐起来，皱眉看着忽然挤挤攘攘的抽屉。

方季白只是看着她，无奈地说："你比我想的还要固执……但，好歹吃一点儿吧，不然我会良心不安的。"

卫展眉算给他面子——虽然没吃，但好歹也没有像上次一样直接扔进垃圾桶里了。

左芯薇时不时看看他们这边，心里说不上是什么滋味。

下午正式开始发放模拟月考的成绩，方季白的各科成绩都不错，除了数学。

卫展眉没想到方季白说他数学不好并不是夸张，他理综考了258

分，英语137分，语文125分，虽然不算特别好，但也都不差，数学却只考了92分，将将及格。

方季白忧愁地看了眼自己的卷子，又看了眼卫展眉明晃晃的145分的数学卷子，长叹一口气。

这次王宇不在，卫展眉数学又发挥得不错，只比江浩分数低，和另一个男生一起并列全班第二。

卫展眉低头把自己错了的地方都仔细看了一遍，转头就看见惘怅的方季白，她想了想，说："你的卷子给我看看。"

方季白一愣，立刻把卷子递了过去。

卫展眉拿过卷子，皱着眉头仔细地翻看了一遍，发现方季白扣分的地方确实都是容易犯的错误，至于后面的大题，他写了个"解"字然后把题目的重要信息抄了一遍就基本没往下算了。

确实是个数学水平不怎么样的人的答题卷，不似作伪——何况，谁会拿这个来作伪？

方季白见她看得认真，还有点儿不好意思地笑了笑："我数学是真不好，要不然你别看了……"

卫展眉说："以后每天放学后我可以帮你补课，但不能去你家，你找个适合学习的地方。晚餐你负责。周六周日看情况。我不保证你下次可以进步多少分。"

方季白一愣，随即点头："好的。不只是晚餐，中餐也归我负责。"

卫展眉瞥他一眼，没有说话，但等下课还是拆开薯片和火腿肠吃了，剩下的则放进书包里收好。

方季白虽然没说什么，脸上的笑容却没有退下去过。

这样的氛围让卫展眉十分不自在，她想了想，还是走出门，去楼下高一找人。

走到一楼，卫展眉就看见在高一C班门口跟同学聊天的顾安。

顾安是林舒和顾盛的孩子，多像顾盛，虽然不丑，但也不是特别好看，五官还不错，可惜脸形有些方。她从初中开始就有了爱美意识，也晓得顾墨和卫展眉都比自己好看，心里一直不是特别痛快，有几次，她还满怀遗憾地看着卫展眉说："表姐，你这张脸要是给我就好了。"

那时候顾安还会喊她表姐，现在则完全不同了——顾安也看到了卫展眉，第一时间就变了脸色，她对自己旁边的几个女同学说了几句话，然后慢慢朝卫展眉走来，又装作和卫展眉不认识一般擦肩而过，只是在越过的那一刹那，小声说了句"跟我来"。

卫展眉跟着她离开一楼走廊，两人保持着不远不近的距离，一直到外面没什么人的出校门的岔道上才停住。

顾安左看右看，确定周围没有熟人后，才皱眉说："你来我这边干吗？我不是说了大家在学校装作不认识吗！"

卫展眉发现顾安瘦了很多，也不知道这半个月的光景而已，她是怎么瘦下去的，脸色倒也没有看起来不好看，相反，还比以前白了，脸上粉扑扑的，不过脖子和脸的色差有点儿大……

卫展眉隐约晓得有女孩子会偷偷化妆，但没想到顾安也会。

顾安还剪了个齐刘海儿，耳朵上似乎也多了一个耳洞，手上则戴了一只看起来并不便宜的手镯，而她那些朋友，好像也都是如此。

其他人卫展眉不知道，可，顾安哪里来的钱？因为顾安住校，所以林舒和顾盛给她的生活费也很低，大约只够负担三餐，还必须吃得拮据些。

但卫展眉没有管，只是说："阿姨让我来告诉你，今天务必回家，叔叔要带你们去公园。"

"去公园？"顾安夸张地皱了皱眉头，露出嫌恶的表情，"我又不是小孩子了，谁想去公园啊……我看情况吧。"

卫展眉想着自己话带到了就行，转身就要走，顾安却忽然说："哎，卫展眉。"

卫展眉顿住脚步，顾安说："你们班是不是来了个叫方季白的，就是长得特别帅的，做早操时站在你们班男生那列的最后一个的那个。"

"嗯。"卫展眉不怎么惊讶顾安会知道方季白，点了点头。

顾安说："联系方式有吗？"

卫展眉转头看了她一眼，摇摇头，一言不发地走了。

顾安翻了个白眼："什么臭脾气……"

三楼，左芯薇发现方季白一直趴在走廊的栏杆上，也忍不住走出去，状若无意地说："在看什么？"

方季白转头看她，笑了笑："没什么。"

左芯薇顺着他的目光看去，正好看见卫展眉转身离开，顾安在她身后不满地看着她，最后也慢慢往教学楼走来。

顾安这个人，左芯薇知道一点儿，甚至勉强可以算认识。

左芯薇认识一点儿校外的"朋友"，那些人自然也会结识高一的新生，偶尔周末被人约出去玩，自然是见过面的。左芯薇在一中挺有名，顾安还甜甜地凑过来喊她"芯薇姐"。

不过左芯薇自己并不喜欢顾安这种看起来就有点儿蠢且咋咋呼呼的女生，所以并未与她深交。

这种张扬、身边总是呼朋引伴、看起来家世还算不错的女生怎么会和卫展眉扯上关系？

左芯薇有点儿疑惑，方季白却像是真的没看到两人一般，转身回教室了。

因为第一次月考迫在眉睫，而卫展眉也不想太早回家，所以周五当天下课，就开始辅导方季白。

为了防止流言蜚语，两人并没有一同离开，方季白让司机将车开走，停在附近的一个小巷子外面，卫展眉自己从巷里走出去然后再上车。

　　至于辅导的地方，卫展眉原本想的是随便找一个快餐厅就行，结果司机把两人载到了一个叫"墨韵"的私人会所里。

　　卫展眉从没去过私人会所，听名字就觉得不是什么好地方，然而墨韵从名字到它装修本身，都显得非常典雅素洁。

　　它坐落在市中繁华的地方，闹中取静，经过长廊后，便可见大片竹林，然后是一栋白色建筑，大约有三四层的样子，屋内整体以白色为主，所有桌椅等家具都是木质的，简洁而不失设计感，一楼是大厅，有被隔开的各类座位，服务员把木门拉开，仿佛丝毫看不见卫展眉和方季白身上的校服一样，一点儿惊讶的表情都没露出，只恭恭敬敬地迎着两人进去，然后询问他们要点什么。

　　方季白看了一眼卫展眉："你想吃什么？"
　　卫展眉皱着眉："随便。"
　　倒是不让人意外的回答。
　　方季白熟门熟路地点了几个菜和饮料，然后和卫展眉一起坐下。

　　这个房间并不小，屋内一样是简洁而复古的风格，还有屏风和文房四宝一类的东西，右侧是大大的落地窗，窗外是竹林和假山与水池，眼下正是夕阳西下的时候，淡橘色的光芒洒在水面上和竹林间，像是蒙上了一层淡橘色的薄纱，风起时，竹叶轻晃，水波微澜，有种惬意的美。

　　卫展眉侧头看了一会儿。
　　方季白笑了笑，说："这里环境还挺好的。"

　　卫展眉收回视线，没有说话，正好服务员端着菜和饮品进来。
　　卫展眉不爱喝饮料，也不喝茶和咖啡，端着白开水，慢吞吞地开始吃菜。

方季白本来想推荐一下自己喜欢的，但看卫展眉似乎对什么菜都没什么兴趣的样子，便也没有说话，跟她一起慢慢吃着。

吃完后，有人迅速进来收了盘子，然后在角落燃起淡淡的香，屋内原本的淡淡饭菜味一散而尽。

方季白说："本来吃饭应该在别处吃，然后再来书香房，不过我想你大概会觉得麻烦，所以直接就在这里吃了。"

卫展眉点点头，拿出书和卷子："开始吧。"

方季白也拿出自己的卷子，一副认真聆听的样子："嗯。"

卫展眉说："你最大的问题是函数和几何，这基本也是大家的问题，不过你还有个原因是，B市的课本上，很多公式和题型是作为课外知识，没有详解，但D市试卷上，这些都是拿分题，所以你要重新掌握。"

方季白不由得有些惊讶："你居然对B市和D市课本的区别记得这么清楚？"

卫展眉看了他一眼，继续说："我先给你写个单子，你明天按照这个自己去买好辅导书。"

第一次的补课情况还算不错，方季白本来就很聪明，基本一点就透，教聪明的学生往往让人心情愉悦，卫展眉也难得脸色好看了不少。

方季白做题的时候，卫展眉就也做自己的练习题，她做得很认真，以至于方季白凑过来看她都没注意。

方季白看着上面密密麻麻的注解，讶然："你成绩这么好居然还这么认真？"

卫展眉瞥了他一眼："你说反了。"

她是因为这么认真，所以成绩才会这么好。

方季白笑了笑："也对。"

到九点半的时候，方季白主动说："今天很晚了，我们回去吧？"

卫展眉居然有些微的迟疑，但她很快点头："嗯。"

这一闪而过的迟疑却被方季白尽收眼底，他没有戳破，只是和卫展眉离开了墨韵。

刘叔载着两人，先将卫展眉送回她家小区门口。

卫展眉下车前盯着车窗外看了一会儿，像是确定没有人之后，才匆匆下车。

方季白说："明天见！"

卫展眉回头看了他一眼，点点头。

两人约在明早九点在这里见面。

回家后，卫展眉意外地发现顾安、林舒、顾墨都坐在客厅里，气氛有些古怪。看见卫展眉进来，林舒张了张嘴还没来得及说什么，顾墨就说："你怎么这么晚才回来？"

卫展眉皱了皱眉头，然而这么多人都在，她还是说："我去帮同学补习了，以后都会晚点儿回来。"

顾安却说："补习？补到这么晚……补什么习啊，不会是……"

顾安什么时候学会说这种话了？

卫展眉没有说话，顾墨看了眼顾安，道："你什么意思？"

顾安也不喜欢顾墨，还有点儿看不起他，但又微妙地有些怕他，故而只能翻了个白眼，哼了一声就没再说话了。

林舒说："顾墨，你凶你妹妹干什么？行了，展眉你回房吧。"

卫展眉点点头，一脸冷淡地回了自己的房间，接着她听见顾安的声音隐隐从客厅传来："明天她也要跟我们一起去公园吗？我不想跟她一起……"

林舒安慰道："不带她一起。"

顾墨说："我要睡觉了，你们两个回自己房间吧，爸他估计不会回来了。"

林舒立刻道："你胡说什么呢！他说了，明天一定会带我们出去玩的，他昨天还说过的……"

顾墨冷哼了一声，接着卫展眉听见顾墨甩门离开的声音。

顾墨是对的，顾盛一夜没有回来，后面顾安熬不住了——反正她本来对跟父母一起出去玩这件事就没什么兴趣，直接回房了。

而林舒却一直坐到了早上，卫展眉早上七点半起床洗漱的时候，看见她倚在沙发上，双眼是睁着的，然而眼中一片迷茫，微微发红，眼下一圈乌黑，满脸憔悴，桌上竟然摆着一瓶白酒。

卫展眉没有说话，默默地洗漱好，回房去背单词了，而顾安一直都没有起来。

八点五十分，卫展眉换好衣服要离开，林舒忽然说："你要去哪儿？"

"帮同学补习。"她伸手要开门。

林舒却忽然冲过来，伸手拉住了她："你要跟谁出去？"

一股浓厚的酒味扑面而来，卫展眉皱起眉头："阿姨，你喝醉了。"

林舒不理她，只抓着她的手，用劲极大："你要跟谁出去？是不是顾盛？林恩，你这个贱人！你为什么还不放过我？你不是死了吗？你为什么不放过我？"

卫展眉冷冷地看着她，依然只是说："阿姨，你喝醉了。"

林舒不管不顾，仿佛疯了一样："你为什么总要抢我的人？为什么总要抢走我的幸福？你已经过得够好了，为什么，为什么你就是不放过我……林恩，林恩……我恨你！"

卫展眉不打算跟林舒说话了，转身开门，准备甩开林舒的手径自离开。

然而喝醉的林舒手劲奇大，卫展眉瘦瘦弱弱，怎么也甩不开她，反而被她拉着往里带了一点儿。

林舒已然彻底醉了，眼睛和脸也因为愤怒而异常红，她抓着卫展眉，狠狠往后带，然后伸手一推："你这个贱人！"

卫展眉在这样的拉扯间原本就很难站稳，被她这样一推整个人都往后栽去，整个人狠狠被侧摔在地上，左边的额角猛地磕在茶几的一角上，顿时鲜血直流。

林舒没想到会这样，她往后退了几步，酒被吓醒了大半，看着蜷缩在地的卫展眉，愣愣道："展眉……展眉？"

两人的动静太大，原本熟睡的顾安揉着眼睛有些不耐烦地推门走了出来："你们好吵啊……啊！卫……卫展眉……"她瞪大了眼睛看着倒在地上的卫展眉。

卫展眉双眼紧闭，浑身颤抖，地上满是鲜血，而林舒手足无措地站在一旁，看见顾安出来，她稍回神一些，立刻道："顾安，你……你快打电话喊人！"

顾安有一瞬间的茫然。

林舒掏出手机打120，而顾安拿出自己的手机，先打顾盛的电话，没人接，只好又去打顾墨的电话，好在顾墨很快接通了，声音有点儿不耐烦："什么事？"

"卫，卫展眉……"顾安磕磕巴巴地说，"流了好多血……"

她还想说话，顾墨就已经挂了电话。

顾安愣了愣，呆呆地听着忙音。

卫展眉躺在地上，已经感觉不到痛了，她隐隐约约地，可以听见顾安和林舒的声音，明明两人就在她身侧，声音却像是来自很远很远的地方。

她觉得很厌烦。她想站起来，想离开，脑袋上流着血也无所谓，反正也不会死的。

就算死了……大概，也没有什么关系。

可是，即便这样想着，她也根本站不起来，甚至眼睛都睁不开，脑中一片混沌，胃里像被人伸进了一个巨大的搅拌机，正疯狂地搅动着，让她几乎快要吐出来。

忽然，门铃响了。

林舒还在给120打电话，顾安立刻冲过去开了门，站在门口的，却是那个她向卫展眉打听过的学校的风云转校生方季白。

他彬彬有礼地站在门口，脸上带着温和礼貌的笑容："你好，我找……"

越过顾安的肩膀，他一眼望见倒在地上的卫展眉。

方季白脸上的温和有礼霎时不见了，他伸手，直接推开顾安，三两步走到卫展眉身边："卫展眉？！"

卫展眉当然无法回答他，她甚至无法听清他的声音。

方季白看了一眼旁边等着接通120的林舒，一句话也没有问，眼神却居然让林舒觉得遍体身寒。

方季白没有说多余的话，他随手拿起桌上的纸压在卫展眉的额头上，然后将人打横抱起，看也不看林舒和顾安，就往外走。

但无论如何，在走出去之前，他还是说了一句"我带她去医院"。

他并不想跟这两个人解释，然而他的教养又让他必须对卫展眉的"家人"作一个说明。

林舒和顾安都没有说话，震惊又微妙地松了口气地看着方季白将卫展眉给带走了。

十七岁的少年，身材已经很高大，力气也不小，一米六出头的瘦弱的卫展眉，双目紧闭，轻而易举地被他抱在怀中，露在外面的小腿白皙纤细，像是可以轻易就折断——或者说，她整个人都像是可以被轻易折断一般。

她今天穿着洗到发白的及膝灰色小高腰连衣裙，这是她为数不多的私下服装之一，是初二那年林舒买的。

那一年林舒拿了丰厚的年终奖，给顾安买了不少礼物，也象征性地从里面挑了一条顾安不喜欢的送给卫展眉。

卫展眉一穿就是三四年，大概也是因为这四年来她几乎没怎么长个儿。

而这条小裙子，上面已经被溅了血迹。

方季白把卫展眉给抱上车，刘叔都吓了一跳，但不等方季白开口，他就立刻发动汽车，开往最近的医院。

方季白低头看卫展眉，她依然还在发抖，嘴唇已经没有一丝血色，整个人像是一片染了灰的雪，随时都要融化。

他心里有种奇怪的感觉一闪而过。

方季白伸手按住她额上的纸，另一只手则握住她的手。

是比想象中还要冰凉，也比想象中要更小的手，但中指的第一个指节内侧，却有不薄的常年写字造成的茧。

卫展眉显然不习惯被人触碰，饶是人已经意识不清了，却还是微微缩了缩手，像是想要躲闪一般，然而方季白只是加大了握着她的手的力度，不让她挣脱。

卫展眉很快也就放弃了，堪称乖顺柔弱地靠在他的怀中。

汽车呼啸前行，车内的人并没有看见另一侧一辆自行车飞快地朝前飞快驶去。

而两条长腿蹬得飞快，几乎要把自行车骑成摩托车的顾墨，也并没有多余的心思去看道路上的汽车。

他满心想着，要快点儿回去。

快点……再快一点儿。

到了医院，卫展眉被送去包扎，医生说基本是外伤，但有轻微脑震荡，不能立刻离开，最好是留院观察一下。

卫展眉失血过多，陷入轻度昏迷，再醒来，看见的就是方季白的脸，他正低着头在玩手机，一脸漫不经心，没有多余的表情，看起来和平常和善的样子有一点儿微妙的区别。

他抬眼，像是习惯性地看了一眼卫展眉这边，见她睁眼了，微微一愣，立刻放下手机。

方季白没有说"你醒了"这种废话，而是直接说："你有点儿轻微脑震荡，所以别乱动，其他没什么大碍，放心。"

卫展眉眨了眨眼，算是表示知道。

她头昏得厉害，一阵阵地犯恶心，不想，也不能开口说话。

方季白说："我猜你现在不想吃东西，但如果你想吃的话就眨眨眼睛。"

卫展眉看了他一眼，索性闭上了眼睛。

方季白笑了笑："那估计我在你旁边吃东西的话，食物的气味也会惹你反胃……我出去吃，让护士先进来照顾你。"

他起身离开，卫展眉慢慢地睁眼，看了一眼他的背影，还有这个病房。

是高档的单人病房，墙极白，墙上挂着内嵌淡蓝色永生花的透明框架，窗帘也是淡淡的蓝色，随着窗外微风轻拂，扬起的蓝色窗帘在以白为主调的房间里像是一朵蓝色的云，飘扬在白白的天空里。

卫展眉重新闭上眼睛，天旋地转，她似坠入洞穴的爱丽丝，周遭的一切都朦胧又迷幻，却又在让她窒息的诡异中，透出一抹几不可察的生气。

方季白不打算在医院里吃东西，可才走到电梯外，就刚好撞见了顾墨。

他满头是汗，整个人像是被从水里捞出来的一样，脸上的神情着急得似要吃人，看见方季白，他一愣，又猛地道："卫展眉呢？"

方季白并不喜欢被人吼，他冷漠地看着顾墨。顾墨急得不得了，又说："我问你卫展眉人呢？！"

"她没事。"方季白淡淡道，"你有什么事吗？"

大约是方季白的平静彻底惹恼了顾墨，他猛地伸手去抓方季白的衣领："你凭什么把她带走？！"

"凭当时如果我不把她送来医院，她可能会死在那儿。"方季白被人拽着衣领推到墙边，也毫不惊慌，甚至更加平静，"当时，只有我。"

顾墨盯着他，半晌，最终还是缓缓松开手，眉眼间原本有些吓人的戾气一下子就散得干干净净，却染上了一丝阴霾："卫展眉呢？"

"她在休息，轻微脑震荡，暂时不宜见客。"方季白说，"你可以先回去。"

顾墨冷冷地看了一眼方季白，硬是问了病房号，然后坐在病房外等着。

方季白也随他，只理了理衣服，出去吃饭。

方季白原本是有点儿饿的，但顾墨来这一出，他又有点儿没胃口了，匆匆吃了点儿东西，便回了楼上。

病房门口，顾墨孤零零地坐着，方季白垂眸，坐到他身边："你怎么找到这里来的？"

"这里是最近的医院，猜的。"顾墨倒也直接，"然后问了前台，果然有符合的。"

方季白想到他开始汗淋淋的样子，明白过来。

两人都没再说话。

卫展眉又睡了一觉，对外面顾墨和方季白的情况一无所知，等到了晚上，她的情况稍微好了些，也终于觉出了一点儿饿，方季白就推门进来了。

原本在照顾卫展眉的护士交代了一下情况就先离开，方季白问她："你好点儿了？饿了没？"

卫展眉犹豫了一会儿，还是轻轻地眨了眨眼睛。

方季白笑了："我猜到了，刚刚让刘叔下去买了点儿不油腻的小吃。"

"谢谢。"卫展眉说，"住院费……"

方季白哭笑不得："一开口就提钱……这个你不用急着给我，以后用补习算行不行？"

只要看一眼这个病房，就能猜到费用高昂，卫展眉迷糊间就想过自己那可怜的积蓄，故而她没有反驳，便算是默认了方季白的提议。

此时，顾墨有些迟疑地推门进来，他走到卫展眉身边，看见她虚弱的模样和惨白的面容，不自觉地抿了抿嘴，最后说："你没事吧？"

卫展眉看了他一眼，又挪开目光。

这件事和顾墨一点儿关系也没有。

这是林舒的事，而顾墨懂事后，都只喊林舒为"林阿姨"。

但顾墨显然并不这样觉得，他罕见地在面对卫展眉的时候，不再是那副不耐烦和戒备的样子。少年人的情绪总是浓烈到难以遮掩，眼下他的愧疚如同裸露在沙滩上的礁石，海潮退去，一眼便可清楚地看见上面的纹路。

见卫展眉挪开目光，顾墨攒成拳的手不自觉又微微用力了几分，然而他只是留下一句"那你好好休息"就转身离开了。

方季白看了一眼卫展眉，跟着顾墨一起走了出去。

"医药费我会替卫展眉给你。"顾墨说。

方季白说："不用。"

顾墨阴沉地看了他一眼，忽然说："你到底是什么人，想干什么？"

方季白似笑非笑地看了他一眼："我是她的同学，上门拜访的时候看见她头破血流地倒在地上所以送她来医院，有什么不对吗？"

顾墨神色更暗，他没有再说什么，大步离开。

方季白看着顾墨的背影，忽然发现这人和卫展眉的性格，其实有几分相似。

不过，他所隐匿的情绪，或许比卫展眉还要多得多。

第五章 *miss you* / 如果……我喜欢你呢？

第二天，顾墨来了，林舒和顾安也跟来了。林舒会来卫展眉并不意外，但……顾安？

不过，在看到顾安热切地投向方季白的目光后，她明白了。

方季白彬彬有礼地先离开病房。

林舒手里拿着一篮水果，有些不自在地放在了卫展眉床边："展眉，昨天阿姨真的不是故意的。我明明也晓得酒那个东西碰不得，但昨天实在是……"

林舒见卫展眉闭目不语，那模样和林恩实在太像，林舒原本的愧疚莫名消散了一点儿，她说："总之你现在人也没出什么大事，这件事就这么揭过了……亲戚之间，哪有什么隔夜仇……"

顾墨一听，立刻皱眉："卫展眉没出事是因为刚好有人送她来医院，这件事怎么揭过？林阿姨，你不能因为我爸喝醉了打你，你就……"

顾盛的事情是林舒不能触碰的伤口，顾墨却这么堂而皇之直接拿出来说，林舒一愣："顾墨，你胡说八道什么？"

卫展眉被吵得头疼，皱了皱眉。

顾墨索性道："行了，我们走吧。"

林舒被气得眼睛都红了，也确实不想待在这里，甩手就走了出去。顾安撇撇嘴，漫不经心地看了一眼卫展眉，连一句问候的话都没有，也跟着走了出去。

顾墨没有停留，直接出了医院，而顾安则小声地让林舒先走，自己留在病房门口，对着方季白露出个甜美的笑容："你好，你是表姐的同学吗？真的太谢谢你了，如果不是你，后果真是不堪设想……"

见方季白只是笑，她立刻道："啊，忘记自我介绍了，我叫顾安，是她的表妹。"

方季白点点头："你好。"

顾安说："你不要误会啊，我们跟表姐关系其实挺好的，昨天是我妈喝了点儿酒，表姐自己也没站稳所以才会那样……毕竟表姐父母去世得早，十几年的情分了，谁都不想这样的。"

她隐晦地提醒方季白，是自己家十几年如一日地抚养卫展眉，供卫展眉长大。

她们是这样好心，对卫展眉没有任何的恶意。

方季白点点头，并没有发表任何意见。

顾安有些尴尬，但想了想，还是说："你……和我表姐关系很好？"

"没有，她成绩好，我请她辅导我而已。"方季白笑了笑。

顾安听后稍微安心，毕竟卫展眉学习好这是大家都知道的她唯一的优点。

顾安能隐约感觉到方季白的疏离，不由得想和他努力贴近一点儿："你不好奇吗？我姐姐的父母是怎样去世的。"

方季白看了她一眼，好笑地摇头。

顾安脸上一红，说不上是因为羞愧还是因为方季白的风度翩翩，她红着脸点了点头，最后说："你有手机号码吗？要不然我留个号码给你，万一又出什么事……"

这话实在说得很没有逻辑，但方季白还是点头报了自己的电话号码。顾安红着脸小心翼翼地按下数字键，存进自己的手机里。

如果卫展眉在的话，她一定会很惊讶，生活本该拮据的顾安，竟然买了一部最新款的翻盖手机。

卫展眉在礼拜天傍晚出院，顾墨本打算自己送她回去，但被方季白一句轻飘飘的"我让司机送的话对她身体比较好，自行车太颠簸"给打发了。

卫展眉被送到家后，林舒特意煮了鸡汤，算是赔礼道歉，但卫展眉一口也没喝，甚至没怎么看林舒，径自回房间休息去了。

林舒虽然生气，但一看到卫展眉额头上的纱布，也就不好说什么了。

第二天卫展眉如往常一般换好校服步行去上学，到教室后，她额头的纱布毫无意外地又惹得众人纷纷侧目。

在于卫展眉有关的种种校园传说里，她扮演着不同的角色，有不同的性格，唯独跟她本人没什么关系。

方季白也来得很早，看见卫展眉头上顶着纱布还在专心背单词，失笑："早上好。"

卫展眉看了他一眼："早上好。"顿了顿，又补充，"这两天……谢谢你。"

她并不常说谢。

或许是因为她生性如此，又或者是因为，能让她说谢谢的人和事，在这个世上本就太少太少。

方季白有些意外，毕竟那两天卫展眉都几乎没有说过什么话，现在居然在向他道谢。

他立刻说："说什么谢，都是同学，难道要我见死不救？"

卫展眉不是矫情的人，听他这么说，点了点头，继续低头背单词去了。

下课后，左芯薇很关心地过来问卫展眉额头是怎么回事。

卫展眉轻描淡写地说是不小心磕到了，左芯薇显然不信，但也无心多问，等卫展眉去厕所后，状若无意地低声对方季白说："我今天听一个学姐说，学校外面开了个新的咖啡馆，里面的意面好像挺好吃的，我们一起去试试？"

方季白抱歉地说："不好意思，我中午有点儿其他的事情。"

左芯薇愣了愣，下意识地想问什么事，却又觉得如果自己追问会让方季白觉得她非要和他一起吃午餐，只能大度地笑了笑："好吧。那下次。"

她忽然想到上周五自己看到方季白跟在卫展眉身后离开的场面，不由得皱起眉头。

接着她看见，方季白和卫展眉一前一后地走了出去，不同于上次，这回明显卫展眉和方季白几乎是约好了的。虽然两人并没有任何交谈，却更让人觉得可疑。方季白还背着书包，可他中午分明也是不回家的。

左芯薇不由自主地、慢慢地跟在两人身后。

中午学校人潮如海，虽然不时有人朝方季白投去好奇的目光，但除了左芯薇以外，似乎并没有人注意到旁边的卫展眉。

是了，卫展眉那么阴沉、那么不起眼，站在如同太阳一般的方季白身边，就像不起眼的阴影。

人人都朝向太阳，谁会注意到身后的阴影呢？

方季白和卫展眉一前一后地走进操场，然后都利落干脆地翻过了那闭合的老旧的铁门，进了废弃的区域。

左芯薇知道自己不必再跟下去了。

可是她不甘心。

等过了一会儿，她也忍不住轻手轻脚地翻了过去。

她是第一次跟踪别人，也是第一次在这么安静的时候来到这个地方，然而她稳稳落地，心里却生出了古怪的感觉。

然后，左芯薇一点点向前，小心翼翼，生怕被那两人发现。

好在他们并没有发现——左芯薇看到了方季白和卫展眉。

卫展眉头发披着，正拿出一盒不知道是饼干还是面包的东西，结果很快就被方季白抢走了，然后他居然从书包里拿出两个饭盒。

卫展眉显然也有些吃惊，并不肯接，可方季白说了些什么，她便迟疑地接过了。

打开盒饭后，方季白笑着说了什么，卫展眉却冷漠地转开头，专心吃饭。

之后两人没有再多说话，不远不近地坐着，各自吃着自己的饭。

从最开始到现在，他们似乎没有太多的交谈，然而却莫名地让人觉得他们自有他们的默契在。

虽然卫展眉那副冷冰冰的样子，实在不像和方季白有什么默契。

可左芯薇却心烦意乱，也不想再看下去了，转身便离开了。

左芯薇一直站在一棵并不粗壮的树后，满心认为因为自己站得远以及方季白、卫展眉太投入所以才没注意到自己，但她不知道是——在她离开后没多久，方季白转头朝着她藏身的地方看了一眼，面无表情。

坐在方季白身边的卫展眉有些疑惑地看了他一眼，也只得到一个普通的笑容："没什么，忽然觉得这里还挺美的。"

卫展眉没说什么，低头继续吃饭。

方季白说这是他让他家保姆特别做的，都是补血养神的菜，她失血那么多，必须要补一补，不然万一考试晕倒都有可能，更别提替他补课了。

卫展眉想到自己确实上午都有点儿头昏，而且自己的饼干被方季白抢了，看样子他也不会还给她，只能接过他手中的盒饭吃了起来。

很美味。

样子也很可爱，红萝卜被雕刻成小兔子的样子摆在最上面。

她已经记不清楚，自己有多少年没有吃过这样温馨又美味的家常小菜了。

方季白见她盯着小兔子看，不好意思地笑道："我跟王妈说是要给女同学吃的，她以为我是要拿这个追求你，所以做得有点儿夸张，不要介意。"

卫展眉看了他一眼，扭头，直接用筷子夹起那小兔子放进嘴里咬了几口，嘎嘣脆。

顾安没想到左芯薇会主动跟自己打招呼。

之前她的好友跟隔壁体校的一个男生在交往，而那个男生的老大——一个高三复读也就是高四生，大家喊他朗哥的人在追左芯薇，据说追得热火朝天。左芯薇并不是强硬的人，虽然一直没有答应，但朗哥请大家吃饭、唱歌，如果是朗哥生日一类的"重大"的日子，左芯薇还是会去的。

这些事在顾安她们这个小圈子里都不是秘密，也都识趣地不会在一中乱讲，大家都是入学没太久的高一新生，对体校老大，对高二级花这样的人都莫名带着好奇和敬畏。

所以在朗哥生日上看到左芯薇的时候，顾安和自己的几个朋友是很热络地去跟左芯薇打招呼的，还说自己也是一中的，是学妹……

无非是些拉近乎的话。左芯薇听了，只是笑，周围的男生喝酒，她也喝一点儿，只喝香槟，是朗哥老爸在国外出差带回来的，粉红的颜色在高脚杯里轻晃，跟她的笑容一样，美丽，但说不出的疏离。

　　那次是刚开学没多久，左芯薇只去过那儿一次，后来顾安就没见过左芯薇了，在学校里碰见了，顾安想打招呼，左芯薇就跟没看到她们一样，眼睛都不瞥一下地直直掠过她们，顾安她们也不蠢，久而久之就晓得不跟她打招呼了。

　　结果这日左芯薇看到顾安，居然主动说："咦，顾安？好巧，上次谢朗生日宴之后，都一直没再见到你。"

　　顾安愣了愣，周围眼下也没有什么其他人，她说："我经常看见你啊……还跟你打过招呼。"

　　左芯薇反而一副错愕的表情："真的吗？啊……其实我有点儿近视，根本看不到周围人对我打招呼，每次都只能快步笔直往前走……"

　　是这样啊！

　　顾安笑了笑，说："原来如此，不过戴眼镜确实不好看，理解理解。"

　　左芯薇也抿了抿嘴，然后说："对了……其实上次我还看到过你，不过你当时在和人说话，神神秘秘的，我就没去打扰。"

　　"哪次？"

　　"就是你和我们班的卫展眉聊天那次。"左芯薇看着她，"我还挺意外的，你们居然认识。"

　　顾安几乎是下意识地就想否认，结果左芯薇又说："她如果有朋友我就放心了，我跟她关系其实很好，但很多人都误解她……我很担心，又不知道能为她做什么。"

　　顾安一时间不知道该感叹原来卫展眉也有朋友，还是该感叹左芯薇的性格真是太好了。

她说："其实……卫展眉是我的表姐，不过她不怎么希望这件事被太多人知道。她性格比较冷淡，你也明白吧。"

"表姐？"左芯薇微微睁大了眼睛，然后露出了一个了然的微笑，"嗯，明白。"

把责任推到卫展眉那边，顾安觉得理所当然，何况，卫展眉原本就不是会为自己辩解的那种人。

顾安忽然说："说起来，你们班的方季白，好像和我表姐关系不错啊。"

左芯薇没想到顾安会先于自己提起方季白。

"为什么这么说？"

"就……前些日子，卫展眉不小心摔跤了，方季白不知道为什么来了我家，然后把她送去了医院。"顾安尽可能含糊其辞地说。

但这已经足够了。

左芯薇几乎是勉强地扯了扯嘴角："是吗？应该是学习上的事所以去你家，顺手把你表姐送去了医院吧。他人很好的……很少拒绝别人。"

顾安立刻附和："我也觉得，方季白看起来人好温柔啊。"

左芯薇点点头："嗯，好像快上课了，我要先走了。对了，你有手机没？"

"有。"

两人交换了号码后左芯薇便离开了，而在掠过顾安的那个瞬间，她脸上的笑容，荡然无存。

放学后，卫展眉和方季白照旧去了墨韵。

卫展眉虽然状态不佳，但应付数学题还是绰绰有余，倒是方季白愁眉苦脸，在草稿纸上写写画画。

做完一套题，卫展眉手速极快地批阅了一下，最后说："嗯……你挺聪明的。"

至少自己昨天提过的错误，他今天全部没有再犯。

作为一个"老师"来说，这件事让卫展眉罕见地有了点儿成就感。

方季白的手机忽然微微振动了一下，他打开看了一下，有点儿惊讶："是顾安。"

卫展眉闻言，也不由得看了一眼他的手机。

方季白倒是一字一句地念出来了："季白哥，我是顾安，你有空吗？今晚一起吃饭怎么样？"

卫展眉看了方季白一眼。

方季白苦笑道："呃……那天在医院，她留了我手机号码，说是如果你有什么事可以发短信给我，她说她是你表妹。"

卫展眉说："她还有说什么？"

方季白如实道："她说你父母双亡……问我想不想知道发生过什么。我说不想。"

卫展眉看着他，没有说话。

"我承认我也有好奇之心。"很奇妙，方季白总像是能够明白卫展眉的沉默是在表达什么，"但是，不展露这份好奇，是尊重。"

卫展眉垂眸，过了一会儿才重新开口。

她说："做下一张试卷吧。"

方季白应了，顺手当着卫展眉的面删掉顾安的那条不知所谓的短信。

高中生活是缓慢的，上课、写试卷、改错题……承载了名为"你的未来"的几乎看不见未来的生活像固定的钟摆，将永不知疲倦地、沉重而无趣地永远摇下去。

然而高中生活又是飞速的，总觉得还有很多时间可以复习的考试往往很快就降临，以为可以拖延一会儿再看到成绩的每个假期，不允许你带任何侥幸地、不留情面地瞬时就来到眼前。

卫展眉的生活因为方季白而出现了一些波澜，但很快又回归平静，只是那些平静里，也多了一个"方季白"。

他们每天中午一起去废弃的那部分校园区里吃中饭，依然是方季白带便当，卫展眉已经很久没吃上那干巴巴，几乎没有任何味道的饼干了，但她仍然很少和他说话。

中午本来就是卫展眉的独属于自己的罕有的放松时间，但既然方季白不肯离开，她便也随方季白，反正方季白也不会无故打扰她。

有时候，方季白也会带着相机，这里拍拍，那里拍拍。这个时候，卫展眉还挺警惕的，只要感觉不对，就会立刻睁开眼睛，或者扭过头，仿佛生怕被方季白拍到一般。

放学后和周六周日，两个人则会一起去墨韵，卫展眉没有手机，两人全靠前一天约好的时间和地点来见面，但没人迟到，也再没有什么意外，除了顾墨偶尔还是会告诫她不要跟方季白走得太近——但卫展眉不理顾墨，且有上次的事情，顾墨也不会真的用什么强硬手段阻止她。

尤其是，顾墨自己似乎也很忙——虽然跟从前一样，也不去学校也不回家，不知道和那群混混朋友在做什么。

卫展眉能感觉到方季白的数学在不断变好，他很聪明，却并不恃才傲物，相反，他谦虚好学，同样的题型做很多遍也不会厌烦。

卫展眉并不享受和他相处的时光——她不会享受和任何人相处的时光——但起码，她不会觉得讨厌。

这对她而言，已经是极为难得的事情。

就这样过了半个月，第一次月考终于来临，为期两天，放在周四和周五，考完就可以放假——然后周一则面临成绩的审判。

理科的ABC三个班被打乱顺序在不同的教室考试，方季白和卫展眉并不在一个教室，第二天上午考完数学，方季白看到从隔壁班里走出来的卫展眉。

难得地，卫展眉朝他这边看了一眼。

方季白对她笑了笑，用口型说："还不错。"

卫展眉淡漠地转过头，仿佛根本不关心他的成绩一般。

方季白笑了笑。

"你和卫展眉……好像关系不错啊。"和方季白被分到一间教室的左芯薇不知何时出现在方季白身后，她嘴角扬起，声音里却没有什么笑意。

方季白一脸惊讶地看了她一眼，说："有吗？"

左芯薇斟酌着说："你们好像每天中午都一起走……"

很多事情她不能直说，她不能说自己跟踪他们，不能说自己从顾安那里知道了什么……她只能这样委婉地，在考完试后，装作不经意地提起这件事。

嫉妒的嘴脸是多么可憎又可怕，她心里太清楚，那样的面容，是绝对无法在人前展示的。

方季白微微一愣，然后露出一个有些赧然的表情："嗯。"

这样的表情，深深刺痛了左芯薇，然而方季白又接着说："既然你发现了……那么一定要保密。"

左芯薇彻底傻了。

保密？保什么密？

她几乎是有些结巴地说："你们在一起了？"

方季白立刻说："当然不是……还没有。"

他说的是"还没有"，不是"没有"。

左芯薇看着他，半晌才道："嗯，我会保密的。"

因为才考完试，周六周日方季白又说自己的外婆要来，所以他要陪外婆两天，就暂时不用补课了。

卫展眉清早六点准时睁眼，出去洗漱时，在客厅看见了顾盛的鞋。

顾盛本就很少回家，时间不定。

这半个月卫展眉早出晚归，几乎没有见过顾盛，至于那一次顾盛约好要带林舒去公园最后失约的事情，不知道顾盛是怎么安慰林舒的，两人的关系看起来跟之前仍然一样——又或许，林舒本就不需安慰，她大概早已学会自我疗伤和遗忘。

顾盛的鞋子零散地摆在门口，可见昨天回来的时候人不怎么清醒，卫展眉有些惊讶。

——喝醉的顾盛少不得吵吵闹闹，而这房子隔音并不算好，卫展眉睡眠也浅，往常一点儿声响就会被惊醒，然后睁着眼睛到天亮。

可昨晚，她睡得那么好，一夜无梦到天光。

此时主卧的门被推开，林舒走了出来，她眼角带着一点儿新的伤口，模样疲惫至极，看见卫展眉，她眼神闪躲地道："展眉起来了啊。"

自从那次事件后，林舒对她就一直这样，说不上是愧疚，无非是觉得有些别扭。

卫展眉看了林舒一眼，点点头算是打了招呼。

顾安和顾墨都不在，就是说这个周末很可能只有她和林舒、顾盛在家，这让她有些不自在。

卫展眉洗漱后关上房门便没怎么再出去，外面传来林舒忙进忙出的声音，大约是在伺候顾盛。

中午林舒做了点儿面，也分了卫展眉一碗。

明明已是10月末，然而秋老虎的威力不小，卫展眉只是关在房里看书都不知不觉出了一身汗，可风扇早被林舒收进杂物间了，她也不好去拿，便这样一直忍着，等到了晚上凉了起来，她确定林舒在家后才进了卫生间。

可卫展眉才打开花洒，外面就响起了让人毛骨悚然的敲门声，伴随着顾盛的因为水声而显得有些遥远的声音："展眉啊，在里面做什么呢？我想上厕所。"

卫展眉整个人都僵住了。

林舒明明应该还在的。

顾盛怎么敢当着林舒的面来敲卫生间的门？！

见卫展眉没有给出任何反应，顾盛大声道："展眉啊，你在不在里面啊？怎么没反应啊？"

温热的水浇在卫展眉的身体上，却浑身发冷，顾盛的敲门声宛如催命的铃声，一次比一次急促，"哐当哐当"，又如一把带倒刺的铁锤，充满恶意地击打着她。

她站在花洒下，没有多余的闲心去管那不断从她头顶洒落的几乎要蒙住要视线的水，只将浴帘拉开一条缝隙，死死地看着那被顾盛敲得"砰砰"响，仿佛下一刻就会倾塌的门。

顾盛的独角戏犹自上演："奇怪了，展眉，你听不到我说话吗？好吧，那我只能开门了……"

钥匙相撞的声音很快响起，顾盛并没有掩饰他一开始就带了钥匙这件事。

卫展眉把水稍微调小了一点儿，她湿漉漉地站在原地，听着钥匙插入锁孔的声音，听见锁孔被转动的声音……一切都像是被放慢了，却也越发清晰起来。

"咔哒！"

锁开了。

顾盛的呼吸声都粗重了起来——猎物已在掌中，只待他伸手一捏便是。

"咦？"想象之中的顺利的推门并没有成为现实，虽然锁确实被打开了，但门后却被什么东西抵得牢牢的，任他如何用力，门除了发出"嘎嘎"的声音之外，也不过只被推开了一道非常小的缝隙，而洗澡的地方在门的后方位置，所以从缝隙看过去，除了看到一堆盆子的一角之外，连浴帘都看不见。

顾盛显然有些愤怒，用脚踹了几下门，见门依然关得牢牢的，只能悻悻骂了几句，骂声后是踢踏的离去的脚步声。

卫展眉闭上眼睛，才意识到自己浑身都在发颤，她几乎是有些手脚无力地慢慢擦干身子，穿上衣服，走到门后。

卫生间的门把上，横插着两个拖把挡住了门，门后还抵着一个洗衣机还有一堆杂物，光是她自己慢慢挪开都挺费劲的。

每次洗澡都得这样，然而一点儿其他的办法也没有。

她不想让两年前发生的事情，再次上演。

那伴随她度过日日夜夜的噩梦。

卫展眉并没有立刻出去，而是从缝隙中往外看了一眼。

这一眼让她几乎背过气去——顾盛并没有真的离开，他还站在外面。

那窄窄的缝隙里，露出了顾盛的半边脸，一只布满红血丝的眼睛正眨也不眨地看着她。

卫展眉倒退了一步，顾盛却露出了一个油腻恶心，带着一丝快意的笑："展眉，你果然在里面啊。"

卫展眉咬着牙，冷冷地看着顾盛，半晌，她转身躲在了门后，也不管顾盛再说什么。

而顾盛显然是清醒的，他没有再说话，懒得费唇舌。

卫展眉站在卫生间里，听着外面的动静，外面很安静，林舒似乎并不在。

也不知道过了多久，传来开门的声音，接着是林舒的声音：

"真是的，你忽然说什么要吃城南那家的盐酥鸡……外头好热呢，我骑车骑得一身是汗。"

顾盛的声音里带着笑意："真是辛苦你了，来来来，我们一起吃，我记得你也挺爱吃的嘛。"

林舒轻笑了一声，两人似在客厅里坐了下来。

听起来气氛融洽，堪称恩爱。

卫展眉猛地冲到洗手池边，剧烈地呕吐起来。

她没有吃晚饭，眼下腹中空空如也，她什么也吐不出来，只是不断地、撕心裂肺地干呕。

外面的林舒听见了里边的动响，微微一愣，伸手去敲门："展眉，你还在里面？洗个澡怎么洗这么久？"

卫展眉一边咳嗽一边干呕，没有办法回答。

林舒又说："展眉，你还好吧？怎么好像在吐啊？"

卫展眉干呕了半天，终于慢慢缓过来，她洗了把脸，慢慢把门背后的东西一点点拿开，然后走了出去。

林舒莫名地看着她，最后只是说："要不要吃点儿盐酥鸡？"

卫展眉摇摇头，一言不发，重新走回了自己的房间。

那一夜，卫展眉做了一个梦。

虽然是梦，却是真实发生过的事情。

那是初三暑假开始逐渐发生的变化，卫展眉每次洗澡时，时常觉得有一道让她毛骨悚然的视线在周围萦绕。

彼时，卫展眉已然抽条完毕，逐渐有所谓的"身材"，暑假也不必再一直穿着土里土气的校服，哪怕是普通的白色T恤、短牛仔裤，也可以看出纤细的腰肢、笔挺白皙的双腿和微有幅度的胸脯，而她本人毫无察觉。

直到某一日，她如常洗澡，忽然听见外面传来门响声，然后有人竟然推开了卫生间的门，堂而皇之地走了进来。

卫生间里的浴帘并不透明,只能隐隐看见头顶白炽灯下的人影,饶是如此,卫展眉也大吃了一惊,下意识伸手牢牢抓着浴帘的可以拉开的那头。

然后她听见顾盛的声音:"啊哟,怎么有人啊?不会是展眉吧?哎呀,展眉你也真是的,洗澡也不知道反锁一下门……"

当时的卫展眉咬着唇,一句话也不敢说。顾盛却只是笑了笑说了句:"反正有浴帘,我上个厕所哈,有点儿急。"

卫展眉不可置信地待在浴帘后面,直到顾盛真的上了厕所,然后转身离开。

那时候她甚至真的幼稚到相信,是自己一时大意到忘了锁门。

她没有想到,那只是个开始。

周一成绩下来,几家欢乐几家愁。

卫展眉发挥得还不错,全班第二,年级第四,数学和理综考得尤其好。

再看方季白,英语居然只在作文扣了2分,分数是全班第一。但总成绩还是被数学拖了后腿,只考了个全班第十五——其实也是有进步的,考了108分,比上次足足进步了16分。

方季白拿着数学试卷翻来覆去地看,最后一声长叹:"我以为起码可以上110分的!就差2分……"

他说完,看了眼卫展眉,却见她低着头,虽然视线是落在成绩单的方向上,却显然并没有真的在看成绩单,而是在出神。

年级第四,似乎也一点儿都不能让她开心。

方季白凑近了一些,说:"卫展眉?"

卫展眉像是被这一声喊得回过神一般,有些茫然地看向他。

方季白说:"为了庆祝我们两个成绩都有……嗯,大幅度提升,今晚庆祝一下?"

卫展眉面无表情地说:"庆祝?"

不等方季白点头，她伸手拿过方季白的成绩单，说："这种成绩，有什么好庆祝的？"

方季白一愣，反而笑了起来："那就替你庆祝？"

卫展眉冷淡地摇了摇头："继续复习。"

"……"方季白哑然失笑，最后只能点头，"好好好。"

结果中午吃饭的时候，左芯薇跑来找卫展眉，说想和她一起吃饭。卫展眉皱眉正要拒绝，左芯薇又说自己有几个题目想问她，请她一定要答应，饭也是她请——不去那些夸张的地方，就去食堂就好。

左芯薇眨着大眼睛哀求，卫展眉犹豫片刻，还是只能答应。

然而吃过饭，左芯薇问了几道没什么难度的数学题后，一副不经意的样子说："对了，你之前中午每次跟方季白吃饭，也都会帮他辅导功课吗？"

卫展眉一愣，看向左芯薇。

左芯薇一脸无辜地看着她，说："怎么了？啊……你不知道我知道吗？方季白提过啊。啊，还是说，这件事不应该让我知道？对不起……"

卫展眉看着她，最后只是摇了摇头："本来就不是什么不可告人的秘密。"

左芯薇眨了眨眼睛，说："对啊，只是两个人一起吃饭嘛……虽然确实有点儿容易让人误会。"

卫展眉皱起眉头，张了张嘴，却不知道该说什么。

"其实我每次一个人吃饭也挺寂寞的，要不然这样吧，我以后跟你们一起吃行不行？"左芯薇一脸期待，又立刻说，"当然，不方便就算了。"

卫展眉说："没什么方不方便，你要去就去吧。"

左芯薇看着她，露出了一个友善的笑脸："好哇。"

当晚卫展眉为方季白补习的时候丝毫没有提及这件事，还是第二天中午方季白去废弃的教学楼时，发现卫展眉没来，两人习惯坐的位置上，坐着左芯薇。

看见方季白，左芯薇很高兴地对他挥了挥手："方季白。"

"卫展眉呢？"方季白皱着眉头，语气算不上亲和。

左芯薇没怎么见过方季白这个样子，愣了愣之后有些委屈地说："我也不知道啊，是她昨天说我如果中午想来这里也可以来的，结果不知道为什么她今天没来……"

方季白低头，像是整理了一下情绪，这才开口："你带了盒饭吗？"

左芯薇把放在身后的盒饭往里推了推，然后故作恍然大悟："啊，还真的忘记了。"

方季白把手里的盒饭递给左芯薇："那你拿着这一份。"

"好，谢谢。"左芯薇笑着接过盒饭。

可方季白接下来的话却让她的笑僵在了脸上："你慢慢吃，我先走了。"

左芯薇将盒饭随手一放，猛地站了起来："方季白！"

已经转身离去的方季白被喊住，有些不解地回头："嗯？"

左芯薇的眼睛有点儿红："你……为什么啊？"

方季白仍然茫然地看着她："什么为什么？"

左芯薇抿了抿嘴唇，说："你是不是真的喜欢卫展眉？"

方季白皱眉，没有说话。

"你喜欢她什么？"左芯薇却像是一定要问出一个答案，"那些关于她的事情，你并不是不知道！她的性格有多古怪，你也不是不知道！如果你喜欢她，你到底喜欢她什么，她有什么值得喜欢的？我求你，哪怕告诉我一个她的优点也好！"

方季白想了想，说："她……很可怜。"

左芯薇瞪大了眼睛，说："什么？"

可怜？这从何说起？

"至少在我和她认识的这一个多月里，她从来没有在背后说过任何人的坏话，也没有做过任何一件不好的事情。"方季白沉吟，"可是，有很多人，却在背后说她的坏话，做着伤害她的事情。"

这一句话仿佛是一个毫不留情的巴掌狠狠扇在了左芯薇的脸上，她不可置信地说："你是在说我？我……"

"不是。"方季白却摇头，"我说的是谁，那些人心里有数。我觉得卫展眉是个很特别，也很好的女孩子。至于你说的喜欢，唔，我和她都是专心念书的人，没有谈过甚至没有想过这个方面，不过你这样一说……未来终归是不可预知的，总之，顺其自然吧。"

"那如果我说，我喜欢你呢？"左芯薇忽然说。

毫无疑问，她是个很漂亮的女生，五官立体又秀气，且眼下是最好的年纪，即便素颜也仍是皮肤白皙、眼睛明亮。此刻她双眸带水、眼角微红，还带着一丝哀切的神情，这是任何人都很难拒绝的一张脸，也是任何人看了都会于心不忍的表情。

尤其，她所说的话是这样动人。

然而，方季白只是微讶："果然是这样……"

这句话一出，左芯薇的心就冷了大半。

他并不是不知道。

也是，她长得好看，从初中开始就被很多人追求，总是高高在上，这回对着方季白，从开始就放下了所谓的身段，聪颖如他，怎会毫无所察？

可他不置一词，只装傻。

接下来，方季白的回答便并没有再让左芯薇惊讶，他微微颔首，像是在对她表示抱歉："那你就不要喜欢我了。我没有什么地方值得你喜欢。"

左芯薇立刻说："喜欢这种事，哪有什么值不值得……"

"是有的。"方季白笑了笑，"你开始也问过我，卫展眉有什么值得喜欢的。"

秋日的阳光意外的毒辣，毫不留情地直照在左芯薇的脸上，她微仰着头，愣愣地看着方季白。

而方季白没有再多说什么，已经转身离开了。

左芯薇望着他的背影，半晌，终于蹲下身大哭起来。

方季白轻轻推开教室的后门。

时值午饭时间，大家要么还在食堂吃饭，要么在其他地方晃荡，从走入教学楼开始，就能感受到一种其他时间不可能有的寂静。

不怎么让他意外的，卫展眉在她自己的座位上，整个教室除了她之外空无一人，她藏身在整齐的桌椅间，一如往常将头埋在手臂中，因为太瘦，背和肩膀微微耸起，给人一种防备的感觉。

方季白缓缓走到她身边，也在自己的座位上坐下。

卫展眉微微动了动，应是发现了他的到来，可她并没有把脑袋抬起来。

方季白说："吃饭了吗？"

他没有问她为什么没去。

卫展眉依然没理他。

方季白只好伸手轻轻敲了敲她的桌子："卫展眉？"

卫展眉这才勉强地抬头，看了他一眼。

原本方季白以为卫展眉是心情不悦，她这一抬头，才发现她额上出了些微冷汗，脸色发白，分明是不舒服的样子。

方季白立刻说："你怎么了？"

卫展眉低声道："低血糖，老毛病。"

说这六个字似乎都花费了她极大的力气。

方季白愣住。

卫展眉瘦成这样——实际上，最近还稍微被养胖了一点点——就知道她身体不是很好，而从她以前午饭只吃一点点饼干来看，会有低血糖也不是特别让人意外的事情。

他当即道："等一等。"

说完，他就转身跑去小卖部，零零碎碎买了一大堆糖果，巧克力和含糖饮料，一股脑儿用塑料袋装着带上了楼。

卫展眉虽然很不舒服，但尚有独立进食的能力，方季白带了一堆甜食上来，她也没有推辞，默默含了几块巧克力在嘴巴里，又喝了几口饮料，再趴了十分钟，才终于似是缓过来了一些。

见她脸色稍微恢复了正常，方季白把剩下的那份盒饭推到她面前："吃午饭吧。"

卫展眉摇了摇头。

方季白一顿："为什么？你应该是没吃午饭才这样的。"

卫展眉轻声说："我以前也不吃午饭。吃饼干，也足够。"

方季白明白过来。

卫展眉的意思是，她以前光吃饼干，也并不会导致这样低血糖发作，但自从他每次都抢走她的饼干让她跟他吃一样的盒饭后，不知不觉，她也习惯了什么都不带，吃他的午饭。

她不能依赖其他人。

这件事，是她有自己的认知以来，就一直一直非常清楚的一件事。

然而，她到底是忘记了。

才会像现在这样，趴在桌上，头昏眼花。

饶是方季白脾气不错，也不由得有些生气："是你自己好端端忽然不来，还让左芯薇去，现在对我发什么火？对我发火也没有问题，不要拿你自己的身体开玩笑！现在你这样还不肯吃东西，下午怎么上课？"

他的语气和态度前所未有的凌厉，卫展眉却说："你是高情商的人，左芯薇对你，连我都看得出，你难道看不出来？"

她声音同样冷硬，仿佛觉得方季白这人玩弄他人感情，有些不屑。

"看得出来。"方季白勉强平息了点儿自己的怒气，"但那又怎么样？我还看得出来有很多人喜欢我，难道我要一个个主动去处理？她们自己不开口，喜不喜欢我，又与我何干？照你这么说，你今天让左芯薇去，倒是在撮合我跟她了？如你所愿，她开口对我告白了，然后，我拒绝她了。"

卫展眉看了他一眼，脸上有一闪即逝的讶然。

可最终她垂眸："我没有要撮合任何人的意思。"

她只是觉得，左芯薇喜欢方季白，那么想去和方季白一起吃午饭，就让左芯薇去吧。

这对卫展眉来说只是一件很小的激不起涟漪的事情……如果不是低血糖发作的话。

方季白看着她，脸上满是无奈，最后他认输一般推了推盒饭："吃掉吧，下午还要上课。"

他的语气已经恢复到往常一般的平和。

卫展眉没有接，方季白又说："我的那份我自己已经吃过了。"

卫展眉揉了揉太阳穴，最后还是把盒饭拿了过来，慢吞吞地吃了。

方季白本来觉得卫展眉好歹会问他为什么拒绝左芯薇——但想了想，如果卫展眉会开口问，那才奇怪。

她确实不在乎这件事，只是顺其发展。

她从不是推波助澜的手，她只是随波逐流的水。

明明是偏执的人，在不在意的事情上，却又温顺和不在乎得可怕，这样的古怪的、极端相反的性格，大概和她那奇怪的"家庭"有关，如果那可以被称之为"家庭"的话。

为了防止教室里有饭菜味，教室里是禁止吃小零食之外的东西的，所以午休时间才总是空荡荡。

眼下教室里只有他们两个，卫展眉慢慢地吃，方季白看一眼她，又看一眼窗户，活像是个放风的。

等第一个人回来时，卫展眉自己也敏感地注意到了，她把筷子一搁，将饭盒盖上，迅速藏进自己的抽屉里。

还来不及开口通知她的方季白微微一怔，忽然忍不住轻笑起来。

卫展眉莫名地看了他一眼。

方季白却只是说："你真的挺有意思的。"

卫展眉没理他，精神不振地侧趴着，用后脑勺儿对着他。

等人陆陆续续都回到教室里了左芯薇才回来，她手上拿着饭盒，淡定自若地走进来，完全看不出不久之前她还蹲在空无一人的废弃教学楼下遭遇了告白被拒并大哭一场。

左芯薇来得晚，众人的目光又下意识被她吸引，眼瞧着她慢慢走到方季白身边，又把饭盒递给方季白，都不由得露出八卦的神情。

"味道很不错，谢谢你。啊，还有，饭盒我洗干净了。"她冲方季白笑了笑，不等方季白说话，就转身回了自己的座位上。

这话一说出来，其他人自然是浮想联翩。

方季白什么也没说，神态自若地将饭盒随手收进挂在课桌旁边的袋子里。

卫展眉没什么动静，仿佛没听见两人的谈话一样。

不过等预备铃响起后，方季白要从抽屉里拿书时才发现，自己开始给卫展眉买的各种小零食，不知道什么时候都回到了自己的抽屉里。

他看了眼卫展眉，卫展眉显然已经比开始好多了，至少坐得颇为端正，正漫不经心地翻着课本。

方季白也终于觉出一点儿饿的感觉来。

他随手拿了个巧克力派，吃了一口就忍不住皱眉——他不喜欢吃甜的，怎么也没想到这东西能甜腻成这样。

放学后，方季白贴心地问："你身体不舒服，要不然今天就不要补课了，你先回家？"

卫展眉听到"先回家"这三个字微微一顿，接着摇头说："不必。"说完便背着书包走了。

方季白望着她的背影，心下微有疑惑，此时左芯薇的目光却不期然地投了过来。

她神色略带哀伤，不言不语，安静地看着方季白，姿态楚楚，我见犹怜。

而方季白歉意一笑，随即便挪开视线，走出了教室。

墨韵里，方季白做完一套卷子，有些疲惫地揉了揉眉心，把卷子递给旁边也在低头做功课的卫展眉。

"你做完你自己的事情再帮我看看吧，别太累。"

卫展眉点点头，却还是直接先开始批卷子。

方季白今天是真的有些累，难得孩子气地侧趴在桌子上，抬眼看着一旁的卫展眉。

卫展眉恍若未觉，认真改着卷子。

方季白忽然说："你不想回家？"

卫展眉握着红笔的手忽地停滞，而后她皱眉，看向方季白。

"只是随便问问。"方季白眨了眨眼，"不想回答的话可以不用回答。"

"你相不相信，这个世界上，有种人是不该出生的。"卫展眉的声音很轻，不仔细听，这句话就会散入空气中，随着尘埃一同落地，隐匿。

"什么？"方季白却很敏锐地捕捉到了这一句。

卫展眉垂眸："没什么。"

方季白认真地说："之前你进医院那一次，我就说过，对你家里的事情，我不可能不好奇，但是因为尊重，我不会仔细探听。可如果你在家中过得不好，只要我力所能及……"

"你不探听，是因为不需要。"卫展眉打断他，眉眼间神色冷淡，"我父母的事情，班上有人不知道吗？"

而即便方季白是转校生，他的好人缘和"卫展眉同桌"这个身份，想必会让一些人主动告诉他关于她的事。

方季白说："我确实知道。但即便如此，你和你阿姨叔叔合住，也应该会过得还算顺心，上回那样的事情，和你现在这样排斥回家，都让我很担心……"

"方季白。"卫展眉放下笔，喊他的名字。

这是个不怎么好的讯号，卫展眉每每这样皱眉喊他，往往都表示她心情极其不悦。

方季白无奈地笑了笑："算了，当我没有问。"

她的戒备心，仍然是太强了。

不过下一刻，卫展眉就出他意料地说："我的事情，你听到是怎么样，就是怎么样。我没有兴趣为自己辩解，也不觉得被人在背后议论无法忍受……只要不影响到我本人，都没有关系。"

方季白并不赞同："怎么会完全没有关系呢？何况，那本来就不是你的错。"

卫展眉说："那么，你觉得，是谁的错？"

方季白张了张嘴，却有点儿无法开口，即便那个答案十分明显。

"是谁的错，也都无关紧要了。"卫展眉的声音里罕见地带上了一丝淡淡的茫然与哀切，"他们都已经死了。"

方季白看着她这个样子，不知怎的，就想到了那时候在篮球场上，那几个男生用一种不屑而莫名兴奋的语调说——你不知道吗？卫展眉的爸爸是个强奸犯……强奸了她妈妈！她爸爸畏罪自杀，她妈妈在生下她之后也跳楼了……

窗外，天色已暗，一轮残月如钩，它慷慨地将月光洒在每一寸土地之上，又吝啬地让月光那样稀薄，稀薄到，若不仔细去看便会以为，目光所及之处，仍是一片黑暗。

第六章 *miss you* / **她大概是恶之花，注定不应绽放**

11月中旬，顾安的十六岁生日就要到了。

十六岁，虽然不如成年那么重要，但对于女生来说，也算是个颇为重要的日子，林舒打算帮顾安在家里办个小生日宴会，让顾安请玩得好的同学来家中聚聚就好。

可没什么意外地，顾安毫不犹豫地拒绝了林舒的提议，说是自己要在外面的KTV请客。

一个中等大小的包厢怎么也要一两百一下午，林舒对此很不安，正打算用借口搪塞，却发现顾安并没有问自己要钱。

林舒有些困惑地问顾安哪里来的钱，顾安说是自己用生活费省下来的，弄得林舒又感动又愧疚，直说顾安懂事，又让她不要为了这些事情而不吃饭省钱。

顾安敷衍地答应了几句。

顾安十六岁的生日对卫展眉来说自然什么都不算，她连自己的十六岁生日……不，准确地说，是每一年的生日，都不在意。

是记得不清楚，还是刻意地遗忘，又或者两者兼有之？

小时候仍然对过生日有期待的她，没有等到过属于自己的生日蛋糕，没有等来过自己的精致小礼物，只等到林舒那宛如呓语一般无尽的谩骂与诅咒。

她是怀揣着罪出生的，父亲的罪孽、母亲的罪恶……每个女孩儿都是花朵的话，她大概是恶之花，注定不应绽放。

不过没想到，在顾安生日前的一个双休日，顾安回了趟家，然后邀请卫展眉去她的生日宴会。

"不去。"虽然有点儿惊讶，但卫展眉还是毫不犹豫地拒绝了顾安的邀请。

顾安早就料到这个回答，耸耸肩，说："我也不是特别想请你啊，但是你好歹是我表姐，去一下也不行？就露个面都好哇。"

卫展眉还是那个回答："不去。"

顾安何曾低声下气地求过卫展眉，她的心里永远是看不起卫展眉的，甚至带着一点儿厌恶，毕竟她是林舒的孩子，深受林舒影响，也曾想过，若是家里不必抚养卫展眉这个拖油瓶，那么给自己的零花钱可以多上不少。

但她还是忍了下来，仍然只说："卫展眉，你就这么不给面子，你们班的左芯薇都去呢。"

"左芯薇？"卫展眉皱眉，看了顾安一眼，想不通左芯薇怎么会去顾安的生日宴会。

顾安说："我有个玩得好的朋友的男友是隔壁体校的，他老大在追左芯薇呢，所以大家一起出去玩的时候见过面咯，然后上次刚好她知道我是你表妹，我们慢慢就熟了。"

"不去。"卫展眉心生厌烦，语气更加坚定。

顾安气急败坏地走了。

没一会儿，林舒又来了，好言劝着卫展眉："展眉啊，安安邀请你，你就去嘛。这么多年了……"

卫展眉一听到林舒说"这么多年"就隐隐头疼，恰逢顾墨回来，见林舒在客厅对卫展眉念叨这件事，冷着脸把顾安喊了出来，往沙发上一坐，两条大长腿毫不顾忌地伸着。

"顾安，什么时候？我也去。"

顾安到底是有点儿怕顾墨的，听他说要去，当即皱眉："你也去？你去干吗？"

顾墨没说话，只挑眉看她。

自从上次在医院爆发争吵后，林舒也没怎么看到过顾墨，心里也对这个和自己没什么血缘关系的、性格古怪的孩子有些不好意思："安安啊，你说什么呢，阿墨是你哥哥。你叫展眉去，阿墨自然也是应该要去的。"

顾安不情愿地小声嘟囔了几句，但没再反驳，林舒则一副皆大欢喜的样子："行了，你哥哥和表姐都去，都陪着你，妈妈也安心一些。"

卫展眉看了眼林舒，又看了眼顾墨，最终没有说什么，转身进了自己的房间。

周一，卫展眉还没开口告诉方季白这周日不能帮他补课，方季白就主动说："想不到你表妹生日会邀请我，这样也好，既然你在，我去也没什么。刚好也不用补课，休息一天。"

卫展眉明白过来是怎么回事。

难怪，一向和她交情极差的顾安会主动邀请自己参加她的生日宴会，甚至一副不依不饶的样子。

卫展眉揉了揉眉心，最后只简单地"嗯"了一声。

算了。

也不能怪谁，谁都没有错。眼前这个无知无觉，脸上还挂着招牌式笑容的家伙没有错；为了邀请方季白而强行让自己去KTV里"露个脸"仿佛把她当成什么来给房地产楼盘剪彩的明星的顾安没有错；因为常年在林舒的唠叨下，深感疲惫，无力抵抗，只要那句"这么多年了"的开头响起来，就会妥协的自己，也没有错。

因为"这么多年了"之后紧紧跟随的，一定是蚹骨之蛆一般的，被翻来覆去说过的他们那一家子对她的这些年来的恩惠。每一餐给她吃过的米、每一口喝过的水、每一天清晨挤出来的那一点儿牙膏，诸如此类的，如果都能量化就好了，用数字精准地记载下来，时至今日，看起来一定十分吓人，也好明明白白地摊开在她面前，好让她看看自己到底是怎么活到今天的。

林舒没法真的用数字记下这些大大小小的恩惠，但很有意识地会反复在她面前提起，就像是巴普洛夫训练自己的狗，林舒也用类似的法子来让卫展眉听到"这么多年了"便疲惫地接受她的说法。

方季白倒是显得很期待："那天你会送她什么礼物？"

卫展眉说："什么都不送。"

"什么都不送？"

卫展眉点点头，不打算解释。

方季白只好说道："你表妹喜欢什么？我对送女生礼物也是一窍不通。"

"你可以问她。"

方季白皱眉："算了，我随便买个玩偶送她吧。"

卫展眉想说顾安应该不会喜欢玩偶，但转念一想，方季白捧一棵大葱过去，顾安大约都会夸大葱长得水灵，便也没有开口。

方季白又问："对了……你那个表弟，顾墨会不会去？"

"会。"卫展眉有些困惑，方季白怎么会特意问起顾墨。

方季白却没有接着问了，只是笑了笑就打开了课本。

这件事卫展眉也并未太在意，晃眼就到了周日，顾安下午就来敲卫展眉的门，让她和自己一起提早出门。

卫展眉还在背单词，闻言只是说："我今天不去了，反正你只是为了邀请方季白。等他到了，如果问起，你就说我不舒服。"

顾安没想到卫展眉会这么轻易戳破她的意图，她愣了愣，说："什么是为了邀请方季白啊……本来你不去也行，但左芯薇晓得你会来还挺高兴的，要我带你一起提早去，她说要帮我打扮，又说你平常都不爱打扮，这次带上你，刚好一起帮你也弄弄……左芯薇人这么好，又是你同班同学，这你都不去？"

卫展眉说："不去。"

"你……"顾安瞪大了眼睛，"算了，不去就不去，反正今晚爸妈都会回来，到时候他们晓得你没去，看他们怎么说你！"

卫展眉忽然道："他们晚上会回来？"

"啊？"顾安不耐烦地道，"是啊，爸爸下午应该就会回来了，毕竟今天是我生日啊，妈妈应该要稍微晚点儿。"

卫展眉说："算了，我跟你去。"

顾安莫名其妙地说："你这人怎么这么反复无常啊？去吧去吧，我跟你说啊，除了知道我们关系的左芯薇和方季白，你不要跟别人说太多知道吗，我朋友都是新生，没什么人知道你的事，你就说你是我表姐就行，其他的千万别乱说。"

"我的话，本来就不多。"卫展眉看了她一眼，"你管好话多的人就行。"

顾安隐隐觉得自己也被卫展眉算在了"话多的人"的范围内，稍微有些不快，忍不住翻了个白眼。

两人乘公交车抵达左芯薇家。

左芯薇的父亲自己有小公司，母亲是小学老师，一家人住在还不错的一个小区里，整体环境比顾家好上不少。

顾安颇为羡慕，一边和左芯薇发短信确认位置，一边说："真羡慕左芯薇，长那么漂亮，出身也好，父母都有文化收入又不菲，一堆人喜欢她……她自己还EQ、IQ双高，听说她大学会直接出国留学哎，等毕业再嫁个有钱人……真是梦幻人生啊！"

原本像这样感叹一通，周围的女生都会下意识地附和，左芯薇看上去过得太好了，从出生开始就一帆风顺，各方面都优于常人，很难不让人有一些情绪——羡慕也好，嫉妒也罢。

但卫展眉没有任何反应，仿佛没听见一样。

顾安倒是已经习惯了她这种样子，无语地摇摇头，又转了转眼珠子："对了，你说……左芯薇和方季白之间……没什么吧？"

卫展眉皱了皱眉："为什么这么问？"

顾安说："就是猜测而已啊，他们两个都算风云人物，感觉提起方季白，左芯薇也挺有意思的样子，左芯薇又那么讨人喜欢……"

"我不知道。"卫展眉冷淡地说。

顾安："你……哼，算了，反正我今天也有我自己的小计划，就算他们有什么……嘿嘿……"

卫展眉瞥了满脸得意的顾安一眼，并没有张口询问她的"小计划"是什么。

两人上了十七楼，左手第三家就是左芯薇家。两人刚走到门口，左芯薇就开了门，冲她们笑着说："你们来了。"

左芯薇已经换好了衣服，是一套淡蓝色的露肩长袖连衣裙，连衣裙的衣摆摇曳，像盛开的蓝睡莲，下面穿着乳白色的长袜，头发则梳着那个时候很流行的公主头——上半部分的头发往后编，发尾系着同色系的淡蓝色丝带，下半部分的头发则自然地披散着。

顾安忽然就觉得自己身上这条林舒作为十六岁礼物送给自己的"韩式假两件连衣裙"有点儿寒酸，虽然自己刚穿上时还觉得挺好看的……不过，好在有卫展眉在。

卫展眉依然穿着那条洗到发白的灰色小高腰连衣裙，这条裙子，热的时候可以直接穿，现在11月中旬已经很冷了，里面加个白色毛衣也可以继续穿，夏天配凉鞋，眼下就配平常上学穿的一成不变的廉价帆布鞋。

曾经被血迹溅过的地方如果仔细看，仍然可以看得见一丝诡异的痕迹，林舒洗了一次，卫展眉自己洗过两次，都没有用，它们固执地留在那儿，像是要提醒每一个知情人，作为一条年岁已高的小裙子，它经历了怎样的腥风血雨。

左芯薇像是一点儿不觉得两人寒酸，一边笑着让她们进来，一边说："卫展眉，真是巧啊，我和顾安之前因为校外的朋友认识了，当时还没什么机会好好认识，结果上次碰到了，刚好一问，她居然是你的表妹……"

卫展眉点点头，对她的说法并没有什么特别的回应。

顾安稍微有点儿尴尬，打圆场般说："芯薇姐，你真的要帮我化妆吗？其实我平常也会化一点儿啦，不过我自己技术不过关，一般上个粉底涂个唇彩就算了。"当然，还有化妆品太贵了，这个她可不会主动说。

左芯薇笑了笑："嗯，我妈挺支持我保养和化妆的，她说非上课时间化点儿淡妆挺好的，女孩子就是应该越来越好看。"

"你妈妈真好……"顾安实心实意地感慨。

她真心地羡慕，左芯薇各方面条件都那么好，那么符合她的梦想，而林舒，如果知道她化妆，恐怕只会絮絮叨叨地说那些化妆品多伤害皮肤，多浪费钱，多没有意义……

左芯薇依然是微微一笑，但她没有带两人进她自己的房间，只是让她们坐在客厅里。她家眼下没有其他人，但家中装潢很不错，总体走的是时下流行的欧式风格。

顾安忍不住左看看右看看，在心里与自己家那不知道是几十年代流传下来的"复古"装修风格对比来对比去，最后只剩下一声叹息。

然后左芯薇拿着化妆品出来，熟练地给顾安化妆。

　　化完妆，顾安照镜子，满意得不得了，眼睛不住地往那堆化妆品里瞥，默默记下牌子和用途。

　　"卫展眉，轮到你了。"左芯薇说。

　　卫展眉："我不化。"

　　左芯薇："啊？"

　　顾安原本正照镜子照得开心，闻言把镜子往沙发上一放，说："卫展眉……表姐！你怎么回事嘛，开始不是说好了吗？"

　　卫展眉说："我只说来，没说要化妆。"

　　顾安不依不饶："那怎么行啊！你看看你现在自己的样子，寒酸死了，说是我表姐都丢人。"

　　"是你请我去的。"卫展眉冷淡地说，"那我不去了。"

　　顾安简直要被气得晕过去。

　　左芯薇好笑地说："这有什么好吵的……卫展眉，就化个妆而已，不是什么大事，你就当体验一下也不行吗？只是很淡的妆，不会让你觉得别扭的。"

　　顾安立刻说："就是，就是。"

　　卫展眉看着两人没有说话。

　　左芯薇笑了笑，已经换了个一次性粉扑，沾了些粉底，轻轻拍在卫展眉脸上。

　　卫展眉皱了皱眉头，看着笑盈盈的左芯薇，到底没有再说什么。

　　左芯薇给她先上了粉底，又上了一层定妆蜜粉，然后是画眉，眼影，内眼线外眼线睫毛膏修容高光腮红唇彩……

　　明明说好了是淡妆，但看不到镜子的卫展眉却觉得左芯薇大约可以在自己脸上作画了。

　　顾安在旁边聚精会神地看着要"偷师学艺"，结果发现卫展眉长得真的不错。她甚至觉得自己化妆前后的那点儿改变都算不得什么了。

卫展眉本来就皮肤白还不长痘，只是因为睡眠不好显得暗沉，还有黑眼圈，这些现在都被遮瑕给盖住了，原本无神的眼睛在完善的眼妆后神采奕奕，本就很长的睫毛像硬生生又被拉长了几毫米，嚣张地翘在眼睛上。还有让原本就很好看的鼻子更挺的鼻影和高光，让唇形不错的嘴巴变得水润粉嫩的唇彩……

化妆确实会让一个女生的缺点被遮盖，优点被放大，会让一个女生看起来更加精神、更加动人，像是一幅画，放在那里固然好看，但如果装裱后挂在洁净的白墙上，会更吸引他人驻足。

化妆不是整容，无法做到翻天覆地的改变，但化妆给出的那些小小改变，足够让一个女生给人的观感大为不同，让她们被忽视的优点忽然变得明显起来。

尤其是左芯薇伸手把卫展眉扎头发的皮筋给拿下来之后。

卫展眉的长发是中分的，没有刘海儿，额头光洁饱满，后头长发倾泻如瀑，居然显得整张脸跟巴掌一样，下巴尖尖，是极好看的脸形。

顾安一直晓得卫展眉比自己好看，但又时常会觉得，其实两人也差不多。随着年龄与对卫展眉的厌恶一同增长，她现在老觉得其实自己比卫展眉好看些了。

可现在她发现，自己错得太离谱了。

任何一个不认识卫展眉和她的人，看到她们，应该都会毫不犹豫地说卫展眉比她好看大多了，而那些嘲弄卫展眉的人，嫌弃卫展眉的身世、嫌弃卫展眉不洗澡的人……带着厚重的偏见去看卫展眉，自然也无法发现卫展眉的美。

可美终究是美，是没有办法被彻底掩埋的东西。

甚至，顾安这么一看，觉得左芯薇也比卫展眉差一些，卫展眉那种讨人厌的、凛冽的神情，在被妆容柔和后，倒有种别样的美感。

左芯薇审视着自己的"作品"，显然也有些惊讶。不过，她很快笑了笑："卫展眉，你化妆之后很漂亮，但你这条裙子，好像稍微旧了点儿。"

顾安下意识接嘴道："哪止旧了一点儿啊……"

卫展眉淡定地看着她们，仿佛完全不觉得这条裙子有什么问题。

左芯薇说："我借你一条裙子吧。"

"不用。"卫展眉立刻道。

顾安几乎想把自己身上的裙子立刻跟卫展眉交换一下。

左芯薇说："那条裙子我没有穿过……"

"不用。"卫展眉站起来，"走吧。"

顾安也不想让左芯薇把裙子给卫展眉穿，今天是她的生日宴会，有个左芯薇抢风头已经够了，如果卫展眉都那么好看，她也太亏了。

于是她说："芯薇姐，那就算了吧，时间也差不多了。"

左芯薇见状也不再坚持，三人出了门。

这次顾安订的是D市有名的吃喝玩乐一条街里的一个叫唱的KTV，消费不算低，离墨韵那边也颇近。

顾安哪里来的钱，卫展眉已经懒得去想了。

顾安看起来熟门熟路的，进去后跟前台报了名字，就带着她们去了个大包厢。

"现在五点半，等会儿人来齐了就可以叫点儿吃的然后唱唱歌丢丢蛋糕什么的。"顾安一边低头跟人发短信一边说，"他们都快来了，我让小悦帮我顺路把订好的蛋糕也拎过来了。"

没一会儿，果然陆陆续续来了不少人，有男有女，女生都似乎感受不到天气逐渐变冷一样，还穿着夏天的短裙，露出白皙纤细的腿，而男生有的看起来还算老实，有的则显然是混混。

顾安皱着眉头轻声道："卫展眉，顾墨有说他今天会不会来吗？一大早就不在家，现在又联系不上，莫名其妙……上次明明是他自己主动说要来的。"

卫展眉说："不知道。"

顾安无语地"哦"了一声。

正好此时有个男生走了进来，这人高高壮壮，皮肤是小麦色，薄薄的单眼皮，高挺的鼻梁，目光有些狠厉。

还不等顾安开口，那人就到左芯薇身边直接坐下，然后伸手扯了扯她的头发。

左芯薇本来低头在看手机，被拉了头发后抬起头，说："你来了。"

那人一愣，然后笑了笑："你今天对我态度可真好。"

左芯薇拍掉他还拉着自己头发的手，说："你正常点儿，谁会没事对你发脾气啊。"又说，"喂，你怎么直接在我这里坐下来？不去跟今天的小寿星打个招呼？"

谢朗扭头，看向顾安，随手朝她丢了个小盒子："生日快乐。"

顾安也不客气，直接打开，里面是一条闪亮亮的小项链。她惊喜地道："谢谢朗哥！"

谢朗扬了扬嘴角，目光在她身边的卫展眉身上停留了片刻，说："这是你新朋友？"

顾安愣了愣，说："不是，是我表姐……"

她偷偷用手肘推了一下卫展眉，希望卫展眉主动跟谢朗打个招呼，然而卫展眉只是淡淡瞥了他一眼就挪开目光，完全不给面子。

谢朗皱了皱眉头，顾安立刻心惊胆战，好在一旁的左芯薇跟谢朗说了几句话，谢朗的表情才由阴转晴，还挑了挑眉。

顾安暗暗松了口气，不由得小声责怪卫展眉："你也太不给我朋友面子了吧，而且这个人你惹不得的！"

卫展眉说："我露过面了，是不是该走了？"

顾安说："啊？也好也好，你快走吧……"

卫展眉站起来就要往外走，可门却恰好被人从外面推开，然后露出方季白的脸。

方季白今天穿着休闲常服，里面是棉麻质感的衬衫，外面则是薄厚适中的浅灰色套头毛衣，下身穿着普通的牛仔裤和运动鞋，没有特别打扮，却依然赏心悦目。

左芯薇原本正笑着和谢朗在说悄悄话，两人距离极近，方季白进来的时候，左芯薇眼角瞥见是他，立刻脸色大变，甚至下意识伸手推了一下靠过来说话的谢朗。

谢朗皱眉，顺着她的目光看去，看见抱着个熊娃娃的方季白正走进来，顿时更加不悦。

在包厢里的人不少是一中的，尤其是顾安那群朋友，一眼就认出了方季白。

帮顾安带蛋糕来的那个小悦说："咦，这不是方学长吗？"

顾安笑着迎上去："季白哥，你来啦。"

其他那些人并不晓得顾安认识方季白，而顾安这样看起来跟方季白很熟的样子更是让大家有些吃惊。

方季白将手中的大熊递给顾安："生日快乐。"

顾安扬起的嘴角根本压不下去："好可爱！谢谢季白哥。"

方季白笑了笑："喜欢就好。"

顾安还想再说点儿什么，方季白却已经绕过她走到卫展眉身边坐下，小声说："你今天好漂亮。"

卫展眉喝了口水，没接话。

顾安尴尬地看着方季白，左芯薇更是错愕又慌张，卫展眉扫了她们一眼，忽然明白了。

之前顾安说自己今天有个"小计划"，想来就是这个。

左芯薇显然并不知道方季白会来，而顾安为了防止方季白对左芯薇有意思，故意让他看见谢朗和左芯薇亲密的样子。

如果左芯薇一开始就知道方季白会来，想来是不会同意让谢朗也来的。

整个包厢里一时间气氛有些尴尬，好在顾安的其他朋友也来了，大家挪开目光，三三两两说着话，慢慢地，气氛重新活络起来，除了左芯薇和谢朗那边。

谢朗过了好一会儿才说："那个人就是方季白？你们班新来的转校生？"

左芯薇说："嗯。"

"你看起来很想跟他打招呼啊？"谢朗冷笑了一声，"想去就去呗。"

"你少阴阳怪气的。"左芯薇皱眉，"他是我同班同学，打个招呼怎么了？"

"他进来之后看都没看你一眼。"谢朗好笑道，"直接坐到了顾安表姐旁边去。难怪你刚刚一直向我推荐顾安的表姐，还说她喜欢我，因为不好意思所以才态度冷淡……左芯薇，你还挺有想法的啊！"

左芯薇几乎是恼羞成怒地说："谢朗！"

她起身就想要离开，谢朗却伸手按住她的腿，然后小声说："放心，如你所愿。"

左芯薇瞪大了眼睛看着谢朗，谢朗已经站起来，吊儿郎当地坐到了卫展眉的另一边。

"你叫卫展眉对吧？留个联系方式？"

卫展眉还没有说话，旁边的方季白却替她开了口："她没有电话。"

方季白依然是笑着的，但那笑意却止于嘴角，并未传到眼里。

谢朗抬眼去看他，眼神愈冷："我没跟你说话。"

方季白笑了笑："可是她好像不想和你说话啊。"

谢朗朝卫展眉看去，她坐在两人中间，手里还捧着冒着热气的茶，脸上没有表情，但毫无疑问，她连看都没往谢朗这边看一眼。

谢朗皱了皱眉头，还想说话，卫展眉就把杯子往桌上一放，站起来对一旁的顾安说："生日快乐，我先走了。"

"啊……"顾安也看出了那一片气氛不对劲，最后点头，"哦。"

她倒是巴不得卫展眉快点儿走。

结果卫展眉潇洒地走出了包厢后，方季白也立刻站起来，对顾安说了句"生日快乐"就走了。

顾安愣愣地看着方季白的背影，连一句挽留的话都没来得及说。

谢朗好笑不已，坐回到面色极难看的左芯薇身边："人家郎有情妾有意，我插不进去啊，怎么办？"

左芯薇说："谢朗！"

谢朗懒洋洋地往沙发上一靠："放心，我会帮你……卫展眉对吧？挺有意思的。"

天已经暗了下来，路边的路灯宛如戒备森严的士兵，笔挺地依序被点亮。

卫展眉走在前面，影子被拉得长长地投在身后，方季白慢吞吞地跟着，踩在她的影子上。

两人都没有说话，就这么走了一段路，方季白才稍稍加快脚步，走到了卫展眉身边："你饿不饿？"

卫展眉觉得方季白大约是有很多东西想问，很多东西想说的，而她原本是打算什么都不回答。

结果他说了这个。

卫展眉看了他一眼，最后说："有点儿。"

方季白笑了起来："走，我们去吃晚饭。"

这条路上餐厅不少，大约是考虑到天气太冷，方季白在众多餐厅里选了个潮州菜，点了热腾腾的海鲜粥和肉丸还有两盘蔬菜，卫展眉饭量不大，也难得地喝了两碗粥。

方季白放下碗筷，认真地看着卫展眉，她正低头用筷子轻轻戳着碗里的肉丸，也不知道是想吃还是吃不下了，头顶暖黄色的灯光倾泻下来，正好落在她的脸上，照在纤长的睫毛与疏离的眉眼中，意外地染出一丝暖意来。

"今天怎么想到化妆？"方季白说，"不对，应该问……你居然会化妆。"

"左芯薇化的。"卫展眉说。

方季白说："那你有没有卸妆的东西？"

卫展眉茫然地看着方季白。

方季白立刻说："你这样可不行。我小时候听我妈……听我妈跟我表姐说，化妆后一定要卸妆，不然对皮肤很不好。"

"一次而已。"卫展眉无所谓地说，"洗干净就行。"

方季白倒也不跟她争辩，让她坐在餐厅里等着，自己出了餐厅就绕进一家商场里。

在柜姐的推荐下，他买了眼唇卸、卸妆油、洗面奶，还有爽肤水一类的，满满当当一整套，最后塞到卫展眉手里时，看起来分量可观，而即便上面没有贴价格，卫展眉也能猜到不会便宜。

她还没来得及开口拒绝，方季白就说："这个是适合你这个年纪女生用的，我拿回去真是一点儿用也没有，也不想送给其他人，你不要的话我只能丢掉了——反正你丢掉我送的东西，也不是头一回了。但这些其实一点儿也不贵，嗯……再说了，这次我进步这么多，本就该谢谢你。还有，今天是顾安的生日，我刚刚也看出了你在里面浑身不自在，想来是顾安为了喊上我，又因为我那随嘴一问，硬是扯上了你，对不对？不管是谢礼还是赔礼，我都应该送，你都应该收。"

他一口气说了这么多，卫展眉看着他，最后只能说："东西太多了，我用不来。"

"刚刚柜姐跟我介绍过。"

方季白把那些瓶瓶罐罐全部拿出来，摆在桌子上，一字一句告诉卫展眉它们分别是做什么的，使用顺序又是什么。

他一个高高大大容貌英俊的高中男生，拿着一堆女生用的护肤品，还珍而重之地说着用途，显得有些好笑，又让人不由得感叹。

方季白，实在是个很细心的人。

即便早就知道这件事，卫展眉也仍是不由得再一次这样想着。

卫展眉回家后不怎么熟练地卸了妆，按照方季白教给自己的那般往脸上拍了些护肤水，就带着那些护肤品走出了客厅。

顾墨却正好回来，他脸上不知怎么又添了新伤，就在嘴角和眼角。看见卫展眉，他微微一顿，目光又很快转到了她手中的那堆护肤品上。

顾墨深知卫展眉不是会花钱买这些东西的性格，更准确地说——她没有这样的积蓄。

联想到之前自己好不容易赶到KTV，顾安却满脸怨愤地说方季白和卫展眉没坐多久就一同走了，便很快明白过来是怎么回事，他皱起眉头："你就是因为这些跟方季白走得那么近？"

卫展眉猛地顿住脚步。

顾墨忽然有些心虚，因为他很清楚刚刚那句话有多荒唐，可话已出口，便如覆水难收。

他说："我知道你不是，但别人……"

这几乎是拙劣的补救，而卫展眉虽然顿了脚步，却连头都没回，闻言更是继续抬脚往房间走去。

顾墨略带怒意地抓住她的手腕："卫展眉，你在学校已经是那种境遇了，离方季白远点儿对你只有好处没有坏处。"

他的手劲有些大，卫展眉被拉得身形微微一晃，终于回过头来，朝他看了一眼。

这一眼似冰似雪，冷酷到陌生。

她淡淡开口，声音轻忽："我现在的境遇？你以为我不知道高一时流言是从谁口中传出去的，我的境遇又是拜谁所赐吗？"

顾墨一怔，像是被人按住了七寸的蛇，一个音节也发不出来。

"如果你要坏，就坏到底，坏得光明正大。"卫展眉一点点推开他的手。她的手劲不大，却很坚决，细瘦的手腕都擦出了红痕，"不要在这里……惺惺作态。"

她一点儿不愿停留，而顾墨也没有再强求，只是愣愣地看着她的背影，看着她回到房间，看着她房间的灯亮起，又看着她屋内的灯一点点暗下去。

直到大门的锁被旋开，林舒走了进来，她被愣愣站在客厅里的顾墨吓了一跳，道："怎么回事？你站这儿做什么？"

顾墨这才回过神，往沙发上一倒，随手用枕头遮住自己的脸："没什么。"

卫展眉答应去顾安的生日宴会，存的是一劳永逸的想法，谁知道一去却反而惹出了更多事端。

周一早上走到学校门口，卫展眉就看到校门口人头攒动，简直像一整个学校的学生都没去上课，都留在了门口。

卫展眉不爱热闹，更不爱看热闹，打算避开人多的地方直接进学校。结果那些人看见卫展眉来了，反倒像是见了鬼一样，自动分出一条道让她走过。

卫展眉皱起眉头，像摩西分海一样地往前走，却发现人海尽头的校门口，有一条抢眼的彩色横幅——卫展眉，当我女朋友吧！

旁边站了一个高壮懒散男生，正是昨日在顾安生日会上出现过的谢朗。

他看起来没昨日精神，脸上挂了点儿彩，穿着隔壁体校的校服，正懒洋洋地在打哈欠，背靠在墙上，脸上的表情嚣张至极。

卫展眉漠然地看了那横幅和他一眼，又视若无睹地经过，完全没有要理会的意思。

昨日初见，谢朗倒是知道卫展眉性格不好相处，但也没想到她能冷淡到这种丝毫不给人情面的地步，当下脸上懒洋洋的表情也退去了，人也站直了。

"喂，卫展眉，你没看到我写的？当我女朋友啊！"

内容是告白，语气却是交警宣布某辆车违规了的态度。

卫展眉仍是不理，脚下还隐隐加快了速度，闪身就进了校门。谢朗要追上去，却又被战战兢兢的值日生给拦下。

两所学校的教导主任也都耳闻了消息，头疼不已地赶来，谢朗虽然不怕，但也觉得这样有些索然无味，便命自己那群小弟拆了横幅，大摇大摆地走了，如来时一般。

这件事就似投入水池的巨石，溅起难以平息的波澜。方季白来得有些晚，倒是一无所知，而班上其他人却是议论纷纷，无非是感叹关于卫展眉的种种谣言果然皆非捕风捉影，比如和混混相熟这条。

下去做早操时，班主任更是神色难看地让卫展眉不用去操场做操，而是去办公室一趟。

大家安静了片刻，又看着卫展眉跟着班主任离开。方季白问周围的人发生了什么，这才晓得早上有一出怎样的风波。

教导主任和班主任两人看着一言不发的卫展眉，都头疼得不行，她从入学以来就成绩优异，也并不是喜欢惹是生非的女孩儿，可偏偏与她有关的各种事情从未平息。

　　卫展眉冷静地说自己和谢朗根本不认识，也不晓得谢朗为何会有今天这一出。

　　这话无论谁听来都会觉得十分荒唐，不认识怎会惹得谢朗大阵仗表白？可卫展眉态度坚决，看起来也实在不像说谎。

　　最后教导主任也只能含糊地说："谢朗的话，他们学校那边对他也是没什么办法的，我们也不可能去管其他学校的学生，所以只能找你谈话，如果你认识他，跟他说一说，让他不要这样，会对一中有很不好的影响。如果真的不认识，就不要理会吧，谢朗那样的混世魔王，估计很快也会忘了这事。"

　　卫展眉点点头，走出办公室，结果在自己教室门口外又被顾安拦住。顾安是高一学生，早操纪律抓得很严，没去早操而是在这里已很不可思议，遑论她冒着被其他同学知道自己和卫展眉是表姐妹的风险来找卫展眉。

　　顾安看到卫展眉，劈头盖脸就是一句："卫展眉，你这人到底怎么回事，看着不声不响的，却这么会勾引人！"

　　卫展眉说："我现在心情不好，不想跟你聊天。"

　　顾安傻了傻，看她还真的不打算理自己，也只能硬着头皮争分夺秒地说："明明方季白是来参加我的生日宴会的，没几分钟你就把人给带走了！谢朗明明是在追左芯薇的，怎么今早又这样大张旗鼓来对你示爱了？你要害死我啊？还有昨天，顾墨那个神经病，姗姗来迟也就算了，来了之后就莫名其妙和谢朗打了起来……"

　　"你到底想说什么？"卫展眉听她说话颠三倒四的，不由得就皱起眉。

　　顾安说："你快答应谢朗！"

卫展眉倒是没想到顾安刚刚那番话最后会有这个结论，但也很快猜到是怎么回事。

"左芯薇让你这么说的？"

顾安愣了愣，没说话。

"你们别闹了。"卫展眉像是觉得一切都荒唐得不得了一样，眉宇间有淡淡的厌烦，"我不会跟任何人恋爱。"

所有的人都可能早恋，这是每个男生女生，在懵懂初开的年纪里很轻易就会发生的事情，它可能酸楚，可能幸福，可能五味杂陈，像是夏天里冒着气泡的碳酸饮料，在灼热阳光照晒下汗流浃背的人总会被其吸引，冒着被喷一脸饮料的危险也要打开它。

可卫展眉不同，她根本就是那个会在小卖部前一晃而过手里没有一分钱，连往里头看一眼都不会的人，什么也不会买，更遑论去打开饮料了。

顾安虽然不聪明，但卫展眉说得这么明显了，她也不至于听不明白——卫展眉不可能答应谢朗，但也不会和方季白在一起。

"但是……谢朗追你，跟左芯薇又没关系。"顾安试探着说，"昨天你走了之后没多久，顾墨就来了，谢朗和他好像有点儿认识，毕竟都是混混嘛……"

说这句话的时候她不小心泄露了一点儿对两个人的不屑，又很快掩饰住了："结果聊了几句后，谢朗对顾墨说：'刚刚那个卫展眉是你表姐啊，那你下次把她喊出来认识认识，搞不好以后就不用喊表姐，喊大嫂就行。'"

卫展眉冷笑了一声，顾安立刻说："顾墨的反应就跟你现在一样！他说了几句话，声音不大我没听清楚，然后谢朗就生气了，两个人直接打了起来——我生日宴会都毁了，都怪你！"

卫展眉皱了皱眉头，顾安又悻然道："好吧，我知道不能完全怪你，但左芯薇说了，谢朗确实是对你一见钟情。她被谢朗追得头大，所以谢朗能掉转目标，她当然很开心……"

"你们在说什么？"方季白不知道是怎么提早回来了，见两人站在楼道里聊天，有些惊讶。

更惊讶的是顾安，她大吃一惊，立刻结束了刚才和卫展眉未完的对话，几乎是磕磕巴巴地说："季，季白哥。"

方季白朝她笑了笑，又询问似的看向卫展眉。

卫展眉没说话，转身进了教室，方季白欲跟着进去，顾安赶紧说："季白哥，昨天我生日你刚坐下就走了，太不给面子了，你得补偿我。"

方季白好笑道："好哇。"

顾安看着他，眼里进出闪闪的光，期待之情溢于言表。

"等明年你生日吧，我会待久一点儿的。"他看着顾安，露出一个一贯的温柔笑容，"哦，对了……前提是你表姐也得在。"

顾安不可置信地愣在原地，方季白却走进了教室。

顾安气急败坏地恨恨跺了跺脚。她心中的恨意宛如潮水，方才卫展眉那番话让这潮退了，方季白却只需要一句话就能让这潮水更加波涛汹涌地重回。

她转身想离开，却撞见了急匆匆赶来的左芯薇。

左芯薇看她的模样，就知道事情不对。

还不等左芯薇开口询问，顾安就说："芯薇姐，季白哥肯定喜欢卫展眉，肯定！"

左芯薇一面想着她又怎么会不知道，一面却露出惊讶的表情："是吗？"

顾安又气又恼，脸都红了："我刚刚抱怨在我的生日宴会上他只坐了那么一小会儿就离开了，他居然说等我明年生日时再坐久一点儿，还一定要卫展眉在！"

左芯薇看顾安这副羞愤的样子，居然莫名有些想笑，毕竟她比顾安还晓得方季白和善地说出如利刃刺人的字眼是何种样子，然而这念头只一晃而过，因为她很快想起，至少方季白不会这样对待卫展眉。

她觉得方季白像一条蛇。

看起来冷冰冰的，却又会蜿蜒盘旋，像春日里被风吹拂的柳条一般缠绕住别人，让人放下戒心，甚至认为他温柔可亲，然而不知何时，他便会露出闪着冷光的牙，毫不留情地扎入无防备者的血管。

卫展眉除外。

至少，在左芯薇看来，他别说咬卫展眉了，就是那双冷厉的牙和冰冷的视线，在卫展眉面前都藏匿得极好，生怕卫展眉发现一般。

左芯薇安慰似的说："就算这样……卫展眉不喜欢他的话也没用吧？"

听她这么一说，顾安立刻道："这倒是的！刚刚她说她不会和任何人恋爱！所以……谢朗她也不会接受，方季白也不可能。"

她顿了顿，尴尬地看着左芯薇："我也希望她和谢朗在一起，这样朗哥就不用一直来烦你了，但是我也不能强迫她答应啊，她那个性格软硬不吃的……"

"我晓得。"左芯薇地点头，"没事儿，这种事情本来也不可能强求的。"

顾安说："不过男人果然不可靠，朗哥之前追你追得那么勤，现在一下就喜欢上左芯薇了……"

左芯薇笑了笑，没再说话，她越过顾安的肩膀和身后的玻璃窗户朝教室里看去，她看见教室的角落里，卫展眉和方季白坐在一起，卫展眉说了什么，方季白皱起眉头，却又很快调整了表情，一副有无限耐心的样子劝着她什么。

他连皱眉都舍不得被她看见。

左芯薇收回视线，温和地对顾安说："什么叫男人果然不可靠啊，说得怎么好像历经沧桑一样。"

这只是句调节气氛的玩笑话，然而，顾安脸上的表情却微微僵了一下。

顾安道："我随便说说嘛……嗯，我该下去了，晚点儿再聊！"

左芯薇点点头，有些疑惑地看着顾安堪称"落荒而逃"的背影，不明白自己随意的一句话怎么会让顾安反应这么大。

做早操的人渐渐都回来了，左芯薇却没立刻回教室，而是等着大部分人都回了教室，才慢慢回去。

她回去的时候，看见方季白满脸郁闷地盯着黑板在发呆——显然两人刚刚确实发生了一点儿小争执，而且大约是方季白妥协了，因为卫展眉正没事人一样低着头在看书。

左芯薇皱眉，总觉得卫展眉这个人，又古怪又奇特，有时候看起来像一块冷冰冰的石头，似乎没有感情似的。

她就这么看了一会儿卫展眉，卫展眉并没有注意到她的视线，一动不动地看着手中的书。

左芯薇摇了摇头，想要扭头不再看卫展眉。

可她忽然顿住了。

——卫展眉，一直一动不动地看着手中的书。

可这么久了，哪怕是在背单词，她也应该翻页了吧？

那个瞬间，左芯薇忽然像是明白了什么。

就像是，在寒冷至极的冬日中，她坐在冰冷的湖边，看着封冻凝结了的水面，以为这一汪水，从表层到内里，都如看起来的一般厚厚冰冻着，无法敲碎。

然而，她却不期然地看见了，那并不似想象厚重的冰层下，一尾摇曳的鱼。

一直到放学，卫展眉收拾书包要离开，都没有要跟方季白讲话的迹象。

　　方季白只好说："你今晚真的不去墨韵了？"

　　早上卫展眉就忽然跟他说自己以后不想辅导他了。方季白猜到是和谢朗的事情有关，想要劝两句，可卫展眉冷冰冰的，一副他怎么说都没用的样子，他也被气得不轻，两人冷战了一天，最后还是他打破沉默。

　　然而卫展眉的回答，仅仅是一个颔首。

　　方季白深深叹了口气："你这是迁怒。"

　　卫展眉没理方季白，背上书包就要走了，方季白却索性跟在她身后。卫展眉并不在意，可之后走到校门口，看向方季白和卫展眉的人就多了起来。

　　经过早上那一出后，卫展眉怎么也算得上是今日头条人物，而方季白一直是焦点，两人跟走在一起，自然十分吸睛，过了那辆方季白要上的汽车时，他也没有上车，仍是跟在卫展眉身后。

　　卫展眉没有任何停顿，再往前走了一些。人渐少，她才停下脚步，转身要和方季白说话，面前却忽然多了一排人。

　　是谢朗。

　　他带了四五个小弟一般的人，站在卫展眉面前。

　　谢朗人高马大，威慑力十足，带着小弟们冒出来，实在算不得什么好事，虽然此刻他脸上倒是挂了个不算和善的笑容。

　　"放学啦？"他笑了笑，又对着后面的人扬手，"还不叫人？"

　　后边响起一声整齐的"大嫂"。

　　卫展眉皱眉，还没有说话，身后就传来一阵低低的笑声。

　　所有人的目光都投向了卫展眉身后的笑声来源——方季白。

他并不比谢朗矮，穿着干干净净的校服，背着暗灰色双肩包，脚上穿着运动鞋，整个人像是向阳生长的某种植物，相反谢朗虽然名字有个"明朗"的朗，整个人却似乎和明朗毫无关联。

看见方季白，谢朗也笑了笑——不过是那种，扯了扯单边嘴角的，不屑的笑。

他身后的那群小弟一副蠢蠢欲动的模样。

谢朗走到方季白身边，冷淡地说："你笑什么？"

方季白脸上依然挂着淡淡的笑："笑你。"

谢朗眯眼，右手已经握拳："笑我？"

方季白如果再说一句不妥的，大约就要受下这一拳，而方季白的回答却很干脆："是啊，这什么年头了，还有人用这种浮夸又老套的方法追女孩子，难道不可笑吗？"

谢朗冷冷地看着他，毫不犹豫扬拳就要朝他脸上挥去，卫展眉忽然说："等等。"

谢朗这拳头挥得快，竟也能收住，仿佛早料到卫展眉会说这句话一样。

谢朗扭头看她："怎么？你要为这个小白脸求情？难道你喜欢他？"

这实际上不是个问句，谢朗在左芯薇的影响下，早就认定方季白卫展眉互相喜欢。

然而卫展眉只是说："如果你们要打架，我可以走了吗？"

谢朗愣住。

方季白又忍不住笑了起来，然后一拳打在了谢朗的脸上。

他出手的速度与他本人的样子截然不符，力道也极大，谢朗竟直接被这一拳打得一个趔趄然后坐在了地上。虽然谢朗及时用手撑住了地面，却还是无可避免地显得有些狼狈。

谢朗身后那四五个小弟立刻冲上来要为谢朗报仇。

卫展眉看着满脸阴沉的谢朗，嗤笑了一声，仿佛在嘲笑他也不过是靠这些小弟而已。

谢朗猛地抬头看向她，立刻道："让你们动手了吗？"

那几个小弟顿住脚步，只围着方季白，没再敢动作。

方季白打了人仍是一副优哉的模样，卫展眉忽然说："方季白，把你手机给我一下。"

虽不知道她要做什么，但方季白还是随手从口袋里掏出手机递给了她。

与此同时，谢朗已经站了起来，那几个小弟站到了他身后去，他们和方季白似乎随时要起冲突。

谢朗脸上受了一拳，嘴角已有瘀血，他面色极难看，却并没有立刻动手，像是想看卫展眉是否真的会转身离开。

卫展眉低头，用方季白手机打了个电话。

只按了三下——110。

谢朗和方季白都是一愣。

电话很快接通，卫展眉说："您好，这里是D市一中南边王口巷，有学生在打架斗殴……"

她话还没说完，方季白就冲过去，拉起她的手就开始跑。

卫展眉倒是没反抗，被他拉着跑了，跑之前她还回头看了一眼谢朗。

谢朗满脸错愕，身后小弟们也都傻了。

然而，谢朗很快竟然又露出了一个笑容。

卫展眉觉得谢朗真的是脑子有问题，扭过头跟着方季白跑出王口巷。

两人跑了一段路，方季白见谢朗没追上来，才慢慢停下。

卫展眉不爱运动，跑了一段就已经气喘吁吁了，脸也被寒风吹得发红。

方季白低头看了眼手机，早就挂了。他松了口气，又忍不住笑起来："你真是乱来……你这是假报警，要被追查的。"

"第一，"卫展眉微微平复了呼吸，"我没有假报警，你们确实在斗殴；第二，这是你的手机。"

方季白听她这么说，又忍不住笑了起来。

卫展眉不觉得自己说的话有什么好笑的："你刚刚不应该那么做。"

"什么？"方季白看着她，"打谢朗？"

卫展眉没说话。

方季白说："因为他你不给我补课了，你说是不是该打。"

卫展眉无言地看了他一眼，说："不只是因为他。"

"那到底是因为什么？"方季白认真地问，"补课补得好好的……"

卫展眉说："你成绩提高了不少，也没什么好补的了。"

"哪有……"方季白瞪大了眼睛，很委屈似的，"我的目标是第一名……不，第二名。你第一，我第二。行不行？"

卫展眉说："我自己都不能保证永远第一，没办法保证你第二。"

"反正，我肯定还有提升空间。"方季白可怜兮兮地说，"你就是因为谢朗还有左芯薇所以不想教我，对不对？"

卫展眉的气息已经完全平复了，她没回答方季白的话，只是直起身，慢慢往前走。

方季白无奈地跟在她后头。

11月中旬，地理位置不南不北的D市一天天冷下来，日夜温差极大，中午艳阳高照热得几乎可以穿短袖，晚上却又冷得恨不得穿上棉袄，眼下已将近七点，暮色已沉，寒风四起，卫展眉伸手将校服的拉链给拉高了一些，挡住下巴和嘴唇，免得嘴唇被风吹裂。

方季白注意到了，说："你没带唇膏出来？"

昨天那套里面，赠了个唇膏。

卫展眉摇摇头。

方季白说："那回去睡觉前厚厚涂一层，这样嘴巴不容易起皮——这是专柜小姐告诉我的，我忘记说了。"

"你记性挺好的。"卫展眉说，"脑子也不笨。就数学成绩最差，太奇怪了。"

方季白有些心虚地眨了眨眼，但很快说："我也觉得奇怪，可能天生我就不喜欢数学吧。"

卫展眉没有接话，方季白沉默地跟着她走了一段路，最后说："算了，不补课就先不补，你也休息一下，我也休息一下，马上11月月考看看我能考得怎么样。"

"嗯。"

"不过为了防止谢朗骚扰你，我每天送你回家才能放心点儿。"

"不用了。"

"用的，尤其你刚刚还报警了，万一他恼羞成怒怎么办？"

"……"

"其实你今天中午说不给我补课了，我还挺不开心的，但后来过了一会儿，又有点儿开心了。你知道为什么吗？"

"……"

"因为你没有说要把我送你的东西还给我。"

"如果你要的话……"

"打住，你不要再气我了！"

"……"

两人之间的气氛似乎融洽了一些，眼看着就要到卫展眉家，卫展眉却忽然停住了脚步。

方季白疑惑地跟着她一起停下脚步，发现外边站了个人。

顾盛难得是清醒着回家的，他看见卫展眉，正要打招呼，又看见了她旁边的方季白。

顾盛笑了笑："放学了？"

卫展眉没有说话。

顾盛瞥了眼方季白："你男朋友？"

方季白有点儿猜到顾盛的身份，说："不是，叔叔你好，我是卫展眉的同学方季白。"

顾盛点点头："你好，要不要进来坐坐？"

"不用了。"一直没说话的卫展眉忽然说，"我跟他还有事，先不回家。"

方季白虽然有点儿惊讶，但体贴地没有开口。

顾盛看了两人一眼，说："哦，好，早点儿回来啊，女孩子在外面不安全。"

卫展眉没答话，直接掉头走了。

方季白礼貌地说了声"叔叔再见"也转身跟着离开。

两人掉头走了一段路，方季白问也没问卫展眉为什么都走到门口了又忽然决定不回去了，反倒是卫展眉先说："你走吧。"

方季白说："你不是说跟我还有事？"

卫展眉："没事。"

"没事那你就应该回家，女孩子大晚上在外边瞎转悠什么，不安全。"方季白一副老妈子口气。

卫展眉不会告诉他自己在外面比在家还不安全："我想一个人走一走。"

"你跟你叔叔关系也不好？"

他亲眼看见卫展眉被林舒推倒在地鲜血四流，能猜到卫展眉在家中境况，理所当然地认为卫展眉和顾盛或和林舒，都是一样的相处不愉快，并不会往其他方面深想。

"你快走吧。"卫展眉只说。

方季白不说话了，但也不走，仍然跟在她身后。

卫展眉在前面慢慢地走，方季白跟在后头，两人都没有开口，慢慢走过有些陈旧的楼房、枝叶枯黄的公园、站满上班族和放学的学生的公交站牌……路灯不知何时亮了起来，有人骑着自行车匆匆而过，车铃声清脆，道路两边的油烟机也逐一忽忽地响了起来，四面八方溢出讨厌的油烟和诱人的饭菜香味。头顶的弯月在薄云中透出些微身影，照耀着尘世百态。

方季白看着前边的卫展眉，看她一半身子在路灯下，一半身子在阴影里。

他往前走点儿，拉住卫展眉的手，趁着卫展眉没反应过来的时候把她的手放进了自己的口袋里，又用一种镇定自若的语调说："你的手好冰，这样暖和一点儿。"

卫展眉顿了顿，但大概是被他这种理所当然的态度给弄得有些迷茫，也没有生气，只是把手抽回来，放进自己的口袋里。

"我有口袋。"

方季白："呃，对哦。"

他想了想，补充说："但是男生校服外套要厚一点儿，我的口袋应该暖和一点儿。"

这种从来没听过的事情，亏他能在这个瞬间编出来……

卫展眉无语又好笑。

方季白说："这么晚了，又冷，我们找家店吃个晚饭？"

"我不吃晚饭也没事。"卫展眉这句话刚说出来，肚子就发出了一声"咕噜"。

方季白促狭地看着她。

卫展眉摸了摸肚子，觉得有点儿麻烦。

就跟午饭一样，她以前午饭吃得少，晚饭吃不吃都随意——不然人也不会瘦成那个样子——但是现在饭量真是越来越大了。

方季白拉着她随便进了家路边的小饭馆，又点了三菜一汤。

卫展眉发现，方季白已经知道自己爱吃什么了。

虽然每次在墨韵吃饭，她都很平均地吃着菜，从来不说自己喜欢吃什么，可是大约哪里有所泄露，还是被方季白发现了端倪。

但他不说，她也没什么好点破的，由着他点好菜。

两人吃了晚饭，外面的天色已经完全黑下来了。

卫展眉站起来，说："你回去吧，我也该回去了。"

方季白说："我送你。"

"这么近，不用了。"

卫展眉对他挥了挥手，转身朝着顾家走去。两人也确实没走出小区太远，方季白便也掏出手机给司机刘叔打电话。

"季白啊，现在去接你吗？你在哪儿？"

"嗯，我在卫展眉家这边。"

刘叔挂了电话，大约在赶过来，方季白看着卫展眉拐进了小区，百无聊赖地在原地转了几圈。

他看了眼时间，已经快八点了。

方季白想了想，朝着小区那边走过去，然而才走到小区门口，他就看见了卫展眉。

小区里有很多老旧无人使用的健身器材，卫展眉就坐在其中一个上边，脑袋靠着器材的柱子，背对着小区门，一动不动，似乎在发呆。

方季白悄不作声地走过去，发现她大约有些冷，肩膀不易察觉地轻颤着。

小区内楼房耸立，万家灯火千家明，而卫展眉坐在这儿，寒风飒飒。

那么多的凡世灯火明灭，她却只分得了这清冷一缕月光。

方季白伸手拍了拍她。

卫展眉受惊似的猛地转头，鼻头被冻得通红，像一只小兔子。

方季白说："要不然你来我家住吧？"

第七章 *miss you*

他给她的第一个拥抱

第二天早上卫展眉上学的时候又看见了谢朗。

即便嘴角尚有昨日留下的瘀青，可他完全不受影响，见卫展眉来了，眉飞色舞地靠在墙上对她吹了声口哨。

周围的人都避之不及地绕过他，又忍不住投去好奇的视线，而卫展眉目不斜视地走过，他却伸手，拉住卫展眉的书包："你昨天跟着他跑了，今天还对我这么冷淡？"

卫展眉只能停下脚步："放手。"

谢朗说："你答应我今晚跟我出去约会我就放手。"

十足的流氓做派。

卫展眉却毫不犹豫地说："好，你放学的时候在这里等我。"

谢朗愣了愣，卫展眉已经趁着他晃神的工夫把书包从他手中抽走，大步离开了。

卫展眉坐到自己的座位上后，身边的方季白有些尴尬地拿起书挡住了自己的脸。

卫展眉没理会他的小动作。

过了几分钟，方季白忍不住又把书放下，说："昨天晚上，我真不是那个意思……"

昨天晚上方季白那句没头没脑的邀约毫无疑问换来的是卫展眉的一脸莫名其妙，正好她看见林舒骑着车进了小区，便说："你走吧。"

非常直白的拒绝，不过方季白自己也很快意识到自己的话里有多少歧义，他还想解释，卫展眉已经掉头走了，林舒也到了眼前。

因为上次的事情，林舒和方季白都认得彼此，然而却是极其尴尬的认识，林舒自行车没有停步，只当没看见方季白，方季白见卫展眉已经进了自家那栋楼内，也只能略带懊恼地离开了。

过了一个晚上，方季白才能跟卫展眉解释自己昨天那句话并没有太复杂的意思。

卫展眉却打断他："我知道。"

无非是觉得她看起来有些可怜，就像看见冬天里的流浪猫、流浪狗一样，一时间于心不忍，想带去温暖的家中。

然而她并不是什么流浪猫、流浪狗，对温暖的家这种东西也毫无期盼，更何况，即便方季白没有其他的意思，这提议也十分荒唐。

方季白想了想，还是补充了一句："我家挺大的，房间很多。"

真是多余的解释。

卫展眉的眉毛都没动一下："好好背单词吧。"

到了中午，方季白还是照例给卫展眉带了盒饭，也不管她要不要，硬是往她手里一塞，然后说了声"我今天不和你一起吃"就走了。

卫展眉无所谓地一个人吃了中饭，并不晓得另一边方季白喊上了左芯薇。

左芯薇自然是欣喜的，但也能猜到方季白是为了什么。

两人在食堂角落坐下，左芯薇尽量自然地一边勺了一口汤一边说："怎么忽然想到喊我一起吃饭？"

方季白笑了笑："你说呢。"

左芯薇放下汤勺："提前说明啊，谢朗会来追卫展眉，连我都很意外，你可别觉得是我指使的。"

方季白："之前那么喜欢你，说变心就变心了？"

左芯薇眨眨眼睛："是啊，不过……男生嘛，不就是这样的？"

方季白说："你觉得他还喜不喜欢你？"

左芯薇下意识想否认，却又堪堪忍住了——让方季白知道谢朗，和其他一些更多的男生都在喜欢自己，自己随时可能被其他人追走，也并不是不好的事情，不必全盘否认。

她说："应该还有点儿喜欢吧。"

"你觉得谢朗这个人怎么样？"

"啊？"左芯薇愣了愣，斟酌地说，"其实还不错。他……他虽然看起来很凶，但实际上对喜欢的人很好很温柔，而且还很长情，其实他家世也不错，如果卫展眉跟他在一起……"

方季白忽然说："那你考虑一下他吧。"

左芯薇有一瞬间的茫然。

她看着眼前的方季白，对方的脸上还带着笑容，像是在说一件平淡无奇的事情，又像是给她提了一个还不错的建议。

左芯薇说："什么？"

方季白："谢朗一直缠着卫展眉，她好像挺困扰的。既然你觉得谢朗还不错，谢朗也还喜欢你，那么你们在一起不是皆大欢喜吗？"

左芯薇不可置信地看着方季白，想不通这个人是怎么说出"皆大欢喜"这四个字的。

左芯薇："可是，我不喜欢他。你知道我喜欢谁。"

"但我是不会和你在一起的。"方季白用一种安慰似的语气说，"所以你不用在我身上浪费时间，不值得。"

"方季白，你这个人到底有没有心啊？！"左芯薇猛地站起来，也不顾周围人错愕的目光，整张脸涨得通红。

"啊？"方季白反倒无辜地看着她。

左芯薇咬住下唇，转身便大步走出餐厅，那只吃了几口的饭也放在桌上。

方季白看着左芯薇的背影，笑了笑，淡定自若地低头继续吃自己的饭。

好像这些事与他浑然无关。

左芯薇一路走回教室，难得地忽视了所有路上跟她打招呼的人，现在还是午饭时间，教室里没什么人，卫展眉在低头吃便当。

左芯薇只看了一眼，就知道那个便当肯定是方季白带给她的。

左芯薇走到卫展眉面前："卫展眉。"

卫展眉停下筷子，仰头看着她。

左芯薇："你会不会太过分了？"

卫展眉："什么？"

"你不喜欢谢朗可以自己跟谢朗说，为什么要让方季白来找我？"左芯薇难以维持自己平日里和气温柔的模样，喉咙里仿佛含着一口血。

卫展眉看了她一会儿，低头继续吃饭。

左芯薇觉得自己含在喉咙间的那口血真的要吐出来了。

这里是教室，随时会有人来，左芯薇深吸一口气，最终只是说："你的事情我会帮你跟谢朗说，但你也得……记得你说过什么。"

卫展眉没有给任何反应，左芯薇接着道："你喜欢他。"

卫展眉顿了顿。

左芯薇像是又看到了那一日，和方季白闹了不愉快后，拿着一本书仿佛在阅读却迟迟没有翻页的卫展眉一样，看到了她漫不经心之下的，如深渊的秘密。

"你……喜欢他。"

左芯薇又重复了一遍，带着一种恶狠狠的快感："我不会告诉别人，尤其是他……相信你也一样。"

不等卫展眉说话，左芯薇就转身回到了自己的座位上去趴着假装午睡了，陆续有其他人回到教室，有细小又轻微的声响，但卫展眉那边始终安安静静的。

她在想什么？她会痛苦吗？

左芯薇轻轻眨了眨眼睛。

多么感人啊……两情相悦的高中男生和女生，但是，绝不可以。

放学之后卫展眉提着书包就走了，方季白能猜到左芯薇中午回来后大概会找卫展眉麻烦，一个下午被卫展眉忽视的他也默不作声地跟着卫展眉，卫展眉只当没看见他，却没有走大路。

方季白有点儿错愕，下意识提醒卫展眉："喂……是这边。"

卫展眉没有理他，大步朝着另一边走去。

方季白稍微思考了一下就知道是怎么回事，于是只好跟了过去。

"谢朗的事情，应该很快就能解决。"方季白一边跟在她身后，一边说。

卫展眉顿了顿脚步，看了他一眼，那句"别再去找左芯薇"了到底是没说出口。

说了之后方季白大约又会去找左芯薇。

方季白的不知道究竟是出于真情还是假意的关心，都太过自我。

多说无益，徒增困扰。

从每天两人中午去的那个废弃教学楼后面有一条小路，在教学楼被锁上后这条路理所当然地也荒芜了起来。南方多湿，久无人至的小道和两边墙壁上已经长出略滑腻的青苔，卫展眉步履匆匆，方季白不由得说："小心脚下。"

话音刚落，卫展眉也就真的滑了一跤，整个人向后倾倒，方季白不慌不忙，两只手堪堪从后面扶住她的肩膀，稳住了她。

见她站稳，他又很快放开手，彬彬有礼至极。

卫展眉低声说了句谢，稍微放缓脚步继续朝前。

两人就这样沉默地走出了小巷，一转弯，熟悉的街景再次出现在眼前。

方季白说："算了，你心情不好，今天不补课了，你回家吧。"

卫展眉回头看了他一眼，思及今天林舒说过会提前下班，那么就算顾盛在，林舒大约也在之后，便点了点头。

她满怀心事，也确实不便为他补课。

卫展眉慢慢步行回家，到家的时候天色已暗。

楼道内灯光昏暗，卫展眉往里面走了没几步，发现家门口坐着一个人。

她一愣，很快发现坐在门外不省人事的那个人是顾盛。

毫无疑问他又喝醉了，哪怕是如此幽暗的灯光下也可以看清他满脸通红，嘴角还在不自然地抽搐。

卫展眉的脚步顿住，她下意识便要转身离开，然而顾盛忽然迷迷瞪瞪地睁开了眼睛："嗯？"

看见卫展眉，他混沌的眼睛一亮，硬生生绽出一抹让人觉得恶心的光。

卫展眉倒退了两步，顾盛却扶着墙一点点站起来："展眉啊……是展眉吧……"

卫展眉抿着嘴，打算慢慢退出去，顾盛却猛地扑过来，瞬间便抓住了卫展眉的手臂，将她狠狠往墙上一压，力道之大让她无法挣脱，手中的纸袋也跟着"砰"地撞在墙上。

她头顶的灯泡一闪一闪，仿佛随时会彻底灭掉一般，背后是冰凉冷硬的墙壁，这个老旧的、永远散发出一股难闻气味的楼道仿佛成了一团黑色的充满未可知迷雾的漩涡，随时要把她彻底吞噬，而这团迷雾中，那只腥臭罪恶的手，像是试图将她拉入更深的充满泥泞的地狱，她被箍在这一方阴暗的角落中，眼前的顾盛越靠越近，油腻发福的脸上透露出一丝诡异的迷恋："展眉，你看起来真像你妈妈……"

顾盛口中让人作呕的浓厚酒味扑面而来，下一秒仿佛便可以亲到她。

卫展眉瞪大了眼睛，抬脚便要踹顾盛，她已经被逼到极限，再顾不上任何事情。

而下一刻，有人从顾盛身后猛地扯了他一把。

顾盛全部的心思都在卫展眉身上，轻易就被扯开了。

卫展眉呼吸未平，就见灯影灼灼中，顾墨的额头、鼻梁、嘴唇……一点点自黑暗中清晰起来。

顾盛被顾墨拉得几乎要栽倒，原本被按在墙角的卫展眉也碰不到了，对他来说无异于是到嘴的鸭子却飞了，他大怒，回头却看见顾墨的眼睛。

顾墨跟顾盛长得并不特别像。顾墨像他的母亲——一个强势美丽的女人——要多一些。他的眼尾本就微微上挑，没有笑意时便显得凌厉，此刻他眉头紧蹙，更添几分凶狠之感。

这一眼让顾盛的酒醒了大半——虽然他原本就没有太醉，更多的本就是借酒发疯。

顾盛张了张嘴，竟觉得有点儿心虚："我……"

顾墨并不想听他解释，把他甩到一边，又伸手来牵卫展眉。

卫展眉已经回过神，看都不看他伸过来的手，转身猛地跑了出去。

"卫展眉！"顾墨大喊一声，毫不犹豫地追上去。

最后卫展眉在小区外被拦下来，顾墨拉住她纤瘦的手腕："卫展眉，大晚上的你要跑去哪里？"

他牵住卫展眉，才发现原来她整个人都在发抖，手腕也冰凉得可怕，眼中涣散没有焦距，仿佛已临近崩溃边缘。

顾墨微微一愣，毫不犹豫且不容抗拒地把卫展眉给搂进了怀中。

他身材高大，脚长手长，只这么一搂，便将卫展眉给完完整整地圈住。高中的男生是不怕冷的，再寒冷的冬天也不会穿得超过三件，顾墨亦然。他只穿一件灰色毛衣、一个黑色外套，外套的拉链都没有完全拉上去，卫展眉的脑袋被按在他胸膛上，只隔着薄薄的毛衣，甚至依稀可以感受到他的体温，听见他胸膛内传出的心跳声。

"你冷静一点儿。"顾墨说，声音在这寒冷的秋夜中显得有些缥缈，"冷静一点儿。"

卫展眉依然在发抖，回过神后便要去推他。

顾墨却不放手，只是说："卫展眉，我不会伤害你……但我现在不能放开你，你现在精神状况很不稳定。"

"你没资格管我要做什么。"卫展眉的声音跟她的人一样颤抖着，她开始挣扎，想要离开顾墨的怀抱。

然而顾墨力气很大更甚顾盛，卫展眉挣扎未果，最后缓缓道："你这样，和你爸有什么区别？"

这句话狠狠地刺中了顾墨一般，他几乎是咬牙切齿地道："卫展眉！"

他终于松了手，卫展眉退后一步退出他的怀抱，接着毫不犹豫地抬手给了他一巴掌。

顾墨被打得头偏向一侧，却又很快握住她的手："你必须回家。"

此时有自行车驶入小区，发出"丁零零"的声音，正是林舒骑着车回来，她看见拦在门口的人是顾墨和卫展眉后吃了一惊："你们在这里做什么？"

顾墨说："刚回来。"

"啊……"林舒的目光在顾墨拉着卫展眉的手上停留了片刻，"然后呢？你们这是在干吗？"

顾墨松了手，说："没什么，问她一点儿事。"

林舒皱了皱眉头，并没有再多问，只说了句"你们快点儿进屋，外面这么冷"就骑着车继续往他们那栋楼去了。

顾墨看着卫展眉半晌，最后说："先回去，明天还要上学。"

卫展眉没有说话，胸膛剧烈地起伏，最终但还是转身向家中方向走去，顾墨跟在她身后，两人之间是诡异的沉默。

大约是想着他们马上要回来，大门没有锁，林舒和顾盛不在客厅，而林舒的抱怨从主卧传来，顾盛似乎吐了，林舒在帮他换衣服，嘴里念叨着什么自己忽然又被留下来加班，回来还要照顾顾盛。

卫展眉径自回了自己的房间，在关上门之前，她听见顾墨说："你好好休息，我就在客厅。"

卫展眉没有停顿地关上了门，而后将门反锁，下一刻，整个人便靠着门滑落坐在了地上。

如同梦魇一样的记忆重新回到了她身边。

自那一次，顾盛说她"忘记锁门"而闯过一次浴室后，以为是意外的卫展眉，之后每回洗澡都会认真检查自己有好好反锁门，之后也确实平静了一段时间。

然而很快，某次她在洗澡的时候，顾盛再一次打开了门。

虽然他们之间依然隔着一道不透明的浴帘，但顾盛这一回没有快速离开，而是直接站在门口，语气微妙地说："展眉啊，你这是什么意思呢？"

卫展眉慌张不已："什么什么意思？你快出去……"

顾盛说："展眉，这是你第二次故意不锁门了吧？"

"我锁了门的！"卫展眉的尖叫几乎卡在了嗓子眼儿，"我记得清清楚楚，我刚刚锁了门！"

顾盛的脚步声却越来越近，一点点逼近卫展眉，他自顾自地说："你特意不锁门，还总挑只有我在家的时候……哎呀，展眉，你还真是长大了……"

那甜腻的、让人作呕的故作亲切的语调和他的脚步声一样近在咫尺，而卫展眉寸缕不着，在这窄小的浴帘内，手里握着一块毛巾，僵硬得一动不敢动。

就像是已经被铺在砧板上的鱼，虽有一息尚存，然而看着那锃亮地朝自己砍下的菜刀，除了瞪大眼睛扑腾扑腾尾巴之外，什么也做不了。只能眼睁睁地，任由它一点点剜刮自己的血肉。

顾盛的手已经摸在了浴帘之上，下一秒……会面临什么？

"我回来了。"顾安轻快的声音忽然从客厅响起，"今天班主任有事，提早半节课放学，哈哈！"

那只黏糊糊的罪恶之手，便忽地收了回去……顾盛匆忙从浴室中离开，也不让顾安发现浴室里还有人，拉着她说："真的？"

顾安一无所察："咦，爸爸你在家啊。"

顾盛说："是啊，哎呀，你妈还不知道什么时候能回来，我带你出去吃点儿好吃的吧？"

顾安欢呼了一声，打开门迫不及待地就冲了出去，顾盛也跟着离开，之后是门上锁的声音。

走了。

都走了……

浴室内的卫展眉颤抖着一点点把身子擦干，整个人像是已经毫无知觉一般穿上衣服，走了出去。

她有些厌恶，也松了口气。

第二天清早卫展眉离开房间的时候，发现顾墨还在，他睡得很浅，听见声响就立刻睁开了眼睛。

卫展眉像是没看见他一样，自顾自梳洗。顾墨也刷了牙，随便抓了抓头发，就跟着她出了门。

两人之间保持着不远不近的距离，直到顾墨发现卫展眉没吃早餐，买了个煎饼果子，又追上她的脚步，递给她。

卫展眉没接，顾墨说："先拿着。你低血糖。"

卫展眉还是没理他，眼看着学校快到眼前了，卫展眉转了个弯，没从大门走，而是绕了路要走后门。

顾墨虽然不明所以但还是跟着走了过去，结果一进小路，就见谢朗站懒洋洋地站在那儿。

卫展眉的脚步顿住了，顾墨脸色微变："谢朗？"

谢朗看见顾墨也有点儿意外："怎么是你？我说——卫展眉，你的护花使者可还真多啊。"

卫展眉抿着嘴没有说话。

虽然早知道这种绕后门的方法只能用一段时间就会被发现，但没想到谢朗会发现得这么快。

顾墨和谢朗显然很不对付："你怎么还在缠着她？"

谢朗笑得很无所谓："为什么不能？我不说过我在追她吗？追女孩子，不花点儿时间怎么行？"

顾墨直接上前，拦在谢朗和卫展眉之间，回头对卫展眉说："你先走。"

卫展眉没有动，反而说："你走吧。"

顾墨愣了愣。

卫展眉重复了一遍："顾墨，你走吧。"

顾墨："卫展眉？"

卫展眉看着谢朗，说："我跟他单独聊聊，和你没关系。"

谢朗冲着顾墨一笑，顾墨沉着脸转身离开，但并未走得太远，仿佛如果发生什么意外他还是可以随时过来。

见顾墨离开，谢朗走近两步看着卫展眉："终于不打算逃了？"

卫展眉说："我，有喜欢的人了。"

谢朗一顿。

卫展眉："我喜欢的人，确实是方季白。"

谢朗的惊讶慢慢消散，他双手抱臂，饶有兴致地看着卫展眉。

卫展眉："你和左芯薇，不就是想要我承认这点吗？这种幼稚的行为也该告一段落了——没错，我喜欢方季白，可现在读中学，我不会和他谈恋爱。所以，请你转告左芯薇，不要再浪费她自己和别人的时间了，她要怎样追求方季白都无所谓，真的和方季白交往也可以，我不会插手其他人的人生与感情，也希望其他人不要把我看得太重要。"

卫展眉已经记不清自己有多久没有说这样长的话了，而谢朗听完，却笑了起来："嗯，可惜……你搞错了。"

他微微弯身，距离卫展眉极近："虽然确实是左芯薇让我来追你的，但现在已经跟她没关系了。我觉得你很有意思，所以追求你，这个理由行不行得通？"

卫展眉看着他，忽然轻声道："左滢。"

谢朗有一瞬间的失神。

卫展眉说："上次我就看到了，你手机屏保是她。"

"你认识她？"谢朗的冷静自持因为这两个字完全不复存在。

卫展眉说："初中我上补习班的时候，她作为高年级的学姐，和我一对一学习过，她人很好，还说过等我考上一中当她的学妹。"

谢朗没有说话，但微微退后了一些。

卫展眉说："可惜，我考上一中后，她却因为车祸……"

"闭嘴。"谢朗猛然打断了卫展眉的话，"不要说了！"

"好。"卫展眉并没有穷追不舍，"左滢，左芯薇，她们都姓左，应该是堂姐妹。别人都以为你在追求左芯薇，其实，你是在保护她的妹妹，我知道。"

谢朗过了一会儿才说："你认识她……她还跟你说过什么？"

卫展眉说："说过你。"

谢朗惊讶地看向她。

卫展眉说："她说过自己有个男朋友，看起来凶神恶煞，实际上是个好人。她说，等她考上大学，那个人也会去，两个人也许在大学里就会结婚。"

谢朗像是听入神了，追问道："还有呢？"

"没有了。"卫展眉摇了摇头，"我没有多问。"

卫展眉这样的人，从来和八卦无缘，肯听左滢说这些已经极为难得。谢朗闭上眼睛，过了一会儿才说："你走吧。"

卫展眉转身就走，谢朗疲惫地揉了揉太阳穴，整个人像失力一般慢慢靠在墙上。

顾墨充满困惑地看着卫展眉全身而退，又看了几眼仿佛受了重伤一样一动不动的谢朗，不明白卫展眉说了什么能让谢朗反应这么大，但毫无疑问，即便问卫展眉也不会得到回答。

他沉默地护送卫展眉到了教学楼楼下，目送她走上楼梯，才慢慢回到自己的教室。

方季白做完一套试卷，留下最后一道题的最后一个小问，侧身想问卫展眉的时候，发现她正盯着窗外发呆。

随着冬天的来临，墨韵院内的竹子已不像夏季那样翠意盎然，反倒是角落里的数棵梅花三三两两开了，而卫展眉像日渐枯黄的竹叶一般，一日比一日沉默。

卫展眉从来都是很沉默的，因此这样的人话多起来就非常明显，之前有过那么一小段时间，方季白是能感觉到她有了一些生气的，在自己说话的时候，肯给一些回应，甚至会主动说一些与学习无关的事情，虽然说得很少，但微小的改变往往像是一个伏笔，只等揭露的那一刻。可现在，原本铺设下去的伏笔，就这样没有了后文。

方季白看了她一会儿，忍不住说："最近，你家里没发生什么事吧？"

卫展眉疑惑地看了他一眼。

方季白："就是看你心情好像不太好……应该不是因为我吧？应该也不是因为学校，所以只可能是因为家里了。"

卫展眉摇摇头，没有解释，把他手中的卷子拿了过来，见他最后一大题的最后一小题没写，拿起铅笔在几何图案上画了几笔。

卫展眉："这样呢？还是不知道怎么解吗？"

她把方法都几乎画了出来，方季白再说自己不知道就未免让人怀疑，他点点头："知道了。"

窗外忽然传来些微的动静，有几个墨韵的员工提着灯笼，在院子的各个角落里都挂了起来。

灯笼红亮，暖红的光线在幽冷的院子里显得有些格格不入，但又莫名温馨。

卫展眉盯着那些灯笼。

方季白说："快元旦了。"

卫展眉低声说："是啊。"

方季白："元旦加上调休有三天假呢，你打算做点儿什么？这之后一直到期末考试可都没假期了。"

卫展眉："我要去……"

她忽然卡住了，半天没说话，过了好一会儿才又摇摇头："哪儿也不去。"

"芯薇姐！"

放学后，左芯薇走到学校门口就被人给喊了下来，她回头一看，却发现是有一段时间没碰过面的顾安。

顾安没有穿校服，上身穿着雪白的针织毛衣，围着一个大围巾，而这么冷的天气，她下半身只穿了一个还没到膝盖的短裙，脚踩一双棕色长靴，也没背书包，斜挎着一个黑色格纹小包。

这像电视剧里流行的日式女主角的打扮让左芯薇稍有些吃惊，她的目光在顾安的小包上打了个转。

顾安显然感受到了，有些得意地摸了摸包带。

左芯薇："顾安，怎么了？"

顾安："没什么，就是看到你了，来打个招呼，最近出去玩都没碰上你。"

左芯薇点头："马上期末考试，没时间，我高二了，可不比你们高一的……这么悠闲。"

顾安笑了："也是啊，我表姐好像也挺忙的，有时候周六周日我回家也看不见她。"

"可我们班上，前十名的话，周六周日都不用补课。"左芯薇想了想，"可能是和方季白一起出去了吧。"

顾安一愣。

左芯薇见状，反而好奇地说："卫展眉没有跟你提过？啊，也对，她那个性格……其实，我猜想他们两个应该在交往吧。"

"交往？这怎么可能！"顾安瞪大了眼睛，"真的假的？"

左芯薇："我也不知道，猜测而已，毕竟他们中饭常常一起单独吃，放学也一起走。我想，如果不是在交往，也没必要这样吧。反正不影响学习就好……挺好的。"

她对顾安笑了笑，淡定从容地离开了。

顾安捏着自己的小包带，不屑地撇了撇嘴。

顾安趁着周六回了趟家，想找卫展眉询问方季白的事情，结果却被林舒发现她背着的包价值不菲，如果是正品起码五位数。

林舒大吃一惊，拉着她问是怎么回事。

顾安先是勉勉强强承认自己买了个高仿，虽然不像正品那么昂贵，但高仿价格也要近两千了。

林舒难得对顾安大声叱骂，这回也忍不住了："你买这么贵的包干什么？你哪儿来的钱？"

顾安双眼通红："为什么？哪有什么为什么啊，我一起玩的那几个女孩子都有！她们还是正品呢！凭什么就我没有？"

"你是学生！你跟别人比成绩就可以，比这种虚的东西干什么？！"

"我知道我是学生！我的钱也是我自己赚来的！要不是我帮她们写卷子，给她们抄作业，我哪儿来的钱！"

听她这么说，林舒又觉得愧疚了。林舒叹了口气："你好好读你自己的书就是了，干吗还帮别人写卷子？影响你自己成绩怎么办？还有，你那都是什么朋友啊，背名牌包，不自己写作业……这怎么行嘛！你离她们远点儿，别被带坏了。"

顾安冷笑一声："人家那种有钱人，肯和我玩已经是给我面子了，你还要我远离她们……"

林舒环视了一眼装修简陋老旧的家，半晌没有再说话。

顾安晓得这房子隔音差，两人的争吵肯定刚刚也都被卫展眉和顾墨听了去，当即心情极差，也懒得询问方季白的事情，直接摔门走了，说是回学校住，不想住家里。

卫展眉确实听到了一切，却稍有些疑惑——顾安的成绩好像并不好，她的那群朋友，都是些小太妹，也没见几个有钱的……

卫展眉不晓得是自己的判断出了错，还是顾安在撒谎，但这与她没有太大干系，索性也没管，她把藏在柜子伸出的存钱罐拿出来，从里面抽了点儿钱。

元旦就快要到了。

12月31日正好是周五，之后便连休三天，大家都有些雀跃，班上久违地弥漫着一股期待的情绪。

方季白坐在卫展眉身边，看着她将东西收拾完也没有要跟自己说话的意思，只好说："你今天心情特别糟糕啊？"

卫展眉看他一眼："假期不补课了。"

方季白有些意外："你有事吗？"

卫展眉摇摇头，想了想，又点点头。

方季白："看来你不想说。"

卫展眉背好书包走出教室，方季白跟在后头："假期不补课可以，但你今天必须跟我去个地方。"

卫展眉："不去。"

方季白有些意外。

虽然早就习惯了卫展眉的拒绝，但她的拒绝往往是悄无声息的，虽然态度坚决，但这么强硬却是第一次。她的声音和表情一样冷若冰霜，整个人都像是一块寒冰。

卫展眉继续朝前走，方季白见周围没什么人，只好道："你不想去就不去吧……但是，这个给你。"

他掏出一个锦盒，递到卫展眉面前。

卫展眉没有动，方季白只好自己打开，里面是一条非常漂亮，且一看就价值不菲的手链。

卫展眉摇摇头，方季白却说："生日礼物。"

"你怎么知道？"卫展眉有些意外。

方季白说："上次在班主任办公室里无意中看到的……你生日很好记，每年最后一天，所以我就记住了。"

卫展眉仍是摇头："我不过生日。"

方季白："猜到你不会过生日了，可礼物总该收吧？讨个好兆头。"

卫展眉推开他的手，直接朝前走去。

方季白发现自己的感觉是对的——卫展眉这段时间确实特别不对劲儿。

是因为左芯薇对她说了什么？还是谢朗？或者顾安？

可她分明不是会被其他人影响的性格。

方季白这一次没有一直跟在卫展眉后面，转身去找刘叔上车了，结果绕了两圈，又看见了卫展眉。

她没有走远，而是走进了一家花店。

卫展眉在店内走了一圈，挑了一束白色菊花，让店主包装好，接着坐上公交车，一路坐到终点站。

方季白也让刘叔一路跟着她，等看见卫展眉从公交车上下来后，自己也下了车，跟在卫展眉身后。

卫展眉捧着白花走了一段路，到了一个墓园门口，猛地转身，看着离得有点儿远的方季白。

墓园前空空荡荡的，连一棵树都没有——据说那样会聚阴对风水不好——所以方季白也只能无奈地笑了笑，上前几步。

方季白："你什么时候发现的？"

卫展眉："刚刚。"

方季白摸了摸鼻子："抱歉，我就是刚好看到你从花店出来又上了公交车，就想看看你要去哪儿……"

卫展眉没有说话。

方季白又说："现在这么晚了，你出来再坐公交车回家不安全，一会儿让刘叔送你回去。"

卫展眉看了他一眼，继续朝山上走去。

此时暮色将近，方季白想了想也还是跟上，他并不清楚卫展眉要祭拜的人是谁，但也隐约猜到了。

伴随着暮色一同降临的，是淅淅沥沥的小雨。

绕过狭窄难行的条条小路，卫展眉在一个没有照片的墓碑前停了下来，将手中的花放在墓前。

方季白的目光停留在墓碑上。

林恩，卫展眉的母亲。

略显空荡的墓碑，只有寥寥一个名字。

卫展眉望着林恩的墓，轻轻眨了眨眼睛。

方季白没有说话，只安静地站在卫展眉身边，他也没有带伞，只能陪着卫展眉淋雨。

过了许久，卫展眉才轻轻动了一下，却是转身就要离开。

方季白有些意外："你……不和你母亲说说话？啊，是不是因为我在这里？我先走远点儿吧。"

方季白要撤开，卫展眉却摇了摇头："不用了，我没有话要跟她说。"

方季白一顿。

卫展眉沿着山路走回去，方季白跟在她身后。

雨势逐渐大了起来，天黑路难行，卫展眉又有些神思不属，一个不小心脚下一滑，侧摔在了一旁的草丛里，很有些狼狈。

方季白立刻伸手，将卫展眉给扶了起来："你没事吧？摔着哪里了？"

卫展眉垂着头一语不发。

方季白蹙眉："怎么了？是不是哪里太痛了？"

借着山脚路灯传来的些微灯光，他看见卫展眉的脸上有水珠滑过，除了雨水之外，似乎还有别的什么东西。

方季白一时间有些意外："卫展眉，你……"

他到底没将"你哭了"给说出来，只是道："你没事的话，我们先下山，找个地方躲雨。雨越来越大了。"

卫展眉抬眼望着他，眼角微红："你为什么要跟过来？"

方季白看着她。

出乎他的意料，卫展眉并没有想要隐藏自己在哭的事实，她连声音都极为罕见地带上了一丝哭腔："你为什么要跟着我？每年这时候我都会来祭拜她，没有出过任何岔子，不会有任何问题！为什么你要跟着我？我一个人，什么都可以，过得好不好，也跟其他人没有关系，为什么偏偏你要一直这样？我不需要任何人的关心和保护……不需要。"

雨越来越大了，空中隐有雷鸣，方季白安静地等卫展眉发泄完，拉着她的手，道："先下去，别淋雨了。"

卫展眉想要将手抽走，方季白却更加用力地握住她的手："你要怎么骂我都行，先跟我下山躲雨。"

卫展眉的力气好像也在那段话里消失殆尽了，她微微颤抖着被方季白拉着手，慢慢走下了山，等到山脚，已是倾盆大雨，好在刘叔将车开到了山脚下，两人湿漉漉地进了汽车里。

车内暖气充足，卫展眉一进去就微微发起抖来。

方季白担忧地看了她一眼，对刘叔道："前面是不是有个旅馆？我们今天晚上就在那里过夜吧。"

"我要回去。"卫展眉低声道。

方季白叹了口气："现在我们浑身都湿漉漉的，又是冬天，要送你回家还要很久，一定会感冒。何况你回家之后，如果家里没有热水，连洗澡都不方便。"

回家洗澡、可能没热水这几个词让卫展眉终于还是妥协了，汽车在不远处一家有点儿破旧的家庭式旅馆停了下来。

方季白和卫展眉走进去，刘叔帮忙开了三个房间，方季白和卫展眉的房间就在对面，方季白看着卫展眉进了她的房间，嘱咐道："先换他们这边的浴袍，衣服丢在篮子里，我问过了，他们可以帮忙洗衣服，明早就可以干。"

卫展眉点点头，关上门。

热水冲在脸上的时候，卫展眉尚有些没回过神。

很温暖，也让人清醒。

方才的景象在脑中一幕幕闪现，她像个拙劣的演员念着不顺畅的台词，然后被导演方季白给打断了，他像是在努力地告诉她，你不必这样。

卫展眉洗好澡，头发湿漉漉的，穿着浴袍坐在房内，看着篮子里的脏衣服有些犹豫，直接送去前台？还是……

此时敲门声响起，方季白说："卫展眉，你洗好澡了吗？服务员来收衣服了，如果你还没洗好，我让她晚点儿来收。"

卫展眉打开门，拿着篮子，递给站在旁边的服务生。

服务生手里拿着两个篮子离开了。

方季白显然也才洗好澡，穿着睡袍和拖鞋，他看着卫展眉："先去吹个头发吧，别感冒了。"

卫展眉点点头，过了一会儿，说："抱歉。"

方季白很快就明白她是在为雨中的那番话道歉。

"你道什么歉啊。"方季白笑着说，"本来贸然跟着你就是我不对，我当时没想到你是来祭拜你母亲的。这对你而言一定是很重要的大事。应该抱歉的人是我。"

卫展眉摇头："我甚至没见过她。"

方季白没有说话。

如果卫展眉要继续往下说，他会听，但他不能追问，他深深明白这一点。

大约是因为刚才都在方季白面前哭过了，卫展眉此刻奇异地像是打开了一点儿内心一般，她垂着头，轻声道："我出生的那天她就死了，自杀。"

12月31日，每年的最后一天，也是卫展眉的生日，可同时这一天，用林舒的话来说，也是林恩的受难日与耻辱日，以及……忌日。

再一天，甚至再多过几个小时，林恩便可以熬过那一年，然而没人能料到，才生下卫展眉没几个小时的她，会拖着疲惫疼痛不堪的身体，翻越过不算太高的窗户，从十六楼直直坠落，在一片"新年快乐"及烟花的喧嚣声中，死在这一年的最后的时间里。

没有人能料到，可大家对她的死，似乎也不算意外，一个前程似锦，还有那么好男友的年轻未婚女性，忽然遭受了那样大的侮辱，还生下了一个罪孽的女儿……这样的事情，在当时的社会风气来说，实在是难以让人接受。

甚至还有人对林恩生下卫展眉这件事议论纷纷，认为她分明可以将孩子打掉，可她生下这个孩子，还提前取好名字，用的甚至还是强奸犯卫锋的姓。有人甚至说，她估计还挺喜欢那个卫锋呢，卫锋跟她是同事，搞不好早就勾搭上了……

流言之恐怖，已经有太多生命去血淋淋地证明了，而林恩，在林舒的描述中，并不是一个会因为流言而自杀的女人，若是如此，她根本不会选择生下卫展眉。

　　可她为什么自杀呢？

　　卫展眉不知道，林舒也不知道，因为提起这件事，林舒只会满腹仇恨。

　　林舒是喜欢卫锋的，那个强奸了她亲姐姐的强奸犯，在他成为强奸犯之前，在林舒眼里，似乎是一个帅气俊朗、为人风趣的自由摄影师，可自己的姐姐，却在已经有男朋友的情况下勾引了卫锋，又冤枉他说他强奸她。

　　从小到大，关于林恩，卫展眉听过最多的话就是"那个狐狸精""勾引我男朋友的贱人""如果不是她，我不会嫁给顾盛""我还要养你这个小杂种"……

　　这些话都是当初林舒被顾盛打过之后说的，而幼年的卫展眉从不懂抵抗，只沉默地听着这些话，然后越来越沉默，随着她慢慢长大，林舒极少再说这些话，对她的态度也稍微好了一点儿，只是偶尔抱怨她性格古怪，格格不入。

　　卫展眉也曾想象林恩的模样，顾盛和林舒家是没有林恩的照片的，甚至有几张有林恩的合照，林恩的脸也都被林舒给抠掉了，至今为止，卫展眉都不晓得自己母亲长什么样。林恩明明是个摄影师，死后竟然连可以用来缅怀的照片也没有，墓碑上除了名字之外同样空空荡荡。

　　她想象过很多次，林恩应该是好看的，而卫锋，这个无论如何从血缘上来说是她父亲的强奸犯，她则从来没有去想过，也没有试图去寻找他的蛛丝马迹。卫锋死在牢里，或许连个墓碑都没有。

　　她的生父生母在这个世上已无迹可寻，除了她本人。

方季白望着卫展眉，说："无论如何，你母亲生下了你。她……终究是希望你活着的。"

卫展眉垂眸。

方季白又说："好了，不要傻站在这里了，开着门多冷。去把头发吹干吧。"

"谢谢。"卫展眉轻声道了谢，将门轻轻合上。

方季白抵住门，往里走了一步，他靠近卫展眉，手搭在她肩膀上，眉目中有些担忧："你又哭了？"

卫展眉茫然地抬眼，她的眼睛在酒店略嫌昏暗的暖黄色灯光下显得澄亮，但没有一点儿眼泪。

方季白松了口气："我搞错了，没事。"

卫展眉没有拂开他的手，只是这样望着他。

方季白也看着她。

半晌，他拉住卫展眉的手，轻轻一带，将卫展眉抱在怀里。

卫展眉一愣，下意识要挣脱，方季白圈住她，温柔地在她耳边说："其实在山上的时候，我很想安慰你，但有点儿手足无措……我之前没见过你哭，以后也不想看到。卫展眉，我知道你的性格，知道你不喜欢被人打扰，但我已经下定决心要一直打扰你了——虽然这么说有点儿厚脸皮。如果你仍然想推开我，那就推开吧，但我还是会一直厚着脸皮靠过来的。"

卫展眉轻轻眨了眨眼，伸手搭在他的手臂上，做出一个推拒的姿态，然而没有使力，又轻轻放下了。

方季白扬了扬嘴角，抱了一会儿才慢慢撤开："不耽误你休息了，明早见。"

卫展眉没有看他，转身去拿吹风机。

方季白嘴角含笑离开她的房间，把房门给带上。

旅馆之外，雨势渐小。

第八章 *miss you*

多想藏着你的好，只有我看得到

"什么？真的吗？"

左芯薇蹙眉，有些不可置信地看着面前的顾安。

顾安一脸气急败坏："我亲眼看到的，还能有假？元旦的时候晚上表姐没回来，我家里人都急坏了，结果第二天早上我出门想去买早餐，正好看见表姐从一辆汽车上下来，汽车里还坐着方季白，他们就是一起过的夜！家里人问她晚上去哪里了，她就说什么去祭拜母亲结果雨太大，只好在附近旅馆里住下了——她哪儿来的钱住旅馆？肯定是和方季白一起的！"

左芯薇抿唇："也许只是刚好遇见，元旦那晚确实雨很大，两个人就算住在一个旅馆里避雨，也不是什么大不了的事情……我们才高二呢，顾安你也别想太多了。"

顾安显然不能接受这种说法，脸涨得通红，还想反驳，左芯薇说："顾安，就算他们早恋了，那也没办法呀。这也不是我们可以管得了的吧？"

"可是……"顾安满脸不甘，"他们怎么可以交往！"

左芯薇看了她一眼："为什么不行？"

顾安想说，卫展眉凭什么被方季白喜欢，凭什么和方季白交往，可这话如果真说出口，她的心思就暴露无遗了，她只好说："学校本来就不许早恋。"

左芯薇笑了笑："那是怕影响学习。他们两个成绩都很好，应该没关系的。"

顾安说："如果老师晓得了，肯定不会让他们继续交往的。"

左芯薇："或许吧，但老师怎么会知道呢？就算有人去告状，拿不出证据的话，老师也未必会相信吧。"

顾安原本指望左芯薇去告诉他们的班主任，眼下见计划落空，只好怅然道："如果他们成绩下滑，老师肯定就会信的。"

左芯薇想了想："是啊，马上期末考试了，你们高一时间应该和我们一样吧？等期末考结束了再说吧，如果他们真的交往的话，寒假肯定会经常约出去，到时候你就可以知道他们到底是什么关系啦。现在什么事情都不知道呢，不必激动呀。"

左芯薇这仿佛看破一切的口气让顾安稍微有些难堪，她道："我激动是因为……我觉得，他们不配。"

走入教室，左芯薇朝着卫展眉和方季白的方向看了一眼。

虽然下课了，但两人都没有离开位置，方季白一如往常地朝着卫展眉那边倾斜，似乎在低声跟她说什么话。卫展眉虽然没有侧头去看他，但显然也在认真听方季白说的话。待方季白说完，卫展眉摇摇头，方季白又说了什么，卫展眉犹豫片刻，到底还是点了点头。

方季白像是计划得逞一般笑了起来，而卫展眉则垂眸，神色模糊，可却似乎比以往要柔和了太多。

左芯薇冷笑一声，收回目光。

卫展眉站在方季白家门口，仍有些犹豫。

方季白家在离学校并不太远的独栋两层小别墅内，这附近也有不少自己盖建的房子，但方季白这家显然是在他们买下后另外修葺过，一眼望去，墙壁洁白，窗户明亮，一楼小院子里的花草被打理得井井有条，打开铁门，踏上鹅卵石铺的小道，还可以看见左边有一个小池塘。

方季白熟门熟路地用钥匙开了门，回头见卫展眉站在不远处，道："傻站在那儿做什么？"

卫展眉跟上，发现别墅内部同样装修得不过分豪华但简洁大方，十分整洁明亮，只是因为没有其他人，显得有些空荡，而一楼餐桌上则摆放着三菜一汤，还冒着腾腾热气，却不见做饭的人。

因为年关将近，墨韵来往的人稍多了起来，方季白看出卫展眉不太喜欢，便提议让她来他家。卫展眉虽然一听就拒绝了，但方季白一条条列出来这样做的好处——省钱，省时，他家有客房有书房，有保姆会做饭。保姆做完晚饭，打扫完卫生一般会待在自己的房间里看电视，所以也并不会打扰他们学习。

最后卫展眉还是同意了。

反正，就算她不答应，方季白也会一直说到她同意为止。

卫展眉和方季白吃了方家保姆做的饭菜后便去书房，如以往一般做题。方季白做完一套物理卷子，叹了口气。

卫展眉停下自己的笔，抬眼看他："哪里不会？"

方季白说："没有，我是想到别的事情。"

卫展眉低头继续做题："写卷子的时候不要分心。"

方季白有些啼笑皆非："是很重要的事情——考完期末考试我就要走了。"

卫展眉一顿。

方季白："当然，放完寒假我还是会回来的。只是我爸催得急，说我在外地念书，帮我订了当天晚上的机票，非要我立刻回去。

我会尽早回来的。"

卫展眉："你为什么会来这里念书？"

方季白理所当然地说："这边高中竞争激烈，我在这边学，到时候回B市高考成绩一定会很好。"

卫展眉点了点头："你父母让你一个人来，很放心你。"

方季白脸上仍是带笑的，却有些无奈："我的妈妈，在我初三的时候就去世了。"

卫展眉一愣，看着方季白。

方季白说："我还以为我跟你说过……原来没有。"

卫展眉张了张嘴，又闭上了，这大约是她头一回在方季白面前显得有点儿无措。

方季白趴在桌子上，喃喃道："这么一说还真快，都过去两年了。很多事情好像还在昨天。从我出生以来，她身体一直不好，能撑那么久，已经很不容易了。"

卫展眉伸手轻轻搭在方季白的肩膀上。

方季白有些意外地扭头看她："你在安慰我吗？还是觉得我可怜？"

卫展眉看着他，因为台灯的照耀，脸颊上显出细细的绒毛，让她没有什么表情的脸看起来柔和了许多。

方季白拉住她的手，道："有句话我说出去估计没人会信——卫展眉，其实你真的是个很温柔的人啊。"

闻言有些不自在的卫展眉试图抽回自己的手，却仍被方季白紧紧握在手里："你知道我刚刚在想什么吗？我在想，卫展眉居然在可怜我，然后安慰我。明明她连自己的母亲和父亲都没有见过，明明她的亲戚对她可谓恶劣，可她居然想安慰我。"

这话莫名地听起来有些尖锐，卫展眉蹙眉，更用力地想要抽回自己的手，方季白的语气却又忽然柔和了起来："谢谢你。"

他握着卫展眉的手，有些乏力一般地起身，和卫展眉面对面坐着，然后将脑袋靠在卫展眉的肩膀上，低声道："谢谢你……"

卫展眉安静地任由他靠了一会儿，才动了动："继续做题。"

方季白好笑地抬起头："好。"

第二天，方季白被班主任喊去了办公室一趟，回来后他脸色显得有些凝重，他在自己的座位上坐下，也不说话，也不拿出下节课的课本，就双手抱臂坐着。

卫展眉看了他几眼，最后还是说："怎么了？"

方季白叹了口气："你知道这个礼拜五晚上有个年末晚会吧？"

卫展眉点点头。

这是一中的特色，为了证明自己不但是个升学率优异还是个校风开放自由，注重德智体美的学校，每年元旦后，期末考试之前，都会有个晚会，除了高三以外，其他每个年级每个班都要出节目，但尖子班可以例外。

他们班自然是不必出节目的。

方季白说："班主任刚刚说，这次晚会教育局领导也会来，所以咱们班也得出个节目，她不知道听谁说我唱歌还不错，非要我也交一首歌去唱，今晚还得抽时间去排练一遍。"

卫展眉："嗯，那今晚就不补课了。"

方季白无奈地说："你这么冷淡啊，不同情同情我？"

卫展眉蹙眉："为什么？你很适合上台表演。"

这是在说他是表演型人格呢，还是说他长得好看，适合上台表演？

方季白不知道卫展眉这算夸还是贬，只能说："你喜欢听什么歌？"

卫展眉想了想，摇头："我不喜欢听歌。"

方季白好笑地看着她："也对，你只听英语录音。"

方季白要在年末晚会上表演的事情很快就传开了。

方季白人缘向来很好，虽然他和卫展眉当同桌且看起来关系不错这件事让许多人内心充满疑惑，可和他的来往并没有因此受到影响，故而不少人来询问他打算唱什么。

方季白则颇为神秘地说，保密。

虽然方季白要去参加晚会，但因为礼堂只能容纳五百人，尖子班只有十个名额可以去，最后班主任宣布去的观众名单时，大家很惊讶地听到了卫展眉的名字。

卫展眉自己也愣了愣，但没有说什么。

方季白小声说："耽误你一个晚自习的时间行不行？反正都要表演了，如果你不在台下我也太亏了。"

卫展眉瞥了他一眼，算是默许了。

方季白到底要唱什么没人晓得，倒是班上有不少同学托身为班长的左芯薇去把方季白唱的歌给录下来——能用DV把画面一起录下来当然更好。

虽然官方会录制所有表演，但位置固定，画面略嫌模糊，左芯薇一口答应下来，之后走到方季白身边："你今晚是不是要去排练？"

方季白笑了笑："嗯。"

左芯薇说："我隔壁班有个朋友也要去排练，我晚上应该会去陪她。"

方季白说："是吗？我倒是希望你晚上别去，给我的节目增加一点儿神秘感。"

左芯薇一愣："神秘感？你不是就是唱歌而已吗？"

方季白点头："是啊。只是唱首歌我也想保持神秘感。"

左芯薇经过上次的事情，和方季白已经许久没好好聊天，听他这样说，也不由得微微一笑："好吧，反正我周五也会去，那我这几天排练就不陪朋友去了。"

方季白说："啊，那就谢谢你了。"

左芯薇盯着他："说得这么客气……你……不会是想唱什么情歌顺势打算给什么人表白吧？"

她说这话的时候，眼光不自觉从坐在里边的卫展眉身上滑过，卫展眉在低头看课本，像是完全没听见两人聊天一般。

方季白好笑道："情歌表白？在所有校领导和教育局领导都在的情况下？"

左芯薇也不由得有些不好意思："我这不是开玩笑嘛。"

方季白说："我没那么大胆，何况……我要跟谁表白啊？"

方季白分明在她面前承认过自己喜欢卫展眉，现在却能神态自如地这样问。左芯薇明白方季白还没有对卫展眉说过他的心意，当即松了口气，像是阴霾多日的天终于露出一丝阳光，她摇摇头："我说了我是开玩笑嘛，有什么好追究的。马上上课了，我回座位去了，你表演加油啊。"

"嗯，谢谢。"方季白颔首。

左芯薇走后，卫展眉没有任何表示，方季白也没有特意去解释，只是手指轻轻点着课桌，像是在无声地打节拍。

之后几天晚上卫展眉为方季白补课的时候就暂时搁置了，一直到周五，在食堂吃过晚饭后，班上被选中的十个人一起去了礼堂，一中的礼堂不小，可以容纳近八百人，偶尔还会外租，卫展眉他们班因为只去了十个人又是尖子班，所以座位很靠前，除了第一二排的领导老师之外，第三排就是他们。

卫展眉选了第三排最靠角落的位置坐下，很快，左芯薇也在她身边坐了下来。

她像是已经完全忘记了当初对卫展眉说过的话一样，对卫展眉微微一笑："好像方季白是第五个上场的，还挺让人期待的。"

卫展眉看也没有看她。

左芯薇也并不在意，低头开始检视自己的DV。

不过让卫展眉意外的是，主持人有两个，一男一女，其中一个居然是顾安，她化着略显浓厚的舞台妆，穿着收身的礼服，头发束起，看起来比实际年龄成熟了不少。

不知道方季白彩排的时候有没有遇见顾安，至少方季白没有跟卫展眉提过这件事。

顾安和另一个男主持人满脸笑容，先夸了一番一中，又感谢了一番领导，最后才请出第一个表演节目。

开场节目自然是要最热闹炒热气氛，高一一个班的姑娘们上来跳了个扇子舞，接着高二有个班来了首男女对唱。左芯薇手里的DV没举起来过，兴致缺缺。她看了眼卫展眉，发现卫展眉虽然面无表情，但看样子看的还挺认真的。

过了前四个节目，台上的男主持人看着手里的节目单笑了笑："接下来要表演的这位学长还挺有名气的，是从B市来的转校生，应该不少人知道他吧。"

顾安笑着接话："我和这位学长还算认识呢，真的是个特别棒的人。他有名气不只是因为是个转校生，当然还有别的原因。"

男主持："哦？什么原因呢？"

顾安微笑道："这个嘛，让他上场，大家不就知道了吗？接下来由高二理科A班的方季白为我们带来吉他弹唱《你听得到》。"

台下响起掌声，灯光暂熄，左芯薇也举起手中的DV对准舞台。

随着一束聚光灯对准舞台中央，坐在高脚椅上，抱着吉他的方季白也出现在众人视线里，他脱了校服，穿着白色套头毛线和深灰色风衣，看起来非常闲适自如，丝毫不紧张，但他的手指放在琴弦边沿，并没有立刻开始弹，而是扫了一圈观众席的第三排，在最靠左边的位置中发现了卫展眉后，才微微一笑，拨动琴弦。

左芯薇举着DV，当然很清晰地看到他在看自己这边。

更准确地说，是在看旁边的卫展眉。

他盯着卫展眉，唱出第一句：

"有谁能比我知道，你的温柔像羽毛……"

方季白的声音原本就偏柔和，此刻特意压低了一点儿，在温柔之外多了一点儿磁性，听起来非常吸引人。

唱完第一句，一直看着卫展眉的方季白才稍微收回视线，没有那么明目张胆了。

左芯薇也不由得侧头去看卫展眉，她看见卫展眉望着舞台，脸上的表情和之前看其他节目几乎没有任何改变。

但，左芯薇低头，看见卫展眉的手，不自觉地交握着。

方季白仍在台上唱，温柔缱绻。

"……还有没有人知道，你的微笑像拥抱，多想藏着你的好，只有我看得到……"

但凡唱到关键的部分，他一定会看向卫展眉。

一首歌唱罢，掌声雷动。

方季白抱着吉他离开，顾安和男主持人上场，夸了一通，又将下一个表演选手给请了出来。

左芯薇将DV收起来，面色有些难看，她低声道："这首歌……是给你唱的吧？"

卫展眉仍没有任何反应。

左芯薇张了张嘴，还想说话，就见一个人影蹑手蹑脚地从一侧绕了过来，正是方季白。

台上歌舞正欢，无人注意到漆黑的台下，方季白在卫展眉身边停住，轻轻拍了拍她的肩膀："我们走吧，还是你想看完？"

卫展眉摇摇头："走吧。"

方季白说："嗯。"

卫展眉起身便要离开，左芯薇低声道："方季白！"

方季白这才看到了她似的："啊，左芯薇，怎么了？"

左芯薇沉默片刻，说："没什么……你唱歌很好听。"

方季白笑了笑："谢谢。"

方季白和卫展眉两人离开礼堂，方季白将她送回家。

坐在车里，方季白本打算听一听卫展眉的夸奖，结果卫展眉对他的表演一字未提，方季白只好主动问："我今天唱得怎么样？"

卫展眉点头，淡淡道："好听。"

"好吧。"卫展眉能说好听已不容易，方季白也不好有其他的要求了，但仍是忍不住说，"其实这首歌的歌词……"

卫展眉说："我知道。"

方季白微愣，看向卫展眉，见她微微抿着唇，不由得笑了起来："你知道就好。"

礼堂的晚会一直到十点才结束，顾安在后台卸了妆换上常服，匆忙要离开，却发现礼堂内除了打扫卫生的之外，第一排还坐了个人。

是左芯薇。

顾安有些意外，走到左芯薇身边。

"芯薇姐，你怎么还没走呢？"

左芯薇的语气有些疲惫："我在等你。"

"等我？怎么了？"

左芯薇说："我觉得……你说的是真的。卫展眉和方季白……来，我给你看我录的刚刚方季白的表演……"

卫展眉有一个非常破旧的MP3，是当初顾安的生日礼物，因为容量太小所以被顾安嫌弃得不行，后来顾盛给顾安换了个新的，正好卫展眉也想听听力，这个本来要被丢掉的MP3就给了卫展眉。

每周一有一节电脑课，卫展眉会趁机下载很多课外的英文新闻，之后反复听一个礼拜，一直到新的电脑课来临。

这个MP3只有寥寥几首歌，是当初顾安下载后，卫展眉没有删掉的，其中正好就有《你听得到》。

卫展眉坐在自己的房间里，本该是听听力的时候，她却不自觉反复听着这首歌，直到敲门声响起。

卫展眉有些警惕地站在门后，眉头紧锁。

敲门人不依不饶，最后终于传来顾墨的声音："卫展眉，你不在房间里吗？"

卫展眉下意识地松了口气。

不是顾盛就好。

卫展眉打开门，冷漠地看着门外的顾墨。

顾墨说："我有点儿事要跟你说。"

卫展眉走出房间，用钥匙将房门反锁，然后走向门外，顾墨跟在身后，两人一直走到小区的草坪附近才停下。

卫展眉回头："有什么事？"

顾墨说："谢朗最近没找过你了吧？"

卫展眉摇摇头。

顾墨："他请我带话，让你离方季白远一点儿。"

卫展眉看着他，微微皱眉。

顾墨又说："他还说，不是因为左芯薇喜欢方季白，是方季白这个人有问题。你跟方季白走得越近，对你自己越有危险。"

卫展眉："什么意思？"

"我也不知道他到底是什么意思，但谢朗既然没再纠缠过你，就应该不至于要在方季白的事情上撒谎。我也告诉过你，方季白这个人有问题，现在谢朗也这么说，你应该自己好好想想，小心一点儿。"顾墨很严肃地说，"你每天放学几乎都和他混在一起，我在学校也看到过几次你们一起吃中饭，已经有传言说他对你这么好是因为你们在交往了。"

卫展眉漠然地道："传言？"

顾墨被噎了一下，咬牙道："我知道，当初在学校散播你的谣言是我的问题，那时候我对你有误解，所以……现在我为自己辩解也毫无意义，当初确实是我做错了。可现在方季白的事情你不能掉以轻心！如果方季白真的是在追求你，你一定一定不能答应，最好不要和他在班级之外有任何交集。"

卫展眉说："还有别的事吗？"

顾墨："我的话你可以不在意，但这件事，卫展眉，你一定要听进去。"

卫展眉说："证据呢？"

顾墨深吸一口气："你还记不记得王宇？"

这个名字对卫展眉来说，一时间还真的有点儿陌生了，她过了一会儿才说："记得。"

顾墨说："我也是后来才打听到那个男生叫王宇的。你看到过他被欺负吧？那一次我也在。知道他是你同学后，我就没和那群人一起找过他麻烦了。但我第二次看到，他还是被人围堵了，当时方季白刚转去你们班，王宇被人追的时候急匆匆上了方季白的车——方季白明明可以救他，却把人给赶下来了，之后过了一段时间，我听说王宇转学走了。他如果真是表面那么和善，不至于连这点儿忙都不肯帮同学。"

卫展眉沉默半晌，说："我知道了。"

她绕开顾墨，走了回去，对方季白再没有更多的评价。

卫展眉回到房间，将耳机塞入耳朵里，重新播放《你听得到》。

王宇……

王宇在原本应该为方季白补课的那天莫名被人打了一顿，之后认定是她的主意，处处针对她，最后转学消失不见。

她当然记得。

周六周日方季白有些事，没有来找卫展眉为自己补课，卫展眉躲在自己房间里专心看书背单词，到周一，方季白在卫展眉身边坐下，很快就敏感地感觉到了卫展眉的情绪不太对劲。

之前临近林恩忌日时，方季白隐约感受到她的低沉，有了那次的惊艳，方季白这回也没再试探，直接问："发生什么事了？"

卫展眉说："你还记得王宇吗？"

方季白说："记得。怎么了？他回来找你了？"

卫展眉盯着方季白，见他神色镇定不见任何失措，想了想，还是说："没什么。随便问问。"

"你不是会随便问问的性格。"方季白直接戳穿了这件事，"说吧，到底怎么了？"

卫展眉低头看自己的书，没肯回答，方季白还想追问，班主任已经进来了。

班主任带来了确定的期末考试时间，就在下周三，考完就放假两天，然后礼拜一回来拿成绩，再正式放寒假，至于寒假补课与否还没消息。

方季白被这么一打岔，也没再提王宇的事情，而是颇为愁眉苦脸地说："下周三，这么快……加上周六周日也就九天时间了，嗯，看来放学后的补习一天都不能耽搁。"

卫展眉说："不补习了。"

方季白一愣。

卫展眉说："也就八天时间了，补课没什么用，你把之前积累的所有错题都再做一遍，然后自己看看哪里不太懂，多做那部分的题目就好。越是临近考试，越应该自习。"

方季白看了她一会儿，笑了笑："好吧。那我每天让刘叔先送你回家。"

卫展眉仍是摇头："不用，我自己走回家正好。"

方季白没有再说什么。

因为临近年关，林舒和顾盛也非常忙碌，当然，一个是忙着上班加班，一个是忙着赌博打算"捞笔大的"。

自从上次顾墨跟卫展眉说了王宇的事情后，他几乎每天下课后都会回家，见卫展眉也准时回家，想着她应该是听进去了自己说的话，没再和方季白有过多来往，也不由得松了口气。

虽然卫展眉对他也仍没什么好脸色。

到了下周一，班主任在早读时暗示了一番，这次的期末考试卷基本已经出好了，但为了激励大家，所以题目会非常难，让大家千万要做好心理准备。一时间，班上哀号遍野。

班主任又说："不过这次的成绩非常重要，和保送的事情挂钩，和下学期的三好学生还有奖金也挂钩，所以大家一定要好好地努力啊。"

卫展眉闻言，竟反而对这次可能会很难的考试有些期待了。

奖金，还有保送。

于她而言，都是救命的稻草。

放学时，方季白先离开，卫展眉背着书包正要走的时候，从办公室来的左芯薇喊住她："卫展眉，王老师让你去一趟办公室，她要问你关于寒假补习的意向。"

卫展眉："问我？"

"是啊，这次寒假似乎局里查得很紧，如果要补习，也不能光明正大所有人集体补习，所以可能就每个班一些名额专门补习。"左芯薇点头，"你不想去也行的，自己跟老师说吧。"

左芯薇说完便背起书包离开了，卫展眉皱了皱眉头，还是走向了办公室。

班主任办公室的门虚掩着，卫展眉敲了敲，没有响应，她在门口站了一会儿，还是转身决定先走，此时班主任的声音忽然响起："卫展眉？"

班主任有些意外地看着她。

卫展眉说："老师好，左芯薇说您想找我问寒假补课的事情。"

班主任点点头："哦，这个啊，其实你直接跟左芯薇说就行啊，不用特意跑一趟的——怎么样，寒假你打算补课吗？"

卫展眉抬眼："要交补课费吗？"

班主任一顿，有些尴尬："要交一点点。"

卫展眉说："那先算了。谢谢老师，我走了。"

班主任点点头："嗯，你再考虑考虑吧，虽然你成绩很好，但毕竟现在还没到高三，补课费真的不多，如果你实在不好拿出来，我也可以帮你跟学校申请一下。"

卫展眉说："嗯……谢谢老师。"

班主任摆摆手。

在这些成绩好的学生里，班主任向来不是特别喜欢卫展眉，实在是她的性格让人喜欢不起来，在班上也沉默得近乎像是一个透明人。之前发生的赵俊和王宇的事情，在老师间也有流传，就连她自己也忍不住犯嘀咕，难道真是卫展眉做的——毕竟她看起来冷漠至极，要对同学下狠手似乎也不那么让人意外。

但毕竟是成绩前三的学生，她对卫展眉也没有什么意见，赵俊和王宇的事情毕竟毫无证据，而卫展眉家庭情况也十分复杂，虽然育人是件很重要的事情，但她自问没那个能力把这个卫展眉给培养成性格阳光成绩又好的人，反倒不如不管为妙。

班主任看着卫展眉走远，叹了口气，进了办公室随手将自己的拎包带走，便锁了门离开了。

当夜顾安居然回了趟家，还主动跟卫展眉说话，问了一下方季白的事情。卫展眉并未太在意，也没有回答，径自去洗澡了，只是等她洗完澡出来，发现顾安站在客厅里，神色有些慌张，看见她出来，顾安道："你走路怎么没声音啊？"

顾安爱找碴儿这事卫展眉已经麻木了，她看也没看顾安一眼，直接回了自己的房间。

然后，卫展眉发现有点儿不对，她每次离开房间都会把房间锁起来，钥匙也会随身带着，可这次房间里多了一排黑色的脚印。

卫展眉匆匆扫了一眼，没发现少任何东西，便直接走出房间。

顾安还在外面玩手机，卫展眉说："你进我房间了？"

顾安一愣，收起手机："你胡说八道什么。"

卫展眉没有说话，伸手去拿顾安放在沙发上的包，顾安反应激烈地去抢："你干什么？不准动我东西！"

争抢间，包的扣开了，里边的东西零碎地撒落在沙发上，其中赫然有一把金色的钥匙。

卫展眉拿起那钥匙，冷冷地看向顾安："你哪儿来的？"

眼见着人赃俱获，顾安也不争辩了，梗着脖子说："这是我家的房子，还不能有个备用钥匙了？我妈那儿一直有每个房间的备用钥匙！"

卫展眉几乎是寒从脚起："你刚进我房间干什么？"

顾安说："还能干什么啊，我看你和方季白你侬我侬的，想找到你们恋爱的证据不行吗？！"

卫展眉深吸一口气，将那把钥匙握在手心里，嵌得手心都发痛了，慢慢地一步步地走回自己房间，重新上了锁。

第二天清早，班主任黑着脸走进教室，几乎是压着气说："昨天有谁拿了我办公室的那两张试卷吗？"

众人都一片茫然，班主任只好继续说："一张数学，一张化学，都是明天期末考的测试卷，虽然和明天正式的考卷有出入，但许多题目相似甚至一样，我记得非常清楚，试卷原本是放在第一个抽屉里的，昨天最后一节课之前我还检查过，卷子还在，今早就没了！我办公室里另外几个老师都是高一的，他们的学生昨晚就提早放学，今天也放假没来学校，所以如果真的是学生拿的，只可能是我们班的同学——我再问一次，有人进了我的办公室，拿了试卷吗？"

自然是无人应答。

班主任扫视了一圈，说："好吧，不是我不相信你们，只是这件事事态太过严重，行为极其恶劣！现在所有人都不准离开教室，把书包和口袋里的东西都摆到桌上。"

这是要挨个儿搜身搜包了。

班主任说："我先找昨天放学后来过我办公室的人，希望你们不要介意。"

说完，她就朝着卫展眉走了过来。

卫展眉并不在意地打开书包，将里面的书本都拿出来，垒在桌面上，然而，她很快发现自己的一本课外辅导书里夹着两张白色的纸。

顾安慌张的脸一闪而过，卫展眉伸手想要将那两张纸拿出来，班主任的手已经先她一步将它们抽出，果然是对折过的试卷。

班主任的脸霎时黑到极致，她将两张试卷紧紧握在手中："卫展眉，你站起来，这是怎么回事？"

卫展眉站起来，越过班主任，她看见不远处左芯薇和所有人一样，回头望着这边。左芯薇的脸上没有一丝惊讶，嘴角甚至还带着微微的笑意。

卫展眉明白了。

昨晚顾安为什么会回家，又进她房间，而左芯薇为什么非要她去一趟办公室。

原来一个人对另一个人的恶意，真的可以大到这样的地步，即便所做之事也极有可能把自己拖下泥沼，即便会让自己变得不堪，左芯薇也愿意去一试。

卫展眉镇定地说："这不是我……"

"是我拿的。"方季白忽然站了起来，语气还带着点儿被发现的遗憾，"想不到昨天卫展眉你也去了办公室……我还以为先放你那里，可以暂时躲过搜查呢。"

卫展眉和班主任都惊讶地看向方季白。

班主任："方季白，你……"

卫展眉："老师，他在胡说。这卷子跟他没关系……"

方季白打断了两人的话："这辅导书都是我的。"

班主任一愣，去翻，果然在首页看到了遒劲的三个大字：方季白。

是方季白自己的笔迹。

卫展眉想起来了，这本辅导书原本就是方季白的，之前她答应帮他拿回家圈重点，可这段时间因为她忽然不帮方季白补习，所以书的事情两人都忘记了，她每天背着一堆书上学放学，也没有认真检查过每一本。

而顾安却正巧将卷子塞进了这本辅导书里。

这下连班主任也不得不信了，她几乎是目瞪口呆地说："方季白，你什么时候偷的试卷？"

方季白说："办公室的窗户旁边有个小洞，虽然边沿很锋锐，但只要戴上手套，就可以伸进去，从里面打开窗户，再翻过去。"

他连怎么打开办公室窗户爬进去都晓得，更是坐实了自己偷试卷的事情。

班主任气得不轻："方季白！"

卫展眉说："老师，真的不是他拿的，是……"

很少为自己或任何人争辩的卫展眉此时举起手想将左芯薇和顾安的事情说出来，方季白却按下她的手："卫展眉，你不用帮我说话了，现在证据确凿，我也不想牵连无辜。"

班主任："你们这是干什么？演电视剧呢？卷子到底是谁偷的？"

方季白立刻开口："是我。"

左芯薇忽然站了起来："方季白，你是从B市过来的，根本没有考试成绩压力，你偷卷子干什么？"她的语气是班长关心同学的语气，然而声音却不自觉有些发抖。

方季白说："谁说我没压力？我都来了一个学期了，我家人不在B市，不知道我学习情况，老师说这次很难，万一我考得很差，我家人岂不是会很不满意。"

左芯薇还想说些什么，班主任就道："行了！方季白，你真是……过来，跟我去办公室，其他人先自习。"

方季白按了按卫展眉的手臂，轻声说了句："我没事的，相信我。你别轻举妄动。"

说罢便跟着班主任离开了。

班主任和方季白走了之后，班上的人并没有继续自习，而都震惊万分地小声开始讨论方季白的事情。

"真的是方季白偷的试卷？"

"我觉得不太可能啊，方季白看起来不是那种人……"

"难道他是帮卫展眉顶罪？"

"其实我觉得卫展眉也不用偷试卷吧……再说了，方季白干吗帮她顶罪啊……"

议论声不断，左芯薇坐在座位上垂着头，手握成拳。

卫展眉走到了她面前，冷冷地说道："左芯薇，你不去跟班主任说吗？"

班上霎时又安静下来，都看着左芯薇和卫展眉。

左芯薇比她更冷："我？你要我说什么？从你书包里找出来的试卷，最后被带去办公室的是方季白，最可耻的人难道不是你吗？你如果承认是你自己偷的试卷，方季白怎么会被你牵连？！"

"不是我做的，我为什么要承认？昨天下午你一定要我去办公室，就是为了让班主任记得我去过。晚上顾安回去，被我发现进了我房间，她自己也承认了——认识顾安的同班同学，除了方季白，只有你。"卫展眉直接抓住左芯薇的手腕，"你跟我去办公室，自己向班主任解释。"

左芯薇甩掉卫展眉的手，有些不屑地道："你一点儿证据也没有，为了推脱自己的过错，还想扯我下水？什么顾安，你那个表妹？我们最多也就说过几句话，这也能叫认识？何况你表妹为什么要跟我一起联手陷害你？你的想象力很丰富，可是我想正常人都不会愚蠢到相信你的说辞。"

"信不信是班主任的事情。"卫展眉打定主意要拉卫展眉去办公室，"说不说，是我的事。"

"卫展眉，我再说一次，这件事跟我没关系！"左芯薇罕见地有些着急，几乎是半吼说出了这句话，她素来人缘好，自然也有看不下去的。

有个叫郑高飞的男生走到两人中间，挡在左芯薇前边："卫展眉，你别太过分了！方季白都承认了是他做的，你干吗还缠着左芯薇不放啊？"

卫展眉说："你让开。"

郑高飞好笑道："我偏不，怎么了？"

郑高飞喜欢打篮球，身材高大，在他面前卫展眉更显得孱弱，她试图越过他，伸手去拉左芯薇。

左芯薇抬眼，竟被卫展眉阴沉的眼神给吓到了，她轻声尖叫："你到底想干什么？"

郑高飞听左芯薇尖叫，下意识就推搡了一把卫展眉，他手劲大，卫展眉又确实瘦弱，就这么一推便直接往后退了几步，差点儿摔跤。

郑高飞在王宇事件前也老和方季白一起打球，虽然之后方季白就跟他们玩得少了许多，但郑高飞也晓得方季白对卫展眉的态度，还为此犯过嘀咕，眼下见卫展眉差点儿摔跤，只好说："你别这样行不行啊？方季白既然这么大方地承认了，那就证明他自己不是很在乎这件事，你现在拉着左芯薇去有什么意义？何况你根本没证据。"

"他不在乎，我在乎。"卫展眉站稳后，绕了一圈要去拉左芯薇。郑高飞受不了地猛推了一把卫展眉："我说了，你别这样了！"

这一推力气大了不少，卫展眉还是没能站稳坐在了地上，手掌被擦破了一些，渗出鲜血，她像是不知道痛一般，慢慢站了起来，仍是道："左芯薇，你跟我去办公室。"

郑高飞说："我X，她疯了！"

郑高飞没犹豫，拉着左芯薇就跑了出去，卫展眉没能追上，在教室门口站了一会儿。

班上的同学都被这一出接一出的戏惊呆了，没人敢发声，都愣愣地看着卫展眉。

卫展眉回头看了一眼班上众人，说："方季白没有偷试卷。"说完就跑了。

她一路跑到办公室，本以为里边该是场拉锯战，然而她刚到，方季白就正好从办公室里走了出来。

卫展眉一愣，想要进去，方季白连忙拉住她："事情已经解决了，别进去了……你手怎么了？"

卫展眉低头，发现自己手上的沙尘和鲜血凝在一块，看起来有点儿吓人。

她摇摇头："没事，试卷的事……"

方季白说："我们先去医务室吧，路上跟你慢慢说。放心，我不会被学校开除，也不会记在档案里。这件事也不会公布于众，学校考数学和化学的时间会改到最后一天让老师方便改题目。"

卫展眉眨眨眼，被他拉着朝医务室走去。

高一的学生今日放假，高二高三的都还在教室里上课，走廊和楼梯都空荡荡的，卫展眉跟着他走了一段路，才后知后觉地说："怎么会……没事？"

方季白叹了口气："我给我爸打了个电话，他摆平的。"

"可这件事跟你没关系……"卫展眉难得语速都快了起来，

"你根本没必要出头。我也没有偷试卷，试卷是顾安和左芯薇……"

"我当然知道你不会偷试卷。"方季白笑着说，"你每天给我补课，你什么水平我还不知道？像你这种水平哪里需要偷试卷啊。但是没办法，试卷已经在你背包里被发现了，你有什么证据可以证明这不是你自己偷的，是左芯薇偷的吗？"

卫展眉说："可就是她们做的。昨晚顾安进我房间，也被我发现了。是我太大意了没有检查书包……"

"她们大可以说这是你的一面之词。"方季白说，"尤其班主任那么喜欢左芯薇，既然你没有证据，班主任一定会选择相信左芯薇。甚至，还会认为你偷了试卷不肯承认还要拉人下水，那惩罚就更严重了。"

卫展眉紧紧皱着眉头："可是你……"

"我真的没关系。"方季白笑了笑。

卫展眉说："你怎么知道办公室窗户的事情？"

方季白说："那个其实我是乱扯的，窗户旁边确实有个口子，我上次看到过，这次就灵机一动，其实具体能不能伸手进去开窗户，我自己也不知道。"

卫展眉没有再说话。

到了医务室，医务老师替卫展眉清洗手掌，将伤口消毒然后止血，说是没什么大问题，方季白才放下心来。

两人慢慢地走出去。

方季白说："回去吧，我要收拾一下书包离开了。"

卫展眉不动了，盯着他。

方季白苦笑道："放心，我真的没被开除，只是我爸知道这件事非常生气，所以一定要我先回B市，机票都订好了，就今晚。刘叔已经在门口等着我了，唉……"

"那期末考……"卫展眉迟疑道。

方季白说：“他说我干出这种事，考试也没什么好考的了，直接当我全部没及格，等开学前回来全部重考。”

卫展眉说：“你……给你父亲打个电话，我帮你解释。”

方季白有些惊讶地看着她：“最讨厌跟陌生人说话的卫展眉同学要为了我跟我爸爸解释？”

卫展眉不理会他的打趣：“快点儿，打电话。”

方季白摇摇头：“我父亲的性格……说难听点儿就是偏执到变态，谁打电话都没用，他要我回去就回去吧，正好我也不想考那个据说很难的试卷，就当偷懒了。只是寒假估计我也别想出门了，到时候大概也很难和你联络了。”

卫展眉说：“对不起。”

方季白有些惊讶：“为什么说对不起？”

“这是我自己的疏忽，她们针对的也是我。”卫展眉低声道，“结果却牵扯到你。”

方季白微笑道：“如果你要这么说的话，让我自恋一点儿地说——左芯薇要陷害你，也是因为我吧？所以这本来就是我惹出来的事情。我走了之后，你不要再去找左芯薇或者顾安了，她们不会承认，你的性格也只会吃亏罢了。等我回来再说。”

卫展眉摇了摇头，可她不善言辞，到底也没能说什么。

方季白回去拿书包，让卫展眉先在一楼等他。他走进教室时，左芯薇和郑高飞也已经回去了。

见方季白回来，大家都有些不知怎么办，有个平日跟他关系不错的男生鼓起勇气问：“方季白，班主任打算怎么处置这事儿啊？”

方季白背起书包离开：“哎，还能怎么处置呢？总之大家以我为鉴，千万别作弊，好好考试。”

他倒是轻松又潇洒，左芯薇却没忍住，追着出了教室。

左芯薇："方季白，你……被开除了？"

方季白看了她一眼："怎么了？"

左芯薇十分难受地说："我相信你不会偷试卷，这次的事情要你来承担根本没有道理……"

方季白说："嗯，其实我也这么想。"

左芯薇说："那……"

"所以，要不然你去跟老师承认是你想陷害卫展眉，却不小心连累到我了吧。"方季白笑了笑，"这样的话，这件事就不需要我承担了。"

左芯薇脸色煞白，半晌，道："你信了卫展眉那些话？好端端我干吗要去害她……"

方季白对她挥了挥手："算了，猜到你不会答应的。再见。"说完看也没有看她，径自转身走了。

左芯薇呆呆地看着他离开，又忍不住趴在栏杆边，看着卫展眉也跟了出去，两人一同向大门走去。

左芯薇将脸埋进手臂里，无声地落下眼泪。

方季白看着追出来的卫展眉："不是让你好好地看书吗？不用送我的。"

卫展眉摇了摇头，没有说话。

两人一路走到门口，刘叔的车果然已经等着了。

方季白说："我要走了，你考试加油。"

卫展眉说："发生这件事，你父亲还会让你来这里念书？"

方季白含笑看着她："怎么，舍不得我啊？"

卫展眉摇摇头："我觉得其实你本来就不适合来这里念书，如果能回B市其实是好事。"

方季白哑然失笑："卫展眉，你也太狠心了吧？"

卫展眉望了他一会儿，说："你去B市后这边的号码还会用吗？"

方季白点头："你如果有事找我，打这个号码就可以，我特意买了套餐，如果你打过来，就算是异地也不用太多电话费。"

卫展眉抿了抿唇："嗯，再见。"

方季白说："抱一下行不行？"

卫展眉转身要走，方季白拉住她的手，将她往怀里一带，轻轻拥抱住她。

方季白郁闷地说："我都要走了啊，寒假可能都不能回来。"

卫展眉："……"

方季白叹了口气："早知道这样，之前这个礼拜就逼你替我补课好了。"

卫展眉神色微动："抱歉。"

方季白疑惑地退了一步："为什么又说抱歉？"

卫展眉摇摇头，没有解释。

方季白也没有时间深究，他拿出手机，说："我们合影一张行不行？不知道你还记不记得，我的梦想是当个摄影师，之前我老拿着照相机乱拍，有一次还拍到了你，但认真读书之后，我就一次没带来学校了。"

说得如此可怜，卫展眉也只好点头，有些拘谨地和方季白并列站着，由着他举着手机，用背面的摄像头对着两人拍了一张。

拍完方季白低头看，摄像头对得还挺准，两人都完美入镜了，只是卫展眉拍照也板着脸，对比起旁边笑意盎然的方季白，似乎显得极为不情愿。

方季白好笑地收起手机，说："真的要来不及了，我先走了。"

卫展眉："嗯，一路平安。"

方季白说："你记得要等我。"说完就飞速在卫展眉额头上吻了一下，又带着得逞的笑意闪进了汽车内。

　　他摇下车窗，和仍没什么表情的卫展眉摆了摆手："我走了，下学期见。如果我能说服我老爸，我就尽量早点儿回来。"

　　卫展眉看了他一会儿，转身快步离开了。

　　方季白笑着说："刘叔，开车吧。"

　　刘叔自然看到了刚刚发生的事情，但什么也没说，默默地发动了汽车。

　　卫展眉走了一会儿，忍不住伸手摸了摸额头，仍觉得发烫。

　　卫展眉回头，却见汽车早已没影了。

　　过完寒假……再见吧。

第九章 *miss you*

所有的美好都是她的异想天开

　　三天的考试晃眼便过去了，方季白偷试卷的事果然没有被通报批评，考试时间被更改学校也只是简单地说是因为数学和化学试卷有些纰漏所以改为最后一日。

　　而方季白偷试卷的事情，本身就显得疑点重重，尤其是见过卫展眉和左芯薇争吵的A班同学们，更是没敢随意将这件事说出去。

　　本该是个惊天动地的大事，就这样悄无声息被掩埋了。

　　顾安大约是晓得事情没成功，躲着没敢回过家，而左芯薇则对卫展眉一副视若无睹的样子。卫展眉专心考试，也没有再找她麻烦。

　　三天一过，学校基本正式放假，顾安也不能留宿学校，只能回家。她仍心虚，回家后也不敢发出什么声音，先回了自己的小房间。

　　然而终归是要碰面的。

　　顾安洗完澡出来，就撞见卫展眉正在客厅里吃面，她愣了愣，想当没看见一般离开，卫展眉却说："你什么都不说吗？"

　　顾安硬着头皮说："说什么？我跟你可没什么好说的。"

　　"你的季白哥因为你，没办法考试了。"

　　顾安："因为我？他不是因为帮你顶罪了吗？关我什么事

啊？"

卫展眉将筷子放下，起身冷冷地看着她。

顾安皱起眉头："你想干什么，打我啊？"

卫展眉走近一步，说："你……"

话未说完，门忽然被人打开，林舒和顾盛拎着菜走了进来。

顾盛大约赢了钱，看起来心情不错。

见卫展眉和顾安对峙着，林舒一愣，将菜丢在桌上："你们在干什么？"

顾安："没什么，表姐找我有事说咯。"

林舒将信将疑地点点头，却又忽然握住顾安的手臂："你手上这是什么？"

顾安的睡衣往下滑了一点儿，她的小臂上竟然青了一大块。

顾安一愣，有些慌张地说："啊，这，没什么……"

林舒着急得不得了："这到底是怎么回事？怎么可能没什么！"她回头看向卫展眉，"是不是你刚刚弄的？"

卫展眉没有说话，林舒便更着急了，此时顾盛上前，拦在两人中间："哎呀，你激动什么，让安安自己说啊。"

顾安只好说："真的没什么，就是上体育课的时候和同学打闹弄出来的，我自己当时都没发现，一点儿都不痛。"

卫展眉已经转身去吃剩下的面了。

林舒瞥了她一眼，拍拍顾安："行了，回房间把头发吹干，别感冒了。"

顾安应了声，连忙跑了。

林舒说："展眉你自己煮面吃了？现在你和顾安都放假了吧？马上过年了，我和你叔叔也都闲了点儿，以后应该都会准时回来做饭，你不用自己弄了。"

卫展眉说："不用了，我喜欢吃面。"

林舒摇摇头，去厨房弄饭菜了，顾盛笑盈盈地在卫展眉旁边的椅子上坐下："这次考得怎么样啊？"

卫展眉迅速喝了面汤，端着碗站起来就走进了厨房里。

林舒见她进来，道："碗就放旁边吧，厨房这么小，一会儿我再帮你洗了。"

卫展眉摇摇头，手脚麻利地洗了碗。

林舒好笑道："你这是干吗呢，不想麻烦我们？可都这么多年了……你还想洗个碗来撇清关系呢？放假你就好好享福吧，好好读书，以后工作了报答我们就是了。"

卫展眉将碗筷放到一边，说："我母亲留给您的存款，其实应该不少吧。"

林舒一愣，看着她："什么存款？谁跟你说的？"

卫展眉摇摇头："没人跟我说，我一直都知道而已。"

林舒脸色大变："你不要自己乱想，你妈确实留了一点点钱，但她能有多少钱？要是她真的留了那么多钱，我现在还用这么辛苦地工作？"

卫展眉看了她一眼，没有再争辩，转身离开了。

其实卫展眉也不知道林恩到底留了多少钱，但她知道不少，那是她还小的时候，林恩所处的墓园因为规格不对，所以要全部修葺，所有人都得交钱，不然墓地可能要暂时外迁，当时林舒和顾盛以为她已经睡了，便在客厅讨论起这件事。

当时林舒觉得不交钱也行，那顾盛却说这样不好，损阴德，会影响自己的运势。林舒十分不乐意，顾盛随嘴说了一句："不就一两百块，交了就交了呗，反正林恩卡里有那么一大笔钱，咱们不工作都能吃几年呢。"

林舒则回击道："钱钱钱，哪儿来那么多钱，你最近每天输，越打越大，本来我还打算拿来买房的，将来顾墨不要娶老婆啊？顾安不要嫁妆啊？"

顾盛说："你闭嘴！就是你每天神神叨叨的我才老输，什么顾墨娶老婆，那都是多少年后的事情了？我现在拿去赌，到时候赚了几倍回来，什么房子买不起？到时候一人一套房都绰绰有余！"

卫展眉并非不知道自己母亲留下了很多钱，但自己既然靠林舒照顾，那么钱给林舒和顾盛也是理所当然的，只是很可惜，到后来，这个家里大概没任何人用到了这笔钱，那些钱应该都给顾盛赌桌上的其他人给赢去了。

顾家仍然一贫如洗，而林舒却认为是因为他们多养了一个卫展眉。

放假之后，顾墨回来的次数也增多了，但白天他常常不在，在晚上七八点的时候才会回来。

林舒说过他几次，见顾墨无动于衷也懒得再多嘴了，而最奇怪的人却是顾安，她晚上老跟同学出去唱歌，然后半夜才回来。有一次卫展眉两点起床上厕所，正好碰见顾安，她的打扮和平日截然不同，化着浓妆，穿着短裙，领口堪称暴露，脸上还有泪痕。

看见卫展眉，顾安也吓了一跳，又怒瞪了一眼卫展眉："你看什么看？"说完就偷偷摸摸地回了自己房间。

卫展眉有些犹豫，要不要将顾安的事情告诉林舒，免得顾安真的走上彻底的弯路。

这样思考着的第二天，卫展眉如常晚饭时煮面端到客厅去吃，顾墨这时候不会回来，顾安下午匆匆离开，应该也不会太早离开，而饭点林舒和顾盛则应该会回来……

想到顾盛和林舒，卫展眉加快了吃面的速度，希望能在他们回来之前先吃完。

门被打开了。

顾盛大约又去喝酒了，脸颊通红，步履也有些不稳，他"砰"的一声关上门，一步三晃地朝着卫展眉走来。

　　卫展眉直接端起碗要离开客厅，顾盛却已经抢先一步拦住了卫展眉的去路。

　　卫展眉不由自主地开始浑身发抖，而顾盛却笑盈盈地说："展眉，你怎么又一个人在这里吃煮面啊，要是说出去，别人还以为我和你阿姨虐待你呢——哦，对了，你阿姨今天有点儿事，不会回来了。"

　　卫展眉将碗放回桌上，索性转身想要去打开房门，可顾盛也立刻靠了上来，他的手按住卫展眉的手，整个人黏糊糊地贴在卫展眉身后："展眉，你也让我去你房间参观一下呗？你房间老锁着，我都不知道你房间是什么样子……"

　　这个瞬间卫展眉差点儿吐出来，而她即便打开门，也不可能在顾盛挤进去之前反锁门。

　　卫展眉猛地转身，狠狠推了一把顾盛，顾盛步履虚浮，退了两步，卫展眉趁机立刻朝着大门奔去。

　　只要出去就行了……

　　然而卫展眉的行为却彻底激怒了顾盛，在卫展眉即将打开大门跑出去的瞬间，顾盛直接猛扑了上来，将卫展眉狠狠压在了地上。

　　卫展眉尖叫道："你干什么？"

　　顾盛趴在她身上，心满意足似的按住她的手腕让她不能再挣脱："展眉……你说说你，我都照顾你这么久了……你怎么就是不懂呢……"

　　他带着酒气的气息离卫展眉太近了，就靠在卫展眉脸侧，卫展眉的胃里一阵翻腾，她拼尽全力晃动自己的手和脚，试图踢中顾盛。

　　"放开我！"

然而她实在是太瘦弱，力气也太小了，顾盛作为一个成年男子，轻而易举就能压制住她。他改为一只手按住她的两只手腕，大腿也压在她膝盖处，空出的那只手开始扯她的外套。

　　南方室内没有暖气，比室外还冷，卫展眉穿着厚毛衣和羽绒服外套，顾盛一边去拉她羽绒服的拉链，一边试图用胡子拉碴的脸却碰卫展眉的脖子。

　　前所未有的绝望感。

　　如果此刻能够死去的话，任何一种死法，卫展眉都可以接受。

　　能死掉的话就好了……

　　此时转动门把手的声音响起，而客厅内的卫展眉忙着挣扎，顾盛忙着解卫展眉的衣服，两人都没有意识到这件事。

　　直到林舒的惊叫声响起。

　　"你们在干什么？！"

　　这一声于顾盛来说无异于平地惊雷，他像是整个人忽然清醒了一般，猛地从卫展眉身上爬起来。此时卫展眉的羽绒服已经被拉开了，牛仔裤的皮带也刚被扯开，头发凌乱，脸因为挣扎而显得通红，脸上还有泪痕。

　　卫展眉迅速地坐了起来，手指颤抖地将自己的衣服理平整，系好腰带，她还来不及说一句话，顾盛就赶紧开口："老婆，我以为是你……"

　　这一句话，将自己撇得一清二楚。

　　林舒仍站在门口，满脸不可置信和痛苦，听到这句话，她却仿佛活过来了一般："你又喝醉了？"

　　语气却是让人害怕的平静。

　　顾盛点点头："我喝醉了，我……我以为这是你……"

　　林舒说："我让你少喝点儿酒了。"

就连被吓得酒彻底醒了的顾盛也猜不透林舒现在是什么意思，而林舒闭了闭眼，忽然就走到了卫展眉身边，扬手扇了卫展眉一巴掌。

原本就没回过神的卫展眉被这一巴掌打蒙了，林舒双眼猩红："卫展眉，你怎么和你那个婊子妈一个德行？她勾引卫锋，你更厉害，居然连自己的叔叔都……"

卫展眉捂着脸，几乎是一字一句从喉咙里逼自己反驳："是他要强奸我。"

顾盛着急地要说话，林舒却抢先说："你叔叔想强奸你？你一个小屁孩儿，他是喝醉了！你看到他喝醉了也不知道走远点儿？你不知道反抗？我看你就是存心的！"

恶心反胃感觉又一次涌上来，卫展眉抬眸，声音似冰："他没有喝醉。他喊的是我的名字，他就是想要强奸我。我反抗了，但我力气不够大……"

"你给我闭嘴！"顾盛恼怒地说，"我什么时候喊你名字了？我以为你是……"

卫展眉没有看顾盛，她怕再看一眼，自己都会吐出来。她仍只看着林舒："阿姨，请你好好想想，这件事我才是受害者。我才十七岁，马上就可以高考，未来光明，我为什么要勾引一个只会赌博和喝酒的让人恶心的中年人……"

林舒说："闭嘴！你说的这是什么话？！"她扬起手，竟又想扇卫展眉巴掌。

卫展眉这一次躲过了，她双脚轻颤地站了起来，走向大门："既然你的丈夫不肯承认，而你也不相信我，这件事，只能交给警察来处理。"

顾盛一愣，大吼道："你给我站住！"

林舒也有些慌张了："你干什么？卫展眉，你还要去报警？你不怕丢人啊？”

卫展眉顿了顿，回头去看她：“我没有做错任何事，丢人的不是我。”说罢便加快脚步走了出去。

顾盛拔足便要去追，一边大声对林舒道：“还不去追？真让她去报警乱说？”

卫展眉当然听见了两人的对话，她几乎拼尽了全部的力气在朝外跑，她低着头，脑袋里空空荡荡，呼吸急促，只是一股脑儿地朝前，朝前……

她必须逃，也只能这样逃。

狼狈，且不知前路究竟是光明还是黑暗。

直到有个人忽然拉住她的手：“卫展眉，你跑什么？”

卫展眉惊慌地抬头，却见是顾墨，他大约正要回家，却撞见了一路狂奔的她。

卫展眉回头看了一眼，顾盛和林舒都在不远的身后，她失声尖叫道：“放开我，让我走！”

顾墨一愣，也朝她身后看了一眼，没再说什么，拉着她就开始朝外跑，也算他们运气好，刚出小区就正好有一辆TAXI下了乘客。

顾墨拉着卫展眉上了车，猛地关上车门，对司机说：“先开！”

司机愣了愣，还是先发动了汽车。

卫展眉侧头，正好从玻璃窗内看见急急追出来的林舒和顾盛。

汽车在他们震惊的目光中离开。

顾墨沉默了一会儿，说：“你没事吧？”

卫展眉对司机说：“麻烦您，去派出所吧。”

司机说："派出所？"

顾墨也十分意外："怎么了？"

卫展眉看向顾墨："如果我说我是想报警抓顾盛呢？"

顾墨愣了片刻，随即满面震惊。

半晌，他道："好，去派出所。"

这一回轮到卫展眉有些惊讶了。

顾墨却没有解释，而是对着司机说："麻烦您了，去一趟派出所吧。"

司机有些犯嘀咕，但还是左转打算载他们去派出所，卫展眉却说："算了，别去了。"

顾墨说："为什么？"

卫展眉疲惫地靠在车椅上："没有用的。我看过很多类似的案件，他们是我的监护人，名义上我可以算是他们的女儿。只要林舒和顾盛统一口径，这个就会被判为是家庭内部纷争。就像是家暴一样，派出所根本不会认真处理，更何况这个只是未遂。"

早在顾盛第一次偷看她的时候起，卫展眉就费尽心思地试图去调查过，希望能从法律上找到一些制裁顾盛的办法，然而没有，这就像是有一个漏洞一样，她没有去法院告顾盛的能力，而单纯的报警也只会被民警随便打发，连立案都不会立，更有甚者还会有一些女孩儿报案后，父亲和母亲都指责她只是因为被父亲责骂了所以才如此"任性"。

荒唐的事情无处不在，而似乎没有人得以伸张自己的痛苦，卫展眉意识到，她也不可能把这件事告诉林舒或者任何人，她只能忍耐，在忍耐之余，尽力让自己不要受到任何伤害。

她本以为，只要熬过这剩下的最后一年半就行了。

顾墨没有说话，司机忍不住说："那你们现在要去哪里啊？"

顾墨说："您带我们去火车站附近的小旅馆吧。"

卫展眉看了他一眼。

顾墨解释道："现在你肯定暂时不能回去了，一会儿我去帮你把你的衣服收拾出来，还有什么你跟我说，然后我帮你送到旅馆里。你先在旅馆里住着，其他的我来想办法。"

卫展眉说："我的衣柜最里面有个深蓝色的存钱罐，里面有我所有这些年攒的钱，请你也帮忙拿来。"

顾墨点点头，和她一起在火车站附近找了个廉价的小旅馆要了个单间。这旅馆不需要身份证，但内部环境实在有点儿糟糕，顾墨这种大高个儿走进去甚至得弯点儿腰，顾墨扫了里边一圈，道："环境不怎么样，你先将就着吧。"

能好端端地在这里，卫展眉当然不会对居住环境有任何要求，她在有点儿破旧的椅子上坐下："没事……谢谢。"

顾墨皱了皱眉头，有些别扭地说："你没事吧？他没能把你怎么样吧？"

卫展眉垂眸："没事。你母亲正好开门撞见了。"

"她为什么跟我爸一起追你？"顾墨大感不解，"依她性格应该开始跟我爸厮打才对。"

卫展眉说："她当然要选择相信自己的丈夫。"

林舒当然要选择相信顾盛，在忍受了这么多年顾盛的嗜赌和家暴后，她是如何在受伤后安慰自己，顾盛其实很好，顾盛值得她付出一些东西的，无人知晓，但可想而知，在已经将自己的所有青春浪费给顾盛并与他生儿育女后，她不会也不可能接受自己丈夫的真实模样。

只要把问题全部推到卫展眉头上，就能让她和顾盛仍保持"幸福"的关系。

顾墨说："对不起。其实上一次之后，我就一直想在想办法把你转移出去，之前上学的时候，晚上我都在兼职，现在放假了白天也在打工，但钱可能还是不太够。"

卫展眉说："你现在这么帮我，是想替你父亲赎罪？"

顾墨抬起头看她，神色莫测，最后才咬牙说："我们刚入高中的时候，我发现过我父亲有点儿不对劲。那时候你在洗澡，他以为我在沙发上睡觉，就走去浴室那边……你们好像还说了什么话。"

顾墨说起这件事的时候，满脸懊恼："那时候我确实被吓到了，所以没有求证，也没有仔细听你们说了什么，最后他回来了。但我就觉得……不对劲。"

卫展眉了然道："所以上了高中之后，你对我的态度越来越差，还在学校散播我的身世。"

"你身世的事情……是有一次，我和一个朋友去喝酒，他提起你，说你看起来挺好看的，想追你。我当时也喝醉了，又想起我父亲和你……我就告诉了他你的身世，让他别想着追你，没想到后来这个事情就散播开了。"

顾墨沉着脸："是我的错。其实后来我慢慢意识到了，你是无辜的，只可能是顾盛他……我发现你越来越逃避回家，我也不想回家，我觉得很恶心。不过我怕他会对你做什么，所以只要知道他会提前回去，我也都会跟着回去。好在你警惕性也很高，我发现他对你做不了什么，以为他也放弃了……直到上一回。"

顾墨将手插进头发里："是我太想当然了。抱歉，我应该更早开始想办法的。"

"我是当事人，都想不出任何办法，你能想出什么办法。"卫展眉平静地说，"我们没有成年，还在读书，也没有钱，除了年轻，一无是处……对了，我问你，你记得赵俊吗？"

顾墨说："赵俊？你是说当初你们班那个？他好像是得罪了隔壁学校的老大，然后被揍了一顿。怎么了？"

卫展眉有些意外，最后说："没什么。我搞错了。说正事吧，你现在如果要回去帮我拿东西，碰到你父母该怎么办？"

"我会处理的。"顾墨站起来，语调坚决，"你放心。"

卫展眉从裤子口袋里拿出钥匙交给顾墨，又朝他伸出手掌："可以先借我一点儿钱吗？"

顾墨这才想起她匆忙离开，身上大概没钱，掏了两张一百的给她。卫展眉说："给我一点儿零钱就行，我想去楼下打个电话。"

顾墨说："打给谁？"

其实他猜到了。

果然，卫展眉说："方季白。"

顾墨忍着气道："你联络他有什么用？"

卫展眉望着他："现在这个状况，只有他可以帮我。如果可以，我也不想求助他。"

顾墨无言以对，只好给了她一些零钱。

卫展眉将那两百还给他。

顾墨没接，只说："你先拿着吧，万一一会儿有什么用。我尽快回来。"

顾墨说完就走了，卫展眉坐了一会儿，去洗了把脸。小旅馆没有热水，大冬天水冰的刺骨，卫展眉却觉得自己再次活过来了。

她捏着零钱，慢慢走下楼，在旅馆附近的公共电话亭里投币。

慢慢拨出熟稔于心的号码。

响了一会儿，电话那边就传来一个甜美的女声："对不起，您拨的电话是空号，请查证后再拨……"

卫展眉眨眨眼，拿起被机器吐出的钱币，再试了一次。

一次，两次，三次……

她很清楚地知道，自己并没有记错，也不可能次次都按错。

而每一次，对面传来的，都是这句空荡荡的提示。

顾墨到家时，家里另外三个人都在。

顾安坐在客厅里正在哭，林舒一边低声骂她一边也跟着掉眼泪，而顾盛则不在客厅里。

听见外边开门的动静，顾盛才急急忙忙从房间里走了出来。

林舒按了按顾安的肩膀："你先回房间，别哭了。"

顾安点点头，疑惑地看了一眼顾墨，含泪回了自己的房间。

林舒站起来，和顾盛一起看着顾墨。

毕竟顾墨不是林舒生的，她一时间也不知道说什么才好，顾盛却没这些顾忌，他板着脸，怒道："顾墨，你干的什么好事？你带她跑干什么？你是不是听卫展眉胡说八道了？"

顾墨说："我陪她去派出所了。"

顾墨愣住，恼羞成怒："你疯了！她说的那些话你也信？"

林舒也说："顾墨，你怎么能不信你爸呢，卫展眉的性格有多古怪你又不是不知道，你让她去报案，这……这你爸，还有我，还有你和安安，以后怎么做人啊？"

顾墨冷冷地看着两人，最后道："骗你们的。她没去。"

闻言顾盛不由得松了口气，随即更是羞怒万分，抬脚便要踹顾墨："你这个兔崽子……"

顾墨一晃身便躲开了，反倒是顾盛因为脚步虚浮自己差点儿摔了一跤。顾墨没理两人，只说："我是来帮她收拾东西的。她以后不会回来住了。"

顾盛冷笑道："好，好得很，让她死在外面最好！省得住咱们家，供吃供喝的，还尽出些乱七八糟的事。"

林舒却皱眉道："住外面？那她以后不上学了？"

顾墨说："上。学费还是你们给。"

顾盛道："放屁，她都搬出去住了，跟我们一点儿关系都没有了，还给她钱？凭什么？"

林舒只皱着眉头不说话。

顾墨说："就凭林恩阿姨留了不少钱，卫展眉高中的学费你们总该出完吧？"

反正卫展眉成绩好，大学肯定可以拿奖学金，实在不行还可以申请助学贷款。

顾盛还想反驳，林舒就说："行了，行了，你们现在吵这些没意思，还好放假了，先让展眉在外面住一段时间吧，大家都冷静冷静。顾墨，你去帮她收拾东西吧。"

顾墨有些意外地看了一眼林舒，他的印象中，林舒对卫展眉的恶意实际上一直是这个家中最强的。

可转念一想，这也并不稀奇，林舒即便是再盲目，也不可能不晓得这件事卫展眉才是受害方，大约心中难免还是有些愧疚。

顾墨打开卫展眉的房门。

这是他第一次进卫展眉的房间。

卫展眉的房间确实很小，但被她自己打扫得干净整洁，虽然因为太小而显得东西有些多，但并不让人觉得杂乱，打开衣柜，所有的衣服整齐地码在里面。顾墨拿着路上买好的两个大行李袋，直接按照卫展眉的吩咐将第一层的所有衣服扫了进去，然后走到书桌上，将几本练习题给收拾了进去。

最后他去柜子最深处找到那个深蓝色的存钱罐。

拿起来，分量居然不轻，但应该大多是零钱。

这个卫展眉生活了十多年的小房间，居然只有这么点儿东西，是她必须要带走的。

顾墨又去浴室拿了卫展眉的毛巾和牙刷便要离开，刚走出去，林舒就跟了过来，她犹豫道："展眉现在还好吧？"

顾墨："还好。"

林舒叹了口气："她现在住哪儿呢？安全吗？"

顾墨说："总之不会比家里更不安全了。"

林舒看他一眼，无奈道："说真的，我也知道这件事有古怪，但你父亲……我是怎么也不会相信你父亲糊涂到要对自己的外甥女做什么的，他确实是喝醉了……"

顾墨说："我不想和您讨论这件事，我们想法不同。"

林舒又叹了口气："好吧，不说这个了，你现在去找她吗？我跟你一起去吧。"

顾墨蹙眉："你去干什么？"

"你这问得……"林舒道，"你们两个都没成年呢，跑外面去我能放心？再说了，就算以后展眉和这个家没关系了，我好歹是她妈的亲妹妹，她还真能一辈子不见我了不成？哎，刚刚发生那件事我也有点儿糊涂，还对她说了几句重话，我想着，去给她道个歉，再给她塞点儿钱吧。"

顾墨见林舒倒是真的满脸后悔，她说的话也不无道理，只好迟疑地点头："好吧。"

顾墨打了个车，带着卫展眉的行李和林舒一起回到了小旅馆。

林舒站在旅馆前咂舌："就……住这里？人来人往的……"

顾墨说："先将就着住。没那么多钱。"

林舒说："你呢？也住这儿？"

顾墨摇摇头："我回去住。"

林舒瞥他一眼："你和你爸闹得那么僵……"

顾墨没回答，走上了二楼，找到卫展眉的房间，敲了敲门。

没人应。

顾墨皱了皱眉头，林舒好奇道："她不在？"

顾墨说："估计是出去买东西了，我先去把行李放前台，再去找找她。"

林舒说："好吧，那……算了，我也不急着见她，你先出去找她吧，我也先回去了。"

顾墨点点头，又问："刚刚顾安哭什么？"

林舒一愣："啊？没什么，她不就那样，爱哭爱发脾气。我先回去了。"

林舒匆匆离开，顾墨也没再管，刚把行李放在前台要出去找卫展眉，就见卫展眉回来了，外边很冷，卫展眉的脸被冻得惨白惨白的，顾墨有些紧张："你出去做什么了？"

卫展眉摇摇头，朝着房间走去。

房间内稍微暖和一些，卫展眉坐在椅子上，有些恍惚。

顾墨将行李袋放在她面前，说："你自己可以看看，还漏了什么告诉我。"

卫展眉："嗯。"

顾墨抬头看她，神色复杂："方季白……怎么说的？"

卫展眉眨了眨眼睛："他……没有接电话。"

"你在外面一直给他打电话到现在？"顾墨有些生气，"一直不肯接，除了是他不想接还能是什么。他不想帮忙就不帮忙，你何必这样。"

卫展眉疲惫地揉了揉太阳穴，说："嗯。"

顾墨在另一边坐下，说："方季白是指望不上的，你就先在这里住着吧。"

卫展眉说："你现在白天打什么工？我也去吧，能赚一点儿是一点儿。"

顾墨摇头："体力活，你干不了。"

卫展眉想了想："我明天就出去找工作，应该有假期工可以发传单一类的……我可以做。"

顾墨还想摇头，卫展眉说："我总得干点儿事。"

折腾了这么久，天已渐黑了，顾墨说："我先回去了，你在这里好好休息，我明早来看你。"

卫展眉说："你去做你自己的事情吧，我明早可能就也要出去找工作。"

顾墨只好道："嗯……我有空就过来。"

卫展眉点点头，又说了声谢谢，便目送顾墨离开了，她将顾墨带来的行李拿出来，分门别类地放好，旅馆房间虽然小且老旧，但其实并不比之前她的小房间差。

这天晚上，卫展眉毫无意外地失眠了。

她的睡眠一向很差很差，每天早上六点要起床去学校，可晚上时常两三点也翻来覆去地睡不着，这么多年她竟也慢慢习惯了。

但这一次的失眠，又和之前有所不同。

之前失眠的时候，只要想着，明天又是新的一天了，心里仍会安定。

而这一夜，空空荡荡，她睁着眼睛，天色越来越暗，听着嘈杂的火车站附近逐渐安静，偶尔会又经过一波刚下火车或要赶夜车的人，直到天色再次明亮，晨光熹微。

卫展眉的身体疲倦至极，眼睛也发痛，可她晓得自己不可能再睡着，索性起床洗了把脸，上街去找工作。

大年夜就在五天后，大街上张灯结彩，所有店铺都挂出了大红灯笼，大多数人都放假了，满街上一家三口也有，情侣也有，成群结队的女生也有，都高高兴兴地在逛街，对即将到来的新年似乎充满了期待。

卫展眉经过一家商场时被发传单的拦下，她接过传单，问："请问……你们还招人发传单吗？"

对方愣了愣，说："招。"

于是卫展眉就这么找到了一个短期工，早上九点开始发，中午休息两个小时，一直到下午七点，一个小时五元，一天如果不请假就是四十元，正好可以支付每天旅馆的费用。而且在发传单的位置附近有一家食堂，饭菜都非常便宜，卫展眉饭量又很小，这样的话，等找到便宜的房子住进去之后，每天或许还能攒下钱。

寒风猎猎，卫展眉站在商场附近，沉默地将传单递给每一个路过的人，大部分的人都会摆摆手，一天下来，卫展眉回到旅馆时，发现自己的脸已经被吹出了红血丝，一直露在外面的手指也已经完全冻僵了，脚更是毫无知觉。

但……其实还好。

原来，就算离开顾家，她也是可以活下去的。

只要能活下去就好了。

就这么过了四天，离大年夜仅剩下一天，顾墨也消失了四天，他再来的时候，却不是一个人来的。

谢朗居然也跟了过来。

谢朗站在卫展眉面前，伸手拿了张她手里的宣传单，好笑道："卫展眉，看不出来啊，你还一言不合就离家出走了？"

卫展眉看了眼顾墨。

顾墨说："他今天来是有事情要告诉你的。"

谢朗看了眼周围，说："这外面这么冷，不适合说话，也快到饭点了，我们边吃边说吧。"

顾墨点点头，卫展眉抬脚便朝小食堂走去。

谢朗看见小食堂的环境挑了挑眉，也没说什么，只多打了几个菜。眼见着卫展眉打了二两饭和一碟豆腐，谢朗对顾墨说："你姐也太行了，能吃这种苦，就不能和家里低个头？"

顾墨没理他，毕竟自己不可能告诉他卫展眉为什么会离开，只能说卫展眉是和家里长辈吵架了所以离家出走。

顾墨把自己打的红烧肉和卫展眉的豆腐换了个位置，谢朗也将菜往中间推了推，说："一起吃吧。"

小食堂的饭菜味道自然也不怎么样，谢朗吃了几口便兴致缺缺地放下筷子，说："卫展眉，我今天是受顾墨所托来告诉你方季白的事情的。"

卫展眉一顿，看向顾墨。

顾墨说："你不高兴也好，但这件事你必须听。"

谢朗说："我有几个哥们儿在B市，但我之前问他们方季白的时候，他们说得挺笼统，这几天我自己飞了一趟B市，才搞清楚……这方季白，他老爸是季建丹。"

卫展眉有些惊讶。

即便是她这种专心念书的人也晓得季建丹，B市一把手，虽然年纪不算太大，但位置不低，颇有权势，但为人低调，风评不错。

方季白居然是……他的儿子？

如果真是这样，之前方季白说什么为了高考能考高分所以来D市念书也不成立了，有那样的父亲，他何愁自己的成绩？更何况他成绩原本就不差。

谢朗继续说："他是跟他妈姓的，他妈叫方茜，方茜的父亲是挺有名的企业家，两人应该算是政治联姻？我也不知道，反正方季白的妈妈嫁给季建丹之后，大概是过得不太好吧，据说常年抑郁，最后在他初三那年……自杀了。"

卫展眉说："自杀？"

当初方季白只说自己的母亲身体一直不好没想到能撑那么久，卫展眉便理所当然地理解成他母亲是病逝的……

谢朗点了点头："这事儿吧，保密做得挺好的，但知道的人还是不少，因为方茜的父亲非常生气，公开指责过季建丹。他说季建丹一直想着之前的恋人……叫林恩。"

这一回卫展眉是彻彻底底地愣住了。

她知道林恩在被卫锋强暴之时是另有男友的，但这位男友的存在感极其稀薄，连林舒都不清楚那个男友是谁，只知道是个外地人，似乎是林恩在差旅拍照时认识的。

居然是……方季白的父亲？

谢朗观察着卫展眉的表情，斟酌道："总之我打听到的就这么多，再多的我不知道，也不能随意揣测。但方季白为什么会忽然从B市转来D市，还非要和你同班——似乎你们还是同桌——和上一辈有没有关系，你自己应该能想明白。"

卫展眉坐在椅子上，没有说话。

谢朗起身，道："行了，我要说的都说完了，这是看在她的面子上我才当了次管闲事的人，剩下怎么做，看你自己吧。放心，我不会把这件事告诉左芯薇。"

说完谢朗便离开了，只剩下顾墨和卫展眉相对无言。

顾墨说："抱歉，其实或许不应该告诉你，但我觉得……你应该知道。"

"不，谢谢你告诉我。"卫展眉摇了摇头，低头继续吃饭。

顾墨有点儿被卫展眉的平静给吓到了，他担忧地说："你还好吗？如果不开心的话……"

"我没有不开心。"卫展眉低头吃饭，"不过一些事情我一直想不通，现在我终于都想通了也挺不错。"

在卫展眉尽量压低自己存在感的时候，方季白出现了，他表现得非常好，彬彬有礼，对她不断释出善意，却也让她重新在众人的眼中显得越发微妙。

王宇的事情，还有左芯薇和顾安的嫉妒……这也是卫展眉一直很困惑的一个地方，依方季白所表现的待人处事的能力，他完全可以轻松处理和应对左芯薇或顾安这样的爱慕者，然而他却，反复地把她推到她们面前。

而他唯一表露过些许情绪的那一刻，大概就是在他告诉她自己母亲去世了之后，她笨拙地安慰他，他的反应大得出乎想象。

卫展眉吃完最后一口饭，忽然想起方季白刚来的时候，说过的那句话：

"我喜欢看书和摄影，以后希望可以当一个摄影师。"

摄影师。
多么讽刺。

卫展眉放下筷子："我吃饱了，继续去发传单了，你也回去工作吧。"

顾墨站起来，担心地看着她："好……你确定你没问题吗？"

卫展眉点头："嗯。"

她刚站起来，就觉得眼前一黑，整个人头重脚轻地朝后栽去。

顾墨立刻赶来，险险扶住了她，喊："卫展眉？"

顾墨的声音显得极其遥远，她想要说自己没事，却连开口的力气也没有。

顾墨伸手摸了摸卫展眉的脑袋，才发现她烧得厉害，只好背起她，朝外走去，拦了一辆出租车，将她送回了旅馆，先用毛巾沾了冷水敷在她脑袋上，又跑去药店买了退烧药和感冒药。

卫展眉烧得迷迷糊糊的，顾墨给她喂药，她就乖乖吃下，吃完后重新躺回床上，双眼仍紧紧闭着。

等一切都处理完毕，顾墨发现外边天已黑了，他伸手要去开灯，却又不由自主地停了手。

屋内一片漆黑，唯一的光是从窗外透进来的附近旅馆的五彩霓虹招牌，又艳俗又淡薄，映在卫展眉的脸上，让她那苍白的脸多了一份俗世气息。

即便在生病，即使在睡梦中，卫展眉的眉头也是紧紧皱起的。

顾墨下意识伸手去抚平她的眉心，卫展眉忽然睁开了眼睛。

顾墨望着她："但明天就是大年夜，你总不能一个人孤零零的吧？"

卫展眉说："没有关系，我一个人可以。"

即便她的声音很微弱，人看起来也很疲乏无力，可态度却如此坚决。顾墨闭了闭眼，说："行，药都在桌上，你现在能自己起来吗？"

卫展眉用手撑着床铺，慢慢坐了起来："可以。"

"你不用为了证明给我看就这样……躺回去吧，你能自己照顾自己就行。"顾墨抓了抓自己的头发，"我走了，你好好休息。我……过几天再来看你。"

顾墨说完就起身离开了。

卫展眉极其疲惫地重新合上了眼睛。

大年夜当天，顾家的气氛一如既往的不好，顾安一直把自己关在房间里没肯出来，顾盛虽然没出去赌了，但一直在喝酒，整天都醉醺醺的，林舒心不在焉地置办了一点点年货，心思也全不在过年上。

　　家不成家，毫无过年的氛围。

　　大清早，顾墨吃了早餐后坐在客厅里看电视，林舒在他身边坐下，小声道："你今天不去看卫展眉？"

　　顾墨说："不去，她有点儿不舒服，不想见人。"

　　"不舒服？怎么了？"林舒关切地问。

　　"感冒，有点儿发烧。"

　　林舒"哦"了一声，没再多问。

　　到了晚上，一家人围坐在客厅的大桌子上吃饭，顾安眼睛红肿，显然是哭了很久，顾墨不由得多看了她几眼，顾安低下头，躲开他的视线。

　　"咱们家里这一年虽然过的有些磕绊有些波折，但总算就这么过来了，新的一年里……希望会更好吧。"林舒用一句话简单地总结过去展望未来。

　　顾盛撇了撇嘴，给自己斟满白酒。

　　林舒张了张嘴想让他少喝些，最后也没说出来，只给顾墨和顾安倒上自己买的橙汁。

　　外面已经开始有人放爆竹了，顾墨有点儿心不在焉的，仍是想去看看卫展眉，这一顿饭吃得极其压抑。顾盛不说话只顾着喝酒，顾安随便吃了点儿东西就又回房间了，看架势是春晚都不打算看了。

　　顾墨吃了个半饱，对收拾碗筷的林舒说："我出去一趟。"

　　林舒一顿："你去看展眉呢？"

顾墨不自在地说："毕竟过年，我还是去看看她吧。"

林舒抽出一张纸擦了擦手："我跟你一起去吧。是啊，毕竟是过年呢，她又生着病，也不晓得吃了东西没有，这些菜我都提前留了一点儿放在保温盒里了，就是想着一会儿去看看她。"

卫展眉确实没有吃东西，她也没有胃口，昏睡了两天，发烧稍微好了一些，可反而越来越乏力，几乎一直处在半梦半醒的状态。

故而听到敲门声的时候，她还以为自己仍是在做梦，直到外面顾墨的声音越发清晰："卫展眉！卫展眉！"

卫展眉咳了几声，还是穿好外套，下床开了门。

看见顾墨和林舒，卫展眉不由得皱了皱眉头。

顾墨说："你好点儿了没有？进去说吧，你好像站都站不稳。"

她看着林舒。

林舒尴尬地说："展眉……前几天，我有点儿冲动了，今天毕竟过年呢，我弄了些菜带给你吃，来看看你，你……也别生我气了。"

卫展眉扶着门，说："如果没有别的事，咳，请你们离开吧。我想继续休息，没有什么精力接待你们。"

林舒无奈地看了一眼顾墨，说："你把饭菜给展眉，然后我们就离开吧。"

顾墨伸手去摸卫展眉的额头，卫展眉想躲，但还是不如顾墨速度快。顾墨冰凉的手触及卫展眉的额头，发现她应该还有点儿低烧，不由得更加担心。

他把保温盒放在门边的架子上，说："你怎么也要吃点儿东西，然后再吃点儿药，现在太晚了，你吃过就休息一会儿，明天我还会来一次，如果你还是没退烧，就必须去医院了。"

卫展眉虚弱地摇了摇头，顾墨回头对林舒说："我们走吧。"

林舒看了几眼卫展眉，跟着顾墨离开了，卫展眉将门带上，看了一眼饭菜，并没有动，只又吃了点儿药，便一头倒在床上。

　　顾墨和林舒走出旅馆。

　　顾墨眉头紧锁，林舒却有些稀奇地说："我一直以为你和卫展眉关系不好呢，这次才发现你对她还挺好的。"

　　顾墨沉着脸说："她毕竟是我的姐姐。"

　　这话说出来，自己都觉得可笑。

　　林舒笑了笑，说："那顾安还是你有血缘的亲妹妹呢，怎么不见你关心她了？"

　　顾墨有些莫名："顾安又没发生什么。"

　　林舒没说话，顾墨招到了一辆出租车，林舒却没上车，让他自己先回去，这火车站旁边有个大超市，现在还亮着应该是还营业的，她要进去帮顾安买点儿东西，不然顾安该生气了。

　　顾墨说自己可以陪她走过去，然后两人一起打车。

　　林舒却说有点儿麻烦，她自己去就行。

　　林舒总是无条件满足顾安任何合理不合理的要求，顾墨想到今天顾安吃饭时那样子，明白过来，顾安大概是又想买什么却不能买，所以又生气又委屈，而林舒决定帮她买了。

　　这对母女的事情，顾墨不打算掺和，既然林舒不想让他同情，他便让司机先开走了。

　　在汽车发动之后，顾墨忽然忍不住回头看了一眼卫展眉居住的旅馆。

　　一楼的灯亮着，人并不多，但也不算杳无人迹，这里是时而热闹时而冷清的微妙地段，实际上住在旅馆不出来，并没有多危险。

　　可他忽然就有些担心。

　　不远处鞭炮声此起彼伏，漫天烟火映一瞬即逝，一个拐弯过后，旅馆彻底消失在顾墨的视线内。

　　他有些茫然地回过头，想，明天要早点儿来看卫展眉才是。

　　敲门声再度响起的时候，卫展眉已经睡着了，她做了个光怪陆离的梦，而被敲门声吵醒睁开眼睛后，那梦就像是气泡一样轻飘飘地消失了。

　　卫展眉皱着眉头，听见林舒在外面喊她："展眉，我有点儿事情想跟你说，你开开门行不行？"

　　卫展眉头痛不已，但林舒一副她不开门不放弃的样子，只好慢吞吞开了门。

　　刚打开门，林舒就忽然挤进来，直接将一块手帕按在了卫展眉嘴巴和鼻子上。

　　卫展眉本就刚醒，浑身乏力，这突如其来的攻击她丝毫没有抵抗的余地，尤其那块手帕上显然有什么东西，她好不容易伸手想要推开林舒，就觉得脑袋越发昏沉，最后眼前一黑，彻底昏了过去。

　　再醒来时，卫展眉发现自己的手脚都被绑着，眼前也蒙着一块黑布，只有从所处空间的颠簸才能判断出她应该是坐在一辆汽车上。

　　卫展眉动了动，林舒说："展眉，你醒了。"

　　她的声音非常平静，像是不久之前她的行为并不存在，而卫展眉眼下是好端端地坐在她面前一样。

　　卫展眉吃力地张口："你……要干什么？"

　　林舒叹了口气："其实我直接把你交给王哥就行了，但我想了想，依你的性格，要是什么都不知道，最后搞不好要出事……无论如何，我是希望你活下去的。如果这次不是为了安安，我也不会……"

　　卫展眉没有说话。

　　林舒说："其实这确实是我的错……我应该早点儿注意到的，

安安她老逃课，成绩一落千丈，却有钱买那么多新衣服和鞋子包包，还有什么化妆品……可我怎么也想不到啊，她会被那群朋友带坏，跑去夜总会上班！"

顾安的改变，认识的人群的改变，还有半夜偷偷摸摸地离开又回家……

虽然让人震惊，但确实一切有迹可循。

林舒哭着说："她说她错了，她根本没陪男人做过什么，就是每天晚上陪他们喝酒，说点儿好听的就行，来钱特别快。她本来只打算做一个月，后面却忍不住一直做下去了。可是现在年关，市里打击这个打击得特别严重，她的'上司'被逮捕了，他们的大老板，就是王哥，要把她们都给带走……"

卫展眉尽量让自己的声音不要发抖："你们可以报警。"

"我当然想过！可安安她太傻了，太傻了……她根本不懂法律，也没看合同，就签了一份继续是卖身契的东西，她必须要跟着离开，不然就得赔五百万！五百万啊，就是把房子卖了我们也凑不出那么多钱……就算报警，那王哥身后势力也不会有问题，到时候我们一家都要遭殃……"林舒痛苦地用手拍了拍自己的脑袋，"我也没办法啊！展眉，他们只要人，你是安安的表姐……"

"你想让我代替顾安？"虽然早已在林舒开口时就猜到了林舒做什么，但林舒如此光明正大地说出来，还是让卫展眉觉得可笑至极。

原来一个人真的可以，毫无下限。

林舒哀切地说："展眉，我也不想的，但这是你和你妈欠我的，你明白吗？你妈妈勾引了我心上人，我还为她把你养大，你还勾引了顾盛！你和你妈就是我人生中的灾星！现在终于轮到你可以为我做一点儿事情了，你就牺牲一下吧！你跟着王哥，其实没什么坏处的，你长得比安安好看，一定会有很多人喜欢你。王哥说了，你成年之前都不会让你做什么的，等你成年之后也可以自己和他谈，总之……未必就比你读书差了。"

卫展眉可以确定林舒真的已经疯了，不然她怎么可能这么堂皇地说出如此不堪的话？

卫展眉一边试图将捆着自己双手的绳子挣脱，一边说："林舒，你这是拐卖人口，是犯法的。还有，我母亲是被卫锋强暴的，我也差点儿被顾盛强暴，是他们欠我们的，我和我母亲没有欠你！咳……你为什么到现在还这么不清醒，你的不幸福全是因为你自己，跟别人没有任何关系，顾盛打你，骂你，把我母亲留下的钱全部花光，你却还想着和他生活一辈子……"

"你给我闭嘴！闭嘴！"林舒像是被她狠狠戳中了痛脚一般，之前的哽咽瞬间改为愤怒嘶吼，"胡说八道！你们母女都是一样的狐狸精，就知道勾引男人！你以为我没看出来啊，除了顾盛之外，那个方季白，还有顾墨，你一个都没放过！你这种贱人，跟你妈真是一模一样！"

卫展眉挣脱了许久，发现根本没办法靠自己挣脱手上的束缚，此时汽车停了，林舒深吸一口气，打开车门。

一个男人的声音响起："就是她？"

林舒说："是是是，王哥，您看看。真的，比我家安安要好看多了。"

林舒解了卫展眉眼睛上的黑布，卫展眉也终于得以看清周围的一切，她们此刻坐在一辆有些破旧的越野车里，汽车停在一个荒郊野外，车外站着一个看起来面目不善的男人。

这男人打量了一圈卫展眉，满意地点头："可以。"

卫展眉说："我自己没有同意！你如果带我走，我会想办法逃走，哪怕死……"

话还没说完，林舒就狠狠捂住她的嘴巴，而后对着那个王哥谄媚地笑："您别理她说什么，她就这臭脾气！您多骂一骂，总能让她别这么嚣张的。"

那王哥盯着卫展眉笑了笑："没事，脾气大不是坏事，不过她的证件呢？"

林舒立刻将卫展眉的身份证递给王哥。

王哥接过，确认后说："行了，就这样吧。顾安的合同可以还给你。"

卫展眉咬着嘴唇，忽然一个奋力从车上往下一跃，地上有一块大石头，她是直接冲着那块石头跃去的，便是想要证明给他们看自己绝不愿屈服的决心，然而那王哥手速极快，立刻拉了她一把。

卫展眉最终也只是摔在了草地上。

林舒被吓了一跳，王哥却笑了："性子还真的挺倔的，那可有点儿麻烦……"

话音未落，他一掌劈在卫展眉脖子上，卫展眉便再次不省人事地被带上了汽车，汽车载着她，慢慢驶向高速路。

远处，市中心广场的钟声响起，无数烟火绽放在墨蓝色的夜空中，璀璨夺目，聚在街头的行人们拥抱欢呼，大声喊着"新年快乐"。

大年夜过去便是初一，初一之后是十五，悠长的假期，热络的亲戚往来，还有新的一年中，无限的生机、无限的希望与祝福。

仿佛一切痛苦、失落、遗憾都消失在了这最后一年的冬夜里。

第十章 *miss you*

她是我初恋

　　赵阳走入悠声会所，之前熟悉的老相好周之韵已经在等他了，见他来，熟稔地挽住他的手："赵老板来啦。"

　　赵阳笑眯眯地说："又喊找老板，把我喊老了。"

　　周之韵不怎么高兴地说："我晓得，你比我还小半岁呢，你这是嫌弃我年纪大啊？"

　　赵阳立刻说："怎么敢。"

　　周之韵当然也只是假意生气，闻言嫣然一笑："行了，轻语间给你们留好了，不过轻语间那么大，怎么只有你一个人？"

　　赵阳说："他们马上就来了。"

　　周之韵推开轻语间的门，里面有个人正在布置茶水，她穿着一身简单至极的白色长衬衫连衣裙，脚下踩着一双平底鞋，黑色的长发披散在背上，浑身没有任何首饰，是素净至极的打扮。

　　赵阳的视线在那人纤细白皙的小腿和脚踝上打了个转，再往上看时，她已经转头看向门口了，她的皮肤非常好，只是似乎什么妆也没化，脸色有些暗淡，但她的五官却让赵阳久违地体会到了惊艳的感觉，小脸，鼻头挺巧，虽然不是他最喜欢的杏眼，然而这双眼睛弧度刚好，眼尾微微上翘，这么轻瞥过来，便让人心中一动。

而且……似乎还有点儿眼熟。

周之韵说："咦，展眉，你病好了？"

卫展眉颔首："嗯。"

赵阳上前两步，含笑看着卫展眉："之韵，悠声什么时候来了个这么好看的女孩儿，我居然没见过，难道真是最近来得太少了。"

卫展眉不动声色往后退了一步。

周之韵赶紧说："赵阳，你别吓到她了，她跟我们不太一样的，就是个普通的服务员，身体一直不太好，之前换季休息了三个月，你不也三个月前才开始来悠声玩的嘛，所以没见过也是正常的。"

赵阳说："服务员？王总让这么漂亮的女孩子当服务员，也太暴殄天物了吧。"

卫展眉有礼貌地说："赵先生玩得愉快，我先出去了。"

她快步朝外走去，赵阳虽然心里痒痒的，但他自诩风流贵公子，自然不至于强留人家，何况周之韵还在旁边。

卫展眉离开后，赵阳说："这个卫展眉，真的只是服务员？"

"真的。"周之韵好笑地摇了摇头，"她其实跟着王总也有五年多了，悠声刚开业的时候她就在，那时候她还没成年呢，十七岁的样子吧。"

"王总这么重口味啊？"赵阳很意外，"说是说服务员，其实是老板娘吧？"

周之韵斜他一眼："就你知道得多。其实我们也不太清楚，反正卫展眉没事就会过来帮忙，做事也勤快，不嫌脏不嫌累的，但她一直在念书，自学了两年考上了B大呢，学费应该也是王总出的吧……"

赵阳耸了耸肩："难怪王总现在事业有成也没见他花天酒地，

敢情是有个小娇妻呢。"

周之韵道："这我可不敢乱说，王总和她表面看起来倒是没什么特别的，她好像还住员工宿舍呢，不过上大学之后就常去学校住了，过来也少了点儿，她每次换季都生病，病得严重了王总就会让她别来干活，这次似乎特别严重，所以才休息了三个月。"

晓得是悠声会所的老板王总的人，赵阳便也没了什么兴趣，跟周之韵说起今天的事情："我今天是要给一哥们儿开个单身派对……"

卫展眉走到后台去帮忙切水果，略有些心不在焉。

"想什么呢？"王珩的声音忽然响起。

卫展眉放下刀，转头就见王珩站在厨房门口，他这几年事业越做越大，人也越来越肥，原本凶狠的脸都因为肥肉越来越多而看起来喜庆了不少。

卫展眉说："没，想毕业的事情。"

一晃眼她来B市已经快六年了，她都快大学毕业了。

卫展眉学的是会计，资格证已经拿到手了，再把注册会计师证拿到就更好了。

谁能想到呢，她被林舒卖到这里，却过得比之前好多了。

王珩虽然长得凶神恶煞，但意外的并不是完全说不通的人。卫展眉在被送来B市后，被看管得很严，她意识到自己除非真的自杀，不然很难逃走。王珩这时候来跟她说话，给她做开导工作，说他经过了D市的事情，也不打算弄什么夜总会了，要搞个高级会所，虽然里边本质还是腐烂的，可格调却大不相同，卫展眉如果在里头工作，大有机会认识年轻有为的人，或许还可以找个金龟婿嫁了。

卫展眉冷静地告诉他，她学习成绩一直是最好高中的年级前三，而他作为一个黑社会如果想洗白，那么一定需要人才，她虽然是个没成年的女孩儿，却一定可以成为他想要的人才，无论是做账还是什么，她都可以去做，只要不让她去"见客人"。

王珩虽然没把卫展眉说的话当一回事，但他既然要办高级会所，确实不能随便用未成年人出去见人，便让她先打点儿杂工，在后台切水果洗盘子拖地。最重要的是，王珩当年四十三，曾有个小女儿，后来被对家给绑架撕票了，有次他看见卫展眉手里拿着个拖把，手里还捧着一本单词书在背单词时，倒是结结实实有些意外，他问卫展眉哪儿来的单词书。

卫展眉每个月工作很累，但工资极其低廉，只有三百，因为按照卫展眉的合同来说，她本身就没什么基础工资，想要赚钱必须陪客人拿抽成才行。

当时卫展眉放下拖把，说："这里包吃包住，我没有需要花钱的地方，钱都买了书。"

王珩去她房间看了眼，果然见她买了一堆辅导书。

王珩之后便没催她见客人的事情，在她自学一年后，还答应帮她报了一次高考。

因为要弄学籍的事情，所以卫展眉的户口就暂时落在了王珩的名下，身份是女儿。

那次卫展眉分数线居然过了一本，这一下王珩倒是有点儿惊喜了，甚至还有种"吾家有女初长成"的欣慰，但卫展眉却要求重新念一年，非要上B大。

王珩这时候对她就宽容多了，问她要不要请家教或者去上学。

卫展眉却说不用，仍是自学，上班的事情也没耽误，最后还真考上了B大。

结果出来的时候，王珩第一次看卫展眉露出那么开心的笑容，他不由得问："行了，你现在考上B大了，这悠声会所你打算怎么办呢？"

卫展眉说："我们不是说好的吗？我毕业了给你继续打工，给我工资高一点儿就行。"

王珩有些意外："我其实一直想问你，你怎么没想过要逃走呢？"

卫展眉反而疑惑地看着他："逃走？我能逃去哪里？我父母双亡，姨夫曾经试图强奸我，阿姨将我卖给你……我在这里过得挺好的，有吃有住，没人骚扰，你也没逼我做任何事情，我不用胆战心惊的，可以专心念书。我觉得挺好的。"

她这么说，王珩倒有些不好意思了。

"也是你自己争气，不然你这长相我肯定要逼你去悠声见客人的，肯定能招揽不少生意。"

顿了顿，大约是想到卫展眉曾经差点儿被自己姨夫强暴的经历，他连忙补充："哎，我夸你好看只是一种客观形容，我对你这种黄毛丫头可不感兴趣。"

卫展眉笑了笑，说："我晓得。谢谢您，王总。"

卫展眉上大学之后，仍常回来帮忙，这也是王珩的意思，说免得她读书读傻了，她要想去他其他公司直接帮忙也行。

但卫展眉确实身体不好，老生病，又要念书，她自己想了想，她的能力还不足以去一个公司实习，她和悠声的人也比较熟，便仍还是在悠声帮忙打工。

王珩也象征性地给她一些工资，还帮她出了第一年的学费。

卫展眉打了欠条，后来便都是拿奖学金的了。

不过因为这样，卫展眉和王珩的关系倒是不错。

卫展眉对这种年纪比较大的男人之前是有些阴影的，但王珩对她确实不错，也确实没什么其他念头。卫展眉晓得王珩喜欢有点儿年纪的女人，用王珩自己的话来说就是"风韵十足"，只是他亡妻大约在他心中分量比较重，这六年卫展眉也只看过几次他和两个女性来往，时间都不长久。

他们之间的关系，有些像父女，又有些像朋友，虽然卫展眉现在在法律上来说确实是王珩的女儿，但鉴于卫展眉性格沉默，王珩也不是注重形式的人，没逼她喊自己爸爸，而喊干爹也不适合，毕竟这年头干爹的含义太多了。

所以，卫展眉还是喊他王总，王珩就喊她展眉。

跟着王珩时间长的人都晓得卫展眉实际上就算王珩半个女儿了，不晓得的人便会觉得王珩是包养了个小女孩儿。王珩解释过一两次，别人半信半疑，他也懒得多说了，至于卫展眉自己也不怎么在乎，反正误会也是悠声里的人误会，自己的同学并不晓得。

虽然见面的次数并不多，但卫展眉偶尔想到王珩，只会觉得非常庆幸。

如果她遇到的人不是王珩，或许今天全然是另一番光景，大概是因为她前十七年都太过倒霉，终于迎来了人生中的一次好运。

王珩说："是啊，你快毕业了，也该交个男朋友了吧？"

卫展眉一愣："啊？"

王珩说："我最近新认识一个老总，人不错，儿子很帅，听说没女朋友，我觉得你可以跟他认识一下。"

卫展眉有些错愕，她没想到王珩会突发奇想来给自己相亲。

卫展眉摇了摇头，下意识要拒绝。王珩说："你摇头干吗，我跟他们说你是我亲戚的女儿，你父母死了之后我就是你监护人了，虽然你现在成年了户口可以独立出去了，不过还算是我女儿嘛，将来你们结婚了也可以帮我联姻。"

卫展眉哭笑不得地把围裙解了，说："古代皇帝不想让公主嫁去西域，就会让侍女装成公主嫁过去。"

王珩怅然说："我又没真的女儿。"

这是他伤心事，卫展眉也不好再多说了，两人离开厨房，正好负责前台的女生董茵正拿着个iPad在看网络八卦节目。

卫展眉看见上面人的脸愣了愣。

节目上在说陈敏尔订婚的事情。

陈敏尔是有名商业巨擘陈则的独生女，年方二十二，不肯好好念书，跑去当女明星。她生得娇艳动人，虽然演技有些尴尬，毕竟有父亲撑腰，各种大资源不断，加上家世背景惹人注目，也是个小有人气的女明星了。

正当红，又是个千金小姐，她公开订婚自然惹人注目，尤其对方还是季建丹的小儿子方季白。

八卦节目自然将重点放在了她未婚夫方季白身上。

一张偷拍照映在屏幕上，是方季白从车内走出去步入大厦的照片，照片中的他眉目疏朗、腿长肩宽，女主持人摸着下巴一脸感叹："这可以说是富二代中最帅的一个了吧？！我是指现在被曝光过长相的。而且还不只是富二代，毕竟他老爸……嗯，再多说我们节目就可以停掉了。"

另一个女主持人大笑了一阵，然后说："而且还是高材生啊，去年才回国的。他哥走他父亲的路子，他自己就继承母亲这边的家业，好像弄得风生水起的。不过你也知道我个人比较喜欢文青男，听说他私底下还热爱摄影还拿过奖哎，这种表面浪荡公子，私底下是个文艺青年的设定还真棒。"

"怎么就浪荡公子了，他之前也没什么绯闻吧？"

"谁好端端地去拍他绯闻啦，何况他之前又不在国内，和漂亮的洋妹发生点儿什么哪有人晓得。"

"现在离他们3月16日订婚还有四天时间，你确定你要讲这种话挑拨离间吗？你小心走出直播间就马上被敏尔的粉丝给暴打一顿哦。"

"好啦好啦，我就是单纯羡慕嘛，陈敏尔生下来就是千金小姐，事业也风生水起，连恋爱运都这么好，男才女貌门当户对的，啧，你看我现在都三十四了还没嫁人，粉丝催得比我妈还狠咧！"

"其实我昨天在另一个节目上才采访过陈敏尔，她好像真的很满意这个未婚夫，昨天我还问她你们是不是商业联姻，她脾气那么好的人都直接黑脸了，搞得我微博被她粉丝爆破，所以我今天才提醒你讲话注意一点儿。"

"什么商业联姻，你烂俗电视剧看太多了吧。要我也满意啊，这身材这脸，就算是小白脸我都愿意包一个啦。"

两个以风格犀利奔放闻名的女主持人笑着插科打诨了一阵，最后开始跳转到下一条新闻。董茵津津有味地看完了，回头发现王珩和卫展眉也在，不由得吓了一跳，iPad也被她打落了，柜台上的饰物散落一地。

"王总，展眉。"

王珩说："你干什么，这是前台，就算现在没人你也不要偷偷看iPad啊，就算看也看点儿电影行不行，看什么八卦新闻。"

董茵有点儿尴尬："对不起，以后不看了。"

王珩摆摆手，又对卫展眉说："你今天随便工作一下就回去休息吧，病才刚好。我刚刚说的事情你考虑一下，对方真的蛮不错的。"

卫展眉点点头，王珩便走了，董茵松了口气，说："展眉，你刚刚也不出声提醒我。"

董茵年纪比卫展眉还小一点点，生得非常可爱，中专毕业来应聘当前台，她虽然长得不错身材也好，但普通话有一点儿不标准，原本是不能进来的，结果当时卫展眉说了句觉得董茵看起来面善，其实比较适合，最后王珩就定了她，但也逼她苦练了一口字正腔圆的普通话。

董茵和卫展眉关系在悠声中应该是最好的，卫展眉性子安静，董茵相对闹腾一点儿，但卫展眉的眼光不错，董茵实际上很能保守秘密，从不私下和卫展眉讨论客人隐私，也没问过卫展眉和王珩是什么关系。但卫展眉和王珩两人态度坦荡，很快董茵就明白他们之间毫无暧昧。不过，董茵倒是对娱乐圈八卦十分有兴趣，偶尔还偷偷摸摸地追星。

卫展眉说："刚刚我也忘记了。"她刚刚盯着iPad，一时怔忪，哪里记得去提醒董茵他们来了。

董茵说："你病好了呀？我怎么觉得你脸色还是很苍白。"

卫展眉点头："好得差不多了。"

董茵叹了口气："真辛苦，生着病还要上学还要工作。要是咱们跟那个陈敏尔一样就好啦！生下来就衣食无忧的，还漂亮……想当明星就当明星，想嫁帅哥就嫁帅哥。"

卫展眉没有说话，低头帮她整理台上的饰物。

六七个男人在此时走了进来，门口保安检查十分严格，除非有金卡不然不能轻易入内，而这一帮人看起来都非常年轻，应该是常来的富二代。

董茵低声说："应该是赵先生的朋友，我去迎接一下，你在这儿帮我收拾一下。"

卫展眉点点头，董茵含笑迎上去，确认他们是赵阳的朋友后，便要领着他们去轻语间，大门忽然又开了，有个男人回头，笑着对来人说："姗姗来迟啊。是不是陈小姐看得太紧了？"

恰好卫展眉整理完了所有饰物，抬头向门口看去，却见来迟的那个人手中放着刚脱下来的灰色大衣，五官英俊，举止从容，因为被调侃，眉眼还带着点儿笑意，正是方才让两个女主持人激烈讨论的方季白。

他笑着对那几人摇摇头，正要说话，余光却瞥见了柜台后的卫展眉。

卫展眉下意识倒退了一步。

方季白看着她，脸上的笑意逐渐消失了。

他慢慢地朝着卫展眉这边走来。

其他几人也终于察觉到两人之间不同寻常的气氛，开始那个打趣他的男人说："方季白，怎么了？"

那群人忍不住都多看了几眼卫展眉。

方季白停住脚步，终于将视线从卫展眉身上挪开，看向自己的朋友。他笑了笑："没什么，认错人了，走吧，赵阳估计都不耐烦了。"

其他人并未怀疑，笑着和方季白一起走了，正好周之韵带着几个女孩儿也出来迎接他们了。

董茵便回到了柜台旁，小声说："展眉，刚刚吓死我了，我还以为……"

方季白走在最后面，听见董茵的话，脚步微顿，但没有停留，和那群人一同去了轻语间。

卫展眉说："什么？为什么吓死了？"

董茵拍着胸口说："刚刚那个人是方季白吧？他干吗忽然盯着你看啊，难道不吓人吗？"

卫展眉摇了摇头："没事的。不用担心，我先去后厨帮忙了。"

轻语间里欢声笑语一片，赵阳是攒局的人，自然要先开口，他拿着话筒，背景音乐是老土的《单身情歌》。

赵阳清咳一声："再过四天，咱们的黄金钻石宇宙王老五单身汉，就要订婚了，想当初每年暑假聚的时候，咱们都要嘲笑他还没女朋友，结果现在好了，人家是不鸣则已，一鸣惊人，直接要订婚了！

估计等咱们要开始谈婚论嫁的时候，他孩子都会打酱油了。"

众人都笑，坐在角落的方季白勾了勾嘴角，也算是笑了。

赵阳说："怎么了，我们方大公子看起来心情可不怎么样，是不是后悔了？你说你现在也才二十三，怎么这么着急就订婚啊？"

开始打趣方季白的戴凯说："话也不是这么说啊，不过只是个订婚而已，现在订了，过个几年再结婚也常有的。"

赵阳"啧"了一声："戴凯，你这话可有深意啊，人家陈小姐一片痴心，非他不嫁了，你还想要方季白悔婚不成？"

戴凯好笑道："你少添油加醋的。我可什么都没说。不过我这几天打开新闻都在说他俩呢，看来这陈小姐是真的喜欢方季白啊。"

赵阳故作吃味："陈小姐对季白好像是一见钟情啊？哎，现在的女人，怎么一个个都只看脸呢？虽然我长得比季白差了那么一点点，但我比李白值得交往多了啊。说起来，方季白高三到大二那几年，我还差点儿怀疑他不喜欢女人呢，一副性冷淡的样子。"

周之韵好奇道："大二那年怎么了？"

赵阳自己也愣了愣，像是没想起大二那年发生了什么。

这时候方季白终于开口了："行了，不是帮我举办单身派对吗？怎么就听你们在这儿开我玩笑了？"

赵阳反应过来一般说："对对对，你看，我心想你平常都不怎么来这些地方，可订婚之后就更不自由了，怎么也要来玩玩，悠声的姑娘都不错的。"

周之韵笑着说："什么姑娘啊，听起来像古代的怡红院。"

其他人也笑了，赵阳咳了声，说："说错，是这里的女生都不错，我和戴凯可都很常来的，私密性也高，晚上再去酒吧玩玩，齐活儿了。"

这么热热闹闹地说了一顿，赵阳便开始点歌，其他几人也坐下吃东西聊天，几个女生在他们身边坐下，倒也规规矩矩的。

方季白旁边坐了个化着淡妆，看起来年纪不太大的女生，含羞带怯地看着方季白。

"方先生不去唱歌吗？"

方季白摇摇头，说："你叫什么名字？"

"我叫陆茉茉……我才来悠声没多久，如果有什么让您不满意的，请一定直说，我都会改的。"陆茉茉小心翼翼地说。

方季白："你们这儿是不是有个叫卫展眉的？"

陆茉茉才来一个月，对卫展眉知之甚少，只是确实偶尔听周之韵和董茵说起她生病了还没好，她茫然地点了点头："嗯。"

方季白说："她……和你们一样？"

陆茉茉更加茫然了，点头也不是，摇头也不是。

周之韵作为"老大姐"，是要负责照顾这些新来的女生的，她见陆茉茉被方季白几句话说得一脸呆滞，连忙凑过去。

"怎么啦？"

方季白只好说："你们这儿……是不是有个叫卫展眉的？她和你们一样吗？可以喊她过来吗？"

凑热闹的赵阳听见方季白这么问，立刻帮周之韵回答了："怎么，你刚刚看到卫展眉了？我之前也看到她了，确实漂亮啊，可惜了，不能点，人家可是王总——就是悠声老板——的人，偶尔来这边帮帮忙那叫'老板娘视察'。"

方季白笑了笑："哦，这样。"

赵阳挑眉看他："怎么，觉得可惜了？"

方季白仍然嘴角含笑："是啊，太可惜了。"

卫展眉在后厨里忙了一会儿，正打算先离开，一个女孩儿就求救似的将一大盘水果拼盘递给卫展眉："展眉，你可不可以帮忙去轻语间送一下这个，我肚子有点儿疼，想上厕所……"

卫展眉愣了愣，说："不可以。"

那女孩儿呆住了："啊？为什么……难道里面有你认识的人？"

卫展眉接过水果拼盘，说："没有。开玩笑的，我去帮你送吧。"

女孩儿一边想着怎么卫展眉也会开玩笑了，一边急急忙忙地朝厕所奔去。

卫展眉端着水果拼盘，犹豫了片刻，还是走向轻语间。

没有关系，刚刚在前台的时候，方季白已经认出她了，然而两人都装作不认识彼此，这是他们的"默契"。

卫展眉敲了敲门，里边的有人应了让她进来。卫展眉低垂着眉眼，将水果拼盘放在茶几上，说了声"这是你们的缤纷水果拼盘"后便要转身离开，轻语间内灯光略有些昏暗，她并没有仔细去看方季白坐在哪里。

然而，她的手却被人拉住了。

一个陌生的男声说："咦，你是新来的？怎么之前没见过你？"

卫展眉努力平和地说："抱歉，我只是个服务生。"她一边说着，一边想要将手抽走，然而那人抓得很紧。

此时周之韵连忙说："哎呀，戴总，她就是卫展眉……她跟我们不一样啦。"

戴凯说："哦？难怪……"

略嫌昏暗的灯光下，卫展眉柔又不失疏离的眉眼让戴凯颇有些心动，他说："我又不打算做什么，但既然是悠声的人，那陪我们唱唱歌总可以吧？王总都舍得让她来端水果了，总不至于那么小气的。赵阳呢？他要是在，估计也舍不得让卫小姐走吧。"

周之韵还要说话，一旁一直兴致缺缺连一首歌也没点的方季白却开口了："是啊，卫小姐留下来吧。"

周之韵的话到了嘴边，转个弯儿只能吞回肚子。

戴凯怎么也没想到方季白会出声，于是拉着卫展眉的手便越发用力。

五年后的卫展眉个子比以前高了，懂的东西比以前多了，唯一不变的是依然瘦弱，戴凯这么使力一拉，她就再没有抵抗的力气坐在了沙发上，被挤在戴凯和方季白中间。

方季白懒洋洋地靠着最右边的沙发扶手，用看货物的眼神看着卫展眉。

卫展眉对戴凯说："戴先生，请您不要这样。"

戴凯说："只是喝点儿酒，没什么吧？"

戴凯一只手还圈着卫展眉的手臂，另一只手拿起了一杯酒递给卫展眉。

卫展眉没有接。

戴凯有点儿不悦，将杯子重重放回桌上："怎么了？卫小姐真的这么不赏脸？该不会一会儿还要去找王总告状吧？"

卫展眉低着头，眼睛盯着自己的脚尖，一句话也没说。

原本在唱歌的人也没心情唱歌了，大家都忍不住朝这个角落看过来。戴凯更有点儿拉不下脸，索性将卫展眉的肩膀一推，将她按在沙发靠背上，他拿起酒杯，想要直接给她灌酒。

"够了。"

横空一只手臂挡住了那杯酒，方季白脸上的笑意在黑暗中显得淡薄近无。

气氛将至冰点，好在方季白接下来又说："你这样，王总知道了真该不高兴了。"

戴凯只好将酒杯放了回去，卫展眉低声说了句"抱歉"，便站起来匆匆朝外走去。

方季白起身，跟了出去。

轻语间瞬间应了房间的名字，一时间众人窃窃私语，都有些摸不着头脑。

卫展眉匆匆朝后门走去，方季白已经追上了，他拉住卫展眉的手，卫展眉却反应很大地"嘶"了一下。

过道上光亮充足，方季白终于发现卫展眉的左手手腕被戴凯抓得都发红了，他松开手，望着卫展眉。

卫展眉只看了他一眼，便掉头又要走。

这回方季白又拉住了她的右手，她没有回头："方先生，这里是过道，如果被人看到，对您的影响不太好。"

毕竟是快订婚的人了。

方季白说："我的女朋友很信任我，没有关系。"

卫展眉缓缓转身看着他："那么，请问您有什么事吗？"

方季白松开手，像是想朝着她往前走一步，但他的后脚跟抬起，又放下，最终仍是站在原地，那张已经褪去少年些微稚嫩感的清俊脸庞上带着如同昔日一般的笑："没什么，就看到你了想打个招呼——你还记得我吧？"

"不太记得了，但认得出来。"卫展眉淡淡地说。

这个回答并没有激怒方季白，甚至没能让他觉得有丁点儿意外，他闲适地靠在了墙上，仗着悠声人不多，一副要和卫展眉在过道里谈天说地的样子："你现在过得好像还不错。"

"让你失望了吗？"卫展眉也没有再急着离开了，镇定地回答他。

方季白没有说话。

卫展眉的话却罕见地多了一点儿："我过得还不错，让你失望了吗？"

方季白扬起嘴角："怎么会。我为你开心。"

卫展眉也对他笑了笑。

一个不常笑的人的笑，总会有很多意思，可卫展眉这一纵即逝的笑容，却显得非常单纯，它并不真诚，也不讽刺，反倒有点儿释然，好像她在说"那么，谢谢了"。

方季白看了她一会儿，忽然说："顾墨呢？"

这名字对卫展眉来说很遥远了，她愣了愣，说："不知道，你要找他可以去D市问问。"

这回轮到方季白愣住了，他说："你在说什么？他不是和你一起离开的吗？"

卫展眉莫名地看着他："没有。"

方季白还想说话，此时王珩却从正门匆匆走了过来，他一看到卫展眉，便立刻走近，小声说："对方擅自把你照片给他儿子看了，他儿子对你一见钟情，非要今晚就和你见面。"

王珩思及相亲的事情对女孩子来说毕竟让人害羞，故而凑得近了一些。

卫展眉听了有些无言，王珩这才抬起头，说："哟，这不是方少么，稀客。原来赵阳说今天要办个单身庆贺就是为你办的。对了，恭喜你订婚，陈小姐很漂亮。"

王珩跟方季白不怎么熟，他这种洗白后慢慢发家的人，虽然钱是不少，但就和富二代实在不搭边，也就是因为悠声，来玩乐的富二代不少，所以王珩才大都认得，方季白没来过，王珩也只和他在赵阳的生日宴上见过一次。

方季白看着王珩，没说话，也没笑。

王珩记忆中方季白总是笑眯眯的，忽然被这样对待有些摸不着头脑。方季白过了一会儿才说："谢谢王总。不过王总也是艳福不浅，卫小姐很漂亮。"

王珩有些尴尬，正想解释，卫展眉就头也不回地走了。

方季白这回没追，只含笑看着王珩。

王珩无奈道："方少，你真搞错了。下次有机会给你看看我户口本，展眉现在法律上算我女儿呢。她身份证都改了，叫王展眉。"

方季白愣住了。

王珩并不傻，看方季白这前后差距极大的奇怪反应，他慢慢察觉到了不对劲。

王珩试探着道："你和展眉认识？"

方季白过了一会儿才说："她是我初恋。"

赵阳从厕所回轻语间的时候，发现气氛有点儿不对劲，但他没心情管那些，只说："方季白呢，方季白呢？"

戴凯说："开始追着卫展眉出去了，现在还没回来呢。"语气多少有点儿愤然。

赵阳一拍掌："我就说那个卫展眉我瞧着眼熟——我见过她的！"

周之韵说："啊？在哪里？"

赵阳压着声音，一副说书先生要揭秘的口气："在季白的手机里！"

满座皆惊。

赵阳继续说："还是刚刚之韵提醒我的——怎么大二我就发现季白不是Gay了呢？我才想起来，那年元旦凌晨吧，咱们不是相约跨年嘛，季白难得喝醉了，抱着手机看了好久呢，我就偷偷地过去看了眼。嘿，是他和一个女生的合照，两人看起来关系特别亲密，就小情侣那种感觉你知道吧。不过我就看了两眼方季白就收起手机不肯让我看了，我对那女生印象有点儿模糊了，现在一想，对上了，就是卫展眉没错！"

暖气已快停了，但3月份的B市仍寒冷，卫展眉抱着书走在去图书馆的路上，只觉得脸颊都要被吹疼了，这寒风猎猎中，来往图书馆的人依然很多，毕竟马上就是毕业季，要准备的事情实在不少。

然而未到图书馆，卫展眉便看见了方季白，他在往来的人群中格外显眼，穿着深灰色的大衣，长身玉立，双手插在大衣口袋里，

他也看见了卫展眉，立刻走到她身边："卫展眉。"

卫展眉看也没看他，脚步亦不曾停留，而方季白不疾不徐，跟在她身后。

这一幕实在有点儿眼熟。

果然，方季白大约也想到了什么，他轻笑了一下，说："好像以前也是这样的。"

卫展眉却已经太久没有去想过五年前的事情了，她也很少想起方季白，哪怕是昨天在悠声遇见他之后。

如果一块很沉的石头，重重地砸入平静的池塘，激起层层涟漪后急速坠落至湖底，那么它便应该一辈子留在那里不见天日，而不是试图再次浮出水面。

卫展眉像是听不见方季白的声音一样，继续闷头朝前走，方季白仗着自己腿长，索性拦在了她面前。

卫展眉只得停下脚步，抬头看着他。

方季白说："你考上B大了，恭喜。"

卫展眉仍没有说话。

方季白又说："对不起。"

卫展眉这才看了他一眼。

方季白近来绰号"完美未婚夫"，在网上很火，恰好大学生闲来无事爱上网看八卦，慢慢地，认出方季白的人多了起来，大家也不敢直接上前来搭话，只小声议论着，连带站在他面前的卫展眉也平白

吸了无数探究的目光。

　　方季白突如其来的道歉让卫展眉有点儿惊讶，但也仅此而已，她没有兴趣追究方季白是在为哪一件事道歉，或者他怎么就良心发现想到道歉了。

　　卫展眉说："我不想被人围观，没别的事就让开吧。"

　　方季白没动，对着她笑了笑："你如果不想被围观的话，我们换个地方说话？"

　　这话外之意就很明显了——如果她不跟着他走的话，他就要站在这儿不走了。

　　卫展眉："你带路吧。"

　　学校附近的咖啡馆里一角非常安静，很适合悠闲地谈天说地。

　　卫展眉一点儿也不悠闲，连咖啡也没点，只要了一杯水，手握着玻璃杯，轻轻晃动，眼睛也只看着杯子，像在无声催促方季白把要说的话快点儿说完。

　　方季白盯着她的发旋儿："我回家后被关禁闭关到大年夜，大年初一那天，才发现我的电话卡被我爸给注销了，不能打电话，不能接电话。第二天我就从家里逃了出去。一个人坐了快三十个小时的火车去了D市。"

　　卫展眉没有抬头，但握着水杯的手一紧。

　　方季白自顾自地继续说："我找不到你，就去了顾家，碰见了林舒和顾安，她们说……你和顾墨私奔了。"

　　卫展眉愣了一秒钟，竟然没忍住笑了出来。

　　便是再拙劣的编剧，大概也无法像林舒一样写出这样奇怪的剧情，而再愚蠢的观众，也都不该认为这剧情是对的。

　　方季白见她笑，也自嘲地笑了笑："虽然我知道顾墨喜欢你，但我一点儿也不信你会和他私奔，一直在找你们。然后我找到了喝彩旅馆，老板还记得你和顾墨，说你们是一对小情侣，一起在这里住了一段时间，最后一天的房钱都没付就消失了。"

喝彩旅馆这个名字奇怪的旅馆，就是当初卫展眉住了十来天的地方。老板不常在，大概见顾墨常来便理所当然地认为是一对年轻的、欠债的情侣。

卫展眉说："然后呢？昨天王总全告诉你了？"

方季白沉默片刻："对不起。"

卫展眉不怎么在意地说："我是他的人，也许他是在帮我撒谎呢。"

方季白有点儿无奈地说："我知道他说的都是真的。"

王珩告诉方季白哪些事情了？大概是全部。

卫展眉有点儿心不在焉地晃了晃水杯，说："哦。那还有什么事吗？"

方季白看着她漫不经心的脸，没有开口。

卫展眉避开他的视线，重新抱起自己的书："没其他事的话，我先走了。"

卫展眉站起来要往外走，方季白也站了起来，拉住卫展眉的手："对不起。"

重逢以来，好像他一直在试图留住卫展眉。

卫展眉沉默以对，方季白说："我今天见到你之后，说了三次对不起。第一个对不起，是因为五年前我骗了你。第二个对不起，是因为我误会了你。第三个对不起，是……你最困难的时候，我什么都不晓得，什么忙也没帮上。"

"都过去了。"卫展眉终于对他的道歉给予了一点儿反应，"请你放开我吧。我不想作为一个破坏别人感情的第三者上新闻。"

方季白没有松手，他一直很擅长对应卫展眉的冷淡和无动于衷："我只见过陈敏尔四次。第一次是我外公牵线，希望我和她见面，我们吃了个晚饭就分开了。第二次也是吃饭，但只有我和她，她说喜欢我，我拒绝了她。第三次，她生日宴上，我外公和她家人都在，她说她非我不嫁，那一次我想了一会儿，觉得反正娶什么人也都一样，就答应了。第四次见面，我们就决定订婚了。"

他的声音显得有点儿遥远："我没想过还会再遇见你。"

卫展眉慢慢地拂开他的手："你可以当作没有遇见过我，这无关紧要。"

方季白轻声叹息："你讲话还是这么伤人……"

他停顿了一会儿，说："你……想要看看你母亲的照片吗？"

卫展眉转身，极其意外地看着他。

方季白不闪不避地迎着她的视线："当年的事情，我也必须跟你说清楚。"

第十一章 *miss you*

喜欢她的习惯，还是能轻易找回来

方季白年纪太轻，空降接手公司难免略有非议，他越是和外公亲近，便越是要做出成绩，让人晓得他是因为能力才可以接手公司而非是因为他的身份。

故而家中的黑白暗房，他已有一个多月没来过。

暗房在方季白东柳花园别墅里，东柳花园离市中心不太远，闹中取静，辟了一片草木葱郁之所，建了一排独栋别墅，环境幽雅，隐私性极高，方季白确定回国的时候就购置了一套作为私人住宅，将原本作为储物间的地下室改为暗房。

方季白带着卫展眉走入家门，这和当初他带着卫展眉去他家补习的情境有些相似，尤其是卫展眉手里还抱着许多书，难免让人有种错乱感。

方季白说："书先放在客厅吧，你跟我去暗房。"

暗房左右两边各有一张大桌子，乱中有序地摆满了各类设备和不同的安全灯，中间靠墙摆着占据了半张墙面的柜子，柜顶摆着一个蓝牙音响，柜子对面的墙壁则用白色的布给整个遮盖住了，剩下的两面墙上，零散地贴着一些黑白照片还有标签。

卫展眉扫了房内照片一圈，多以风景和各类静物为主，偶尔有几张野兽动物穿插其间，但一张人相也没有。

方季白从大柜子的一本书后拿出一张照片递给卫展眉，打开了离她最近的安全灯。

"看。"

那是一张彩色的照片。

照片上的女人对着镜头笑着，发丝被风吹得很乱，眉眼弯弯，太阳很大，她似乎在一个没有任何遮蔽物的草原上，脸被晒出了红色的印痕，然而这无损她的容貌，只让她看起来在美丽之外，还多了一分恣意的张扬。

虽然眼睛笑成了弯月，但卫展眉能隐约感觉到，她的眉眼，还有脸形都和自己几乎一样，但鼻子比自己还要显得秀气一些。

这毫无疑问是林恩，年轻的林恩，她这时候看起来，不比现在的卫展眉大多少，但比卫展眉要美。

光是看着这张照片，卫展眉都能想象，这位她自己已毫无印象的母亲，偶尔想起来，只是一座墓碑的母亲，在年轻时，是多么自在、快乐。

这张照片被明显地修剪过，她身侧的人应该是举着相机的人，这原本是一张合照，林恩的脑袋还贴在那人的一只手臂上，通过手臂可以看出那应该是比林恩要高大不少的一个的男人，他的相关信息都因为修剪而无迹可寻，只留下一只手臂和一小块肩膀，徒惹猜测。

卫展眉捏着这张照片的一角，半晌没有说话，方季白也不催。

过了一会儿，卫展眉说："这张照片……"

"你想要拿去的话，就拿去吧。"方季白说，"留着做个纪念也好，毕竟是你的母亲。"

卫展眉说："这张照片，你怎么得到的？"

方季白顿了顿："从我爸书房找到的。那年我初三，发现了之后就偷走了，我父亲找了很久，还发过脾气，但我始终没承认是我拿的，最后他也就放弃了。"

初三。

那之后没多久，方季白的母亲就去世了。

方季白没有继续往下说，而是又拿出一个小册子递给卫展眉："这是我找到的你母亲拍摄的照片，其中不乏拿过奖的作品。"

卫展眉接过，慢慢翻阅。

和方季白正相反，林恩拍摄的图像，大多是偏动态，如清晨菜市场门口攒动的人群、车水马龙的街道、在公交车站百无聊赖等车的路人……偶尔也会有几张人物特写。

看林恩的照片，就像是透过她的眼睛在看这个世界。

虽然拍摄出来的未必美好，却会让觉得她应该是个美好的、热爱这个世界的人。

卫展眉看完照片，说："她拍得比你好。"

方季白笑了笑："我也觉得。"

卫展眉瞥见那个存放林恩照片和拍摄作品的小格子里还有一本册子，她说："那里面，是谁的照片？"

方季白有些犹豫，卫展眉却已经伸手将册子拿了出来，她直接翻开，首页就是一张端端正正的宛如证件照的照片。

只这么一眼，卫展眉便晓得，这一定是卫锋。

卫展眉的眉眼像林恩，但其他地方却和卫锋相似多了。卫锋的五官非常深刻，像有点儿混血似的，鼻梁高挺，嘴唇略薄，半边嘴角上扬，笑得不羁。

卫展眉忽然有点儿能理解了，林舒为什么会在卫锋强暴了林恩之后，还固执地对卫锋有一份执念，又为什么会如此痛恨，与卫锋的长相有些相似的自己。

往后翻，是卫锋的作品。

卫锋的照片和林恩有相似之处，他们都偏爱拍摄热闹拥挤的城市，或破旧或繁华，而卫锋的视角偏冷，如果说林恩是投身于尘世烟火并热爱它，那卫锋就是个彻头彻尾的旁观者。

后期卫锋的照片逐渐暖了一些，或许是因为那时候他爱上了林恩，但最后一张照片，是一条狭窄的巷弄，他站在最里面朝着入口处拍，拍得笔直端正，两边对称。一眼望去，仿佛他在宣告，我已经走到最里面了，我没有回头路可以走了。

卫展眉看着那张照片，说："原来我父母的事情，你知道得比我多得多。"

方季白说："我对林恩这两个字，从记事起就充满了好奇。"

他的态度没有再要闪避的意思，卫展眉也看着他，等着他要如何讲述那些仿佛笼了一层雾霾的遥远的故事。

方季白很小的时候，就常听到林恩，甚至是卫锋的名字。

大多是方茜说的。

方茜是个大家闺秀，平日待人处事极有分寸，相夫教子尽心尽力，可谓完美妻子。方季白印象中的母亲也几乎是个仙女——漂亮、温柔，说话轻声细语，即便他偶尔没考好，她也不像他父亲般会板起脸，而是摸着他的脑袋说，没关系，下次努力就行。

但原来这样温柔的方茜也会带着哭腔，大声指责季建丹，她最常说的基本都是："你根本就没忘掉林恩！你这样对得起我吗？林恩跟卫锋都那样了你还没忘掉她，为什么？你如果一直没忘掉她，你就不应该娶我！"

季建丹则会冷冷地让她别胡说。

有了第一次就有第二次，第三次，无数次……方茜的身体原本就不大好，那之后更是抑郁成疾，而季建丹大约觉得要哄方茜太过麻烦，索性极少回家。如此恶性循环，最终方茜竟在方季白初三暑假选择了自杀。

她到底是个温和的女人，即便走了最无法挽回的那条道路，也只是吞了安眠药，还留下了遗书，寥寥片语，只说自己对不起父亲，对不起孩子，然而活着实在让她疲惫。

在方茜自杀前，方季白就开始寻找"林恩"和"卫锋"两人的蛛丝马迹，还真在父亲书房找到了一张照片。

季建丹书桌上摆着一个相框，上面是一家四口的合照，但拿掉这张合照，里面就是林恩的照片。

他隐隐开始晓得，这是父亲在母亲之前的恋人，她已经死了，但仍然活在父亲心中，并因此让母亲十分焦虑。而那个卫锋，则大约是林恩的恋人？

方季白试图寻找其他的线索，最后发现，林恩和卫锋竟然都是摄影师，而且卫锋和林恩虽然勉强算是同事，但之后的发展却是卫锋强暴了林恩，并导致林恩自杀，自己的父亲则娶了母亲。

方季白从小喜欢摄影，而向来不喜欢儿子"不务正业"的季建丹却罕见地支持他摄影，还为了他买了许多昂贵的器材，这一下也都能找到原因了了。

事实上，方季白在看了林恩的作品之后，确实非常喜欢林恩的作品，对于林恩"父亲之前的恋人"的身份，他也有些为难，然而艺术既然不分国界，想必也不用管曾经的爱恨情仇，在晓得林恩已经死之前，他还想过要去见林恩，最好能听听她说说自己的拍摄心得。

在晓得林恩已经死了很久之后，方季白略有些遗憾，而在方茜自杀后，方季白对林恩便更加复杂了，毫无疑问，林恩是无辜的，她和方茜一样是自杀的，但她比方茜的遭遇还要惨——林恩因卫锋而死，方茜则因季建丹而死。

于是，在知道卫锋和林恩居然有个女儿，并且和自己一样大时，方季白选择去了D市。

方季白说："那天我一进教室，就立刻认出你了。虽然我们之前从来没有见过面。"

"你想办法接近我……然后呢？"卫展眉说，"除了王宇和左芯薇我能明白你动了什么手脚，其余的我不太懂。或者，你原本是打算让我喜欢你，跟你交往，再甩了我？"

老套至极的手法。

方季白摇头："我确实不是带着善意去接近你的，但究竟要做什么，连我自己都没有想好。我只是想看看……林恩和卫锋的孩子，是什么样的，过得好不好。"

"你发现我过得不好，觉得很满意。"卫展眉毫不留情地戳破了。她像是在说别人的事情一样，语调和态度都非常冷淡，"我因为身世在学校里被人排挤，在家里也过得胆战心惊。"

话已经摊开说了，方季白也不做任何隐瞒，他点头："没错。我当时确实是这样想的，你过得还没我好，应该说差多了，我想，本来就该这样。"

卫展眉沉默着将两本相册放在手中，有点儿累了："如果你不介意的话，这两本相册都送给我吧。过去的事情已经过去了，没有追究的必要。毕竟你也帮过我，一笔勾销了。我先走了。"

她朝着门口走去，方季白却仗着身高和手长的优势，将那两本相册给抽走了。

卫展眉一顿，想要转身去抢，方季白却已经从背后轻轻拥抱住了她："先别走，我还没说完呢。卫展眉，你感觉不到吗？后来我就喜欢上你了。"

卫展眉仿佛听见了淅沥雨声。

是那一年，林恩忌日，在那间旅馆之内，她所听见的。

冬雨刺骨，雨声却绵柔，似温柔的琴音。

五年前的方季白靠在房间门口，说："去把头发吹干吧。"

卫展眉有一瞬间的晃神，而此刻的方季白则靠在她肩头："我当时很害怕你发现我当初接近你的目的——虽然总有一天会暴露的。但人一恋爱起来就会傻得可怕，我觉得能拖一天是一天，到最后出了期末考试那件事……其实我有点儿庆幸，我在想，我总算能真情实意地为你做点儿事情了，等我回来之后就跟你坦白……可惜我把一切都想得太简单了。"

卫展眉没有说话。

方季白的声音很柔和："你不想说点儿什么吗？"

卫展眉眨了眨眼，觉得暗房里的光线对眼睛并不友好："说什么？"

方季白说："什么都行。"

卫展眉说："祝你幸福。"

方季白笑了："谢谢，不过应该不用了。"

卫展眉没深究方季白这话的意思，方季白也终于放开了她，顺便把两本相册塞回到她手里："给你。"

卫展眉："谢谢。我要回学校了。"

方季白："嗯，我送你回去。"

卫展眉摇摇头："不用。"

方季白做思考状："可你这样直接出去的话，很容易被记者盯上的。"

卫展眉不悦地看着他，最终道："那就麻烦你了。"

"不麻烦。"方季白笑眯眯地说。

有些习惯丢失五年，还是轻易可以找得回来。

最近的大新闻是陈敏尔的订婚取消了。

董茵吃惊地看着新闻，画面上的陈敏尔脸上带着微笑，毫无破绽地说："嗯……因为我和他都觉得，我们认识的时间其实很短，而且我们都很年轻，所以其实没有必要太快订婚。之前的决定有点儿仓促，现在仔细一想，果然还是不太适合……"

记者并没有轻易放过她，追问道："那么请问你们二人还在交往状态吗？"

陈敏尔的笑容僵了僵："我们现在是好朋友的状态。"

董茵作为观众直言不讳："那不就是分手了嘛！"

卫展眉坐在旁边记账，董茵拍了拍她："你还记得上次来过这边的那个方季白吗？他跟陈敏尔分手了！我就说嘛，方季白会来悠声，其实也不是八卦里说的那样是个完美好男人嘛，陈敏尔一定是发现了他的真面目所以毅然决然和他分手的！干得好！"

"嗯。"卫展眉不咸不淡地应了一句，手中的笔没停下，放在一旁的手机却微微振动了一下。

卫展眉拿过来看了一眼，是个没有存下的号码："在做什么？今天有空吗？"

董茵挑了挑眉："展眉，你是不是谈恋爱了啊？"

卫展眉面无表情地把那条短信给删了："没有，怎么了？"

董茵说："因为你最近手机老响，不是电话就是短信的，嘿嘿！"

卫展眉说："没有，都是骚扰电话和短信。"

"啊？"董茵想了想，"也对哦，都没见你接过。肯定是你在网上买那些原文书的时候号码泄露给可疑人士了。"

确实是可疑人士。

卫展眉把账记完,正好王珩来了,看见卫展眉,说:"咦,你今天怎么来了?不用上课?"

"没课,不想去图书馆复习,就来帮个忙一会儿回去房间看书。"卫展眉站起来。

王珩对卫展眉摆了摆手,让他跟自己出去。

两人到了悠声二楼半露天阳台,四下无人,王珩才说:"你和方季白……以前谈过恋爱?"

卫展眉说:"没有。他跟您说什么了?您把我的事情都告诉他了?"

王珩说:"他说你是他初恋,我就说了你的事情……他好像挺意外也挺自责的,我看他那样不像作假,就告诉他你的学校和电话了。连你的相亲我都推了。没想到他真的跟陈敏尔把订婚取消了。"

卫展眉冷淡地说:"您别听他瞎说,我和他只是当过半年同学,以后他要是找您问我的事,您说不晓得就行。"

王珩大感不解:"为什么?这方季白对你一片痴情,家世和自身条件更是没得挑……"

"一片痴情。"卫展眉重复了一遍这个词,像觉得荒唐似的,"没有什么一片痴情。只是当初差点儿到手的人,因为意外失去了,所以才耿耿于怀罢了。"

王珩只好说:"你自己看着办吧,我是觉得方季白这样的条件很不错了。"

卫展眉点点头,王珩又说:"对了,最近悠声走了几个年纪大的女生,她们钱也赚够了,我也没拦。最近会招一批新人。你最近少来点儿,免得又被当作是新来的——要不以后别来了也行,反正再过三个月你就毕业了，毕业了之后直接进我公司就行了。"

"好。"卫展眉应下。

王珩又暗示了一下卫展眉不必急着拒绝方季白就走了。卫展眉索性也去前台拿包，发现董茵又在摸鱼，她打开了个海淘网站，在一个包的页面上下滑动着，十分入神，又悠悠地叹了口气。

卫展眉说："怎么了？"

董茵盯着那个包："我刚刚看陈敏尔微博的自拍被她种草了，这个包真好看。我也想买——但太贵了！十一万！怎么会有这么贵的包！"

卫展眉想了想，说："之韵姐之前不是背过好几十万的吗？"

言下之意就是，更贵的包也有。

董茵却误会了，她可怜兮兮地看了一眼卫展眉，说："我虽然是很想买这个包，但也不至于……哎，大丈夫有所为，有所不为，我不是说看不起之韵她们啊，就，就是……反正干什么是每个人自己的选择，我一点儿评价的权利都没有我也不会去评价。可要我自己去做，我是真的接受不了的。"

她关了页面，深吸一口气："金钱诚可贵，灵魂价更高！"

卫展眉拍了拍她肩膀，算是表示赞同，而后便转身去柜子里拿自己的背包和大衣。

此时一个女生戴着墨镜慢慢走了进来，她非常拘谨，对董茵说："你好……我是，陆茉茉介绍来的……我想要来应聘。"

这声音略有些耳熟。

卫展眉动作一顿，就听见董茵说："啊，陆茉茉啊，你叫什么？还有可以麻烦你把墨镜拿下来吗？"

那女生一边摘墨镜，一边小心翼翼地说："我叫……顾安安。"

卫展眉转头，见那女生刚摘下墨镜，脸上化着不淡的妆，却正是五年多没见的顾安。

她看起来比以前成熟太多了，头发烫成大波浪，穿着极其收身的V领连衣窄裙，嘴巴涂得鲜红。

这时，她也看见了卫展眉。

呆了片刻后，顾安失声道："卫展眉？！"

卫展眉收回视线，将自己的大衣和背包拿出，便要朝外走。顾安却像是完全忘记了刚进来的拘束一样，大声道："卫展眉？是你，真的是你！你不要装作不认识我！"

董茵虽然不知道顾安和卫展眉之间有些什么，但见她这样，有些不悦地说："顾小姐，请不要在大厅里大声喧哗。"

顾安立刻对她点了点头："抱歉，我马上回来。"说完就追着卫展眉到了大街上。

卫展眉走得很快，顾安穿着恨天高，难免有点儿跟不上，最后她索性脱了高跟鞋，拔足狂奔，终于追上了卫展眉。

"卫展眉，你看到我就跑干什么？"顾安盯着她，戴着棕色美瞳的眼睛瞪得老大，"你怎么会在这里？"

卫展眉说："这不是应该问你和你妈吗？"

顾安显然是知道当年卫展眉当了替死鬼的事情，闻言一愣，随即却又指着她说："你现在在悠声上班？当年那个王老板……来B市之后，开的是悠声？"

卫展眉说："你有什么事吗？"

最近接连遇到"故人"，却都是这样的，真是流年不利。

卫展眉想起董茵上回说有空要去东郊一个据说很灵的庙里拜拜，她原本没什么兴趣，现在想想，她也应该一起去。

顾安看了卫展眉半晌，最后说："你有钱吗？"

这真是大大出乎卫展眉的意料。

她没有问原因，只说："没有。"

　　顾安立刻发怒："你胡说！你在悠声上班怎么可能没钱？！陆茉茉跟我说她这几天小费加起来都好几万！她还是新人！"

　　卫展眉说："我是个兼职打杂的，前两年月工资三百，这三年月工资一千。"

　　她所说的句句属实。

　　而且王珩还帮她垫了点儿学费，理论上来说，她是负债状态。

　　顾安像是听到了天大的笑话一般："打杂的？你当我傻吗，你当初进悠声的时候，签的合同……他们怎么可能放你去打杂？"

　　卫展眉："随便你信不信，总之我没钱。"

　　顾安："卫展眉，你以为我是想向你借钱吗？不是！我……我妈，她得了癌症你知不知道。"

　　卫展眉说："癌症？"

　　顾安提到自己的母亲，有些烦躁地叹了口气："对。她两年前得了癌症，在D市治不了，只能来B市，治疗费和生活费都实在是太高了……我本来可以念大学的，但没办法，我为了她只能不读书出来做事，但还是远远不够。"

　　卫展眉说："你做什么？"

　　顾安愣了愣，而后讽刺地笑道："还能做什么？当然和你一样咯。"

　　卫展眉说："服务生？那确实工资不高。"

　　顾安说："卫展眉，你够了！我不想和你在这里打哑谜，我们自己都知道我们的职业是什么，这也不是重点，现在问题是我妈真的需要钱！再给不出这一期的治疗费，医院不会帮忙治疗的，她会死的！"

　　卫展眉点头："哦。"

　　顾安不可置信地瞪大了眼睛："什么叫'哦'？你怎么可以这

么冷血！我知道，我们曾经做了许多对不起你的事情，但她毕竟是你的阿姨，她养了你十多年！而且如果不是因为你，她和我爸也不会最后还是矛盾重重，我爸根本不回家，每天在外面喝酒，最后酒精中毒死在了街上！五年前顾墨也离家出走了，我现在连个可以求助可以依靠的人都没有！"

原来顾墨离家出走了，难怪林舒可以这样肆无忌惮地污蔑她。

而顾盛，竟然死了。

卫展眉看着顾安，最后说："可我也不是你能依靠的人。"

顾安被她气得几乎要吐血："谁要依靠你了！我是要你出点儿钱给我妈付医疗费！老天让我这时候遇到你，或许就是为了让你来帮我们的。"

这个说法实在是有些惊悚，卫展眉没有说话，只盯着顾安，不确定顾安是不是真情实感说出这样的话的，而顾安的表情来看——是的。

顾安是真的这么认为的，卫展眉必须得帮她，天经地义。

卫展眉一时间不知道该回答什么好。

"展眉，好巧。"

方季白不知道什么时候来的，他站在卫展眉身后，非常亲昵地将手搭在卫展眉的肩头："你怎么站在路边？"

卫展眉看了他一眼，还没说话，对面的顾安就失声道："季白哥……"

方季白像是才看到她一般，瞥了她一眼："你是？"

顾安一愣，有些尴尬地放下手中的高跟鞋，说："我是……顾安。"她的声音忽然变得非常微弱，态度也有礼了起来。

方季白却仍是一脸茫然："顾安？"

顾安说："呃……我是展眉的表妹啊。"

方季白说："哦,我想起来了。"

顾安连连点头,方季白又说:"你母亲还好吗?"

这下顾安和卫展眉都有些意外,顾安更是不由得惊喜道:"你……你知道我母亲的事情?"随即又苦着脸说,"她……不太好。医疗费实在是太高了。"

方季白说:"嗯。"

除此之外就没有任何表示了。

他没有要顺着往下说的意思,顾安只好硬着头皮说:"不过,你怎么会知道我母亲的事情呢?"

方季白说:"我一直有在关注顾家的事,这样如果有一天卫展眉回去,我能尽快知道。"

顾安愣愣地说:"那我父亲的事情……"

"嗯,我知道。"方季白点头。

顾安咬着嘴唇:"那你……为什么不能稍微帮帮我们呢?你既然一直有了解我家的事情,就应该知道我们这些年真的过得非常困难……"

方季白不解地看着她:"我确实知道,但我为什么要帮你们?"

顾安眼眶泛红:"可我们毕竟认识……卫展眉也是我家养大的……"

方季白笑了笑:"我不想说恶言伤人,但也请你自己想想你说的话合理吗?而且,我调查过林舒和顾盛的账户,在林恩死后,有一笔巨款从林恩账户转入林舒账户上,后来陆续转给顾盛并被他花完,如果我没猜错,这应该是卫展眉的赡养费,这笔钱在卫展眉身上花了大概不到十分之一……最后她还被林舒卖给了王珩。"

顾安有些慌张地看向卫展眉,见她仍是那副淡淡的模样,好像一点儿也不惊讶，只能说："可……可那也是我爸爸花的，跟我妈没有关系。她现在真的很痛苦……当年的事情，都是我的错，是我自己太蠢了，我妈也是没办法……表姐，你就看在血缘的分儿上，帮这个忙好不好？"

她像是忽然找到一个突破口一般："你们，你们现在是在一起了吗？难怪我今天看新闻说你忽然和陈敏尔取消婚约了，是因为我表姐对不对？既然这样，那……表姐你真的没骗我，你在悠声，真的只是个服务生？"

卫展眉说："我们没有在一起，但我确实是个服务生。"

顾安显然不信："总之，总之当初我妈把你卖给王珩，对你没有造成任何不好的影响，不是吗？你看起来过得很好，现在过得不好的是我妈！"

方季白说："你知道杀人未遂也是要判重刑的吗？"

顾安呆呆地看着他。

方季白："再见。"

方季白手上用了点儿力气，将卫展眉掉转了个方向，揽着她的肩膀朝另一边走去。

顾安忽然说："方季白，你知不知道她勾引过我爸？"

卫展眉一顿。

方季白回头，看着顾安，表情冰冷："是吗？那顾盛真应该庆幸自己已经死了。"说完他便继续揽着卫展眉朝前走。

卫展眉暂时没有挣脱，跟着他走了一段路，回头发现顾安已经不见了，她拂开方季白的手："再见。"

方季白有些无奈："你用我打发顾安的话来打发我，也太过分了一点儿吧？"

卫展眉说："你知道顾盛和林舒的事情，为什么没有告诉我？"

方季白说："你会想知道吗？"

"不想。"

方季白看着她："我之前还想过，你为什么会在过年的时候忽然离开顾家一个人去旅馆住。居然是因为顾盛。"

卫展眉没有说话，方季白有点儿沮丧地说："对不起，我什么都不知道，什么忙也没能帮上……"

卫展眉说："没有你帮忙，我也过得不错。"

方季白有些苦涩地看着她："嗯，这很好。"

卫展眉说："我要回家了，你来这里做什么？"

方季白："来找你啊。我现在是单身，要正式开始追求你了。"

卫展眉瞥了他一眼，抬脚便要走，方季白说："卫展眉——你吃了中饭没有？没吃的话，我们去喝下午茶？或者晚点儿我来接你，我们去吃晚餐？"

卫展眉："我没空。"

方季白："你要复习？没关系，我有空，我坐在旁边陪你行不行？我看到你上次抱着的原文书和词典，我现在英文还不错，也许可以帮上忙。"

"专业词汇，你帮不上忙。"

"这可不一定……"

结果还是让他跟进来了。

卫展眉狭小的不到四十平方米的一居室里没有厨房，只有一个房间和厕所还有个小客厅，客厅里则基本被书柜和书桌占据。

方季白挑了个椅子在旁边坐下，没对卫展眉的小家发表什么看法，只坐在一张软椅子说要看着卫展眉复习。

多年不见，方季白的缠功丝毫不见消退，反有越来越夸张的架势，卫展眉没理他，打开自己的笔记本电脑继续写论文，结果写了两个小时再看方季白一眼，他却已经睡着了。

实际上卫展眉刚看到方季白的时候，就发现他大概没睡好，眼睛下一圈青黑显而易见，想想也知道，马上就要举行的订婚仪式说取消就取消，其中有多少事情要解决或者亟待解决，他却还优哉游哉地跑来她这里说要看她复习和写论文。

果然还是没撑住睡着了。

卫展眉揉了揉眉心，去房间拿了一条薄毯给方季白盖上。

方季白可能一晚没睡，毯子盖上去他也毫无反应，卫展眉站在他身边，看着他的脸。

这是重逢以来的第三次见面，却是卫展眉第一次有心情好好看看方季白。他的容貌和五年前不大一样了，已经完全褪去了当年的一点儿青涩，然而在睡梦中看，却仍和当年十分相似。

卫展眉看了他一会儿，发现他脸上居然有一根线头，估计是自己刚刚帮他盖毯子时掉的，她失笑地伸手轻轻拾起那根线头，想丢进垃圾桶里，才刚转身，他就拉住她的手："你刚刚低下头的时候，我还以为你会亲我呢。"

他的声音带着一丝刚睡醒的慵懒。

卫展眉把手抽出来："你什么时候醒的？"

"刚刚。"方季白坐直身子，活动了一下脖子，"我睡了多久？"

"两个小时。"卫展眉将那根线头丢进垃圾桶里，重新在电脑前坐下，"这么累就回去睡吧。"

"不要。"

他整个人还有点儿蒙，拒绝却很坚决，看了眼时间后，他起身说："你还要赶论文？"

卫展眉点点头。

方季白走到门边："我出去一下。"

"不用回来了。"卫展眉盯着电脑屏幕，头也不回地说。

方季白笑了一声离开。

过了大约一刻钟，敲门声响起，卫展眉有些无奈地起身去开门。

然而门外的人却不是方季白。

是顾墨。

第十二章 *miss you*

虽然迟了五年，仍然是我和你的初吻

卫展眉已经见过了方季白和顾安，也都觉得这五年多的时间，大家各有经历，都有变化，可顾墨的变化却无疑是几个中最大的。

昔年顾墨的性格便有些奇怪，他大多时候沉默，但如果有事要说也可以滔滔不绝，他总板着一张脸，可情绪起伏却总是大起大落，有些易怒。

总之，就是个沉稳的大人和暴躁的年轻人的结合体。

现在却截然不同了。

卫展眉看着面前的顾墨——他脱掉外套坐在那儿，里面是一件黑色短T，身材非常结实，这种结实必然是他长年累月训练的结果。

他的脸上没有太多表情，也没有环视卫展眉的房间，像是对这些都丝毫不感兴趣一样，只看着卫展眉，但眼神也和以前不同了，没有闪避也没有隐晦的情绪，像只是因为太久没见，所以想确认一下卫展眉的情况而已。

卫展眉递了一杯水给顾墨。

顾墨伸手接过，卫展眉发现他的额角和手上都有些疤痕。

"谢谢。"

顾墨的声音也比以前低沉太多。

卫展眉说："你怎么知道我在这里？"

顾墨说："我今天下午去了一次医院，遇见了顾安。"

卫展眉很意外："顾安说你离家出走了，也联系不上你。"

顾墨："嗯，但我每年会回去一次，是我单方面和他们联络。后来我父亲葬礼我也参加了，只是这两年有点儿忙，最近我才知道林舒生病的事情，也才知道原来她和顾安都在B市。"

卫展眉听出些不一样的意思："你这些年都在B市？"

顾墨点了点头："嗯。"

五年多了，她也在B市，顾墨也在B市，可他们从来没遇见过。

B市确实很大，也许住在B市里的一些人，一辈子也遇不到。

顾墨说："顾安刚刚见到我之后，告诉了我她今天遇见你了。我就去了悠声，跟一个叫董茵的人问了你的地址，我告诉她我是你表弟，说了很多你的事情，她相信之后就把你的地址告诉我了。"

原来是董茵……

卫展眉点点头，顾墨又说："顾安还是没解释你五年前到底去了哪里，但我相信你一定不是自己要离开的。"

卫展眉轻描淡写地说："顾安当时在夜总会工作，还签了合同，对方要强制带顾安走，林舒就拿我抵债了。"

进屋后顾墨沉稳的脸上终于出现了一丝裂缝："什么？林舒和顾安怎么可以这样！那你……"

卫展眉说："我运气不错，遇到了可以沟通的人，他没逼我做什么，只让我打杂，还帮我垫了第一年的学费——我考上B大了，今年六月毕业。"

一时间顾墨脸上表情变幻莫测，最后他闭了闭眼："那就好。我……真的没想到林舒居然能干出这种事。"

"顾安说你当初也离家出走了？"

"嗯。我总觉得你忽然的消失和林舒脱不了干系，觉得可能是她逼走了你或什么……我和他们大吵了一架，就离开了，反正我那时候也不想念书了。我觉得你如果离开了D市应该会来B市吧，就也来了。"顾墨说起过去，和卫展眉一样淡然，好像都是些无足轻重的，如曾理过一次发，买过一件新衣服一般琐碎的小事。

可那些分明不是小事。

很多事情，时过境迁，回头去看才发现，一场雨，一阵风，都可能在自此之后的人生中掀起怎样的波澜，站在十字路口的年纪，所谓正确的道路实在又狭窄又困难，稍不留神就会踏上无法回头的绝路。

卫展眉神色微动："你离家出走之后做了些什么？现在在干什么？"

一个没成年的男生独自来B市打拼，到现在这样想必十分不易，好在眼下从顾墨的外表来看，他过得应该不错。

顾墨说："什么都干过，现在开了几家健身房和川菜馆，你毕业之后要健身可以去我的健身房。"

卫展眉有些惊讶，随即笑了笑："当上老板了，不错啊。"

顾墨见卫展眉笑了，也扬了扬嘴角："至少温饱不愁了。"

说到这里，他顿了顿，有些迟疑："今天顾安告诉我林舒的病需要很多钱，不然无法接受治疗很可能会死，我把钱都给付上了。我并不知道当年……"

"就算你知道了，你能眼睁睁地看着林舒死吗？"卫展眉说。

顾墨皱着眉头，没有说话。

卫展眉平静地说："你不用觉得对不起我。林舒当年对我做了什么，是我和她之间的事情。她是你母亲，也没有对你做过什么坏事，你为她支付医疗费用天经地义。"

顾墨点点头，但显然仍有些耿耿于怀，只是另开了一个话题：

"你现在和方……"

他的话说了一半，敲门声忽然响起。

卫展眉起身去开门，方季白微喘着气，手里拎着两个大食盒："这家菜很好吃，但离这里有点儿远，你饿了没？"

卫展眉没有说话，方季白也看见了里面的顾墨。

方季白将食盒放下，看着顾墨，笑了笑："好久不见啊。"

顾墨也站起来，看着方季白："好久不见。"

一时间气氛有些说不清道不明的火花四溅，好在顾墨先挪开视线，他对卫展眉说："你现在的号码是什么？我还有点儿事，先走了，以后有机会出来吃个饭。"

卫展眉点头，报了自己的号码，顾墨存下后，打了她的电话，也让她存下自己的号码，便离开了。

走之前，他看了方季白一眼。

方季白不闪不避地与他对视，也丝毫没有要离开的意思，挑衅意味十足。

顾墨对卫展眉说："无论如何，现在看到你过得这么好，我很开心。"

卫展眉："谢谢。你也是。"

等顾墨离开，方季白立刻说："他怎么来了？"

卫展眉看也没看他："他应该找了我挺久的。"

方季白不服气一般地在旁边坐下："我也找了你很久！"

卫展眉没接话。

方季白说："你知不知道他喜欢你？"

卫展眉默认了。

方季白凑近了一些："你怎么会知道的？他当年最后对你表白了？"

卫展眉摇了摇头："那时候意外发现的。"

方季白不解地说："你对感情那么迟钝，怎么会忽然发现？难道……他偷亲你被你发现了？"

卫展眉看了他一眼，继续低头翻书，方季白却从这一眼里看出些不同寻常的意味，他愣了一秒，反应极大地说："他亲你哪里了？嘴巴？脸颊？额头？"

方季白的鼻子几乎都要蹭到卫展眉脸上了，卫展眉伸手推他："别乱猜。"

虽然真的猜中了。

方季白拉住她的手，几乎是愤愤地让她和自己对视："我都只亲过你的额头。"

卫展眉无言地看着他。

方季白对着她，眉头蹙起，眉尾下垂，露出一副堪称刻意的可怜兮兮的委屈模样。

卫展眉说："你——"

才说了一个字，剩下的就被方季白堵了回去。

他忽然靠近卫展眉，用自己的嘴贴上卫展眉的。在这个狭小至极，暖气不算太充足的客厅里，方季白吻上了他五年前就想吻的唇。

卫展眉愣住了，双眼未眨，却因为震惊没有第一时间推开方季白，等她反应过来再去推方季白时，方季白已经退开了。

一个浅尝即止的吻，像是已不敢再僭越。

方季白像只得逞的猫，嘴角不可抑制地上扬，眼尾都弯了。卫展眉看着他，有点儿想发脾气，可又不知道该说什么，最后她说："顾墨没亲我这里。"说出来自己都觉得不对。

方季白笑得更开心了："所以刚刚是你的初吻？"

卫展眉不想说话了，她转头要去看自己的电脑屏幕，方季白却一把就拥抱住她，在她耳边说："我也是第一次和别人接吻。我刚刚亲你的时候就在想，如果这个吻早个五年就好了。"

"但还好，虽然迟到了五年，仍然是我和你第一次接吻，我们没有亲过别人……还好。"

卫展眉心不在焉地看着书，手机微微振动，毫无疑问，是方季白发来的。

在上回他亲了卫展眉，和卫展眉一起吃了他打包来的晚饭后，她终于明白为什么他看起来那么清闲了——他居然把手机关机了。

等他开机之后，他的手机就没停下来过，而他不慌不乱，还拿着卫展眉的手机存下了号码，并加了微信才离开。

之后这一个礼拜，方季白只出现过一次，但微信和短信的骚扰没有停止。

卫展眉冷着脸打开微信，发现方季白这回居然发了张自拍。

他自己只露了半张脸，剩下的部分是个空荡荡的会议室。

下面一条文字："马上要开会了，不知道开到几点，如果能早点儿结束我去你学校接你？"

虽然只露出半张模糊的脸，但卫展眉还是看到他露出的那只眼睛下的青黑了。

估计又是很久没睡。

忽然和陈敏尔解除婚约，代价大概不小，听他的口气，他的父亲也绝不会帮忙收拾这个烂摊子，而他外公原本是牵线人，那么应该也是十分满意陈敏尔的，现在方季白忤外公的心意，他外公大概也十分气恼。

腹背受敌。

卫展眉想了想，还是回了他："不用。"
方季白没再回了，大概是开始开会了。

卫展眉又低头复习了很久，忽然身边有两个女生开始窃窃私语，声音还有越来越大收不住的势头，她抬眼看了眼那两人，才发现她们居然也在看着自己，而且这两个女生和她勉强算认识，一起上过一个学期的公共课。

见卫展眉看过去，她们才立刻低下头，但仍克制不住地小声交谈。

卫展眉皱了皱眉头，此时手机屏幕又亮了，却是董茵发来的微信。

董茵："展眉，你快去看！"
下面附了一个微博链接。

卫展眉点进去，发现是个有名到连自己都知道的娱乐八卦爆料者娱乐老爆，他最新发的WB便是：婚事忽断，疑云重重，却是清倌更胜千金，钻石王老五毅然劈腿？

才发了十分钟，转发量已经高达一万条，且有不断往上升的趋势了。

这标题文绉绉的，却也足够耸人听闻，卫展眉只一眼就晓得是在说什么，她点进报道去看，果然是陈敏尔和方季白婚事忽然取消的事情。

娱乐老爆说自己前几天接到了一个电话爆料，说方季白会忽然提出和陈敏尔解除婚约，根本不是什么两人觉得不合适，是方季白劈腿了。劈腿对象叫王赞美（化名），是B大X系大四学生，实际上她叫魏赞美（化名），是悠声的小姐。

娱乐老爆又说，虽然爆料人说得非常详细，但他没有立刻相信，而是一方面开始调查魏赞美（化名）发现这个人的个人情况和爆料者所说的基本一致，在B市上学，但之前也有在悠声工作过。老爆利用自己的人脉，找了个有悠声金卡的，假装要求点魏赞美（化名），被告知魏赞美（化名）只是个服务生，而且从前段时间开始就不在悠声工作了。另一边，我们开始跟踪方季白，发现方季白每天几乎都要住在公司了，好在跟的第三天，他们发现方季白先去著名的日料店买了许多食物后离开，直奔某平民小区，而后殷勤地带着日料上门，从楼道间可以判断他进的是X楼X号，确实是魏赞美（化名）目前的住所。

【附，方季白进入某小区组图】

之后记者在底下等了三个小时，天都黑了，方季白才从魏赞美（化名）家中离开，记者也终于在楼道中抓拍到两人。

魏赞美（化名）将方季白送到门口，两人还拥抱了一下之后方季白才离开，真可谓恋恋不舍，浓情蜜意。

【附，一张极其模糊的拥抱图】

方季白回到车上时脸上表情十分轻松，和之前的疲惫截然不同，可见度过了十分愉快的三个小时。

【附，一张极其模糊的方季白上车图】

魏赞美……魏赞美……

也难怪别人会知道这说的是她了。B大X系大四的学生，谐音赞美姓王的，实际上姓卫的，除了她还有谁？只怕他们这个系的只要看了这个报道都能立刻想到是她。

卫展眉看着上面方季白从她家离开的画面，他当时还穿着西装三件套，非常正式，果然是直接赶来的，这就是前天的事情。

当时方季白没打招呼就来了，来了之后和她吃了他打包来的日料后，便坐在她家那张软软的懒人椅上打起盹儿来，她虽然对他这种一言不合就跑来别人家客厅睡觉的行为非常无言，但也没有管他，只管做自己的事情，等过了三个小时，他被电话吵醒，就又匆匆离开了。

在门口的时候，她正要关门，方季白就忽然抱了她一下，说了句下次再见便离开了。之后她直接关了门，回头给他发了个微信让他别没事突然过来了，他也只当没看到。

结果原来全被拍到了。

可她要是说，方季白来她家，只在客厅一个人睡了一觉，只怕没人会信。

更何况，方季白确实是因为她和陈敏尔解除婚约的。

至于那个爆料人，想也不用想都能猜到是谁。

评论里大家都在讨论魏赞美的身份，不管是陈敏尔的粉丝还是普通的围观者，都是嘲弄居多。有人在科普悠声高级会所里的小姐的性质，有人说老爆"清倌"这个词用得很好，有人提出，她前段时间忽然不干了，肯定就是勾搭上了方季白所以想"从良"了。

更有人说，这个魏赞美真聪明，念书不如钓金龟婿，所以才去悠声的吧，而方季白居然也流连悠声，可见根本不是之前媒体吹嘘的什么好男人，只可怜了陈敏尔被骗了，好在现在及时醒悟为时不晚。

看了一会儿，手机没电了，卫展眉也无心再看书，索性收拾好东西离开。

下了公交车，卫展眉朝着家里走了一段路。刚到楼下，卫展眉就意识到情况不对，原本人并不多的小区里这时候挤了不少记者，摄像机、话筒，一应俱全。

卫展眉转身想走，却已经有个眼尖的记者看到了她，追了过来："请问您是不是卫展眉？"

老爆拍的图很模糊，卫展眉的容貌并不清晰，但看身形他们是能辨认出来的。

卫展眉当作没听见，笔直往前走，然而聚集过来的记者越来越多，最后将她层层围在人群中，无数话筒对着她，各种尖锐的问题在她耳边响起。

"请问您和方季白先生真的在交往吗？"

"您和方季白先生交往的时间，是否与他和陈敏尔交往的时间重叠了呢？"

"您之前在悠声到底是做什么的？"

"您和方季白是在悠声认识的吗？B大的老师知道你在悠声工作吗？"

卫展眉被闪光灯删的眼睛都要瞎了，她沉默地垂眸，并不想理会这些记者，可她也确实没办法突围，记者们见她不说话，理所当然地认为她非常心虚，提的问题也越来越尖锐直接。

卫展眉觉得一片混沌，像置身巨大的风浪之中，而她只是一叶扁舟，随时会被打翻，吞噬。

一道身影从外部挤了进来，并迅速地吸引了所有记者的视线，他拦在卫展眉身前，高大的身躯挡住了所有的闪光灯和话筒。

卫展眉抬眼，只看见方季白的后脑勺儿，他不动声色地握住卫展眉的手，正脸对着记者。

"方先生，请问您这是要承认娱乐老爆的报道了吗？"

"方先生，请问您真的劈腿了吗？"

"方先生，请问您和卫小姐真的是在悠声认识的吗？"

……

方季白终于开口："我和她是在高中认识的。"

一瞬间，所有的声音都停住了，他们知道方季白要说的话，很有可能会成为一篇极有看点的报道。

方季白说："我们是高中同学，在那个时候，我就喜欢上她了。但是当时她家发生了一些变故，她被现在悠声的老板王珩给收养，成为王珩的女儿——这也是为什么她有两个名字和为什么会在悠声帮忙的原因，我相信各位神通广大，一定能查到王珩的户口上，确实有这么个女儿。

"五年多以前，因为她家里的变故，我们没有再见过面，我认为这辈子大概都见不到她了，在今年年初，我遇见了陈小姐，我们决定订婚，然而在订婚之前，我和陈小姐都对我们会拥有共同的未来抱以迟疑的态度，反复商量后，我们决定解除婚约。之后我重新遇见了展眉。我们现在并没有在一起，因为，她还没答应我的追求。"

方季白握着卫展眉的手微微使了一点儿，他接着说："陈小姐是一位非常优秀的女生，我和陈小姐的婚约，无论是开始，还是结束，都是因为我太过莽撞，陈小姐本人虽受困扰，却没有责怪我，我万分感谢，也希望她不必再因我这个普通朋友的感情生活受到不必要的关注。至于展眉，她更不应该因为我而被打破平静的生活，毕竟在此之前，她只是一个非常普通的B大学生，与她而言，只是生活中多了一位单身的追求者，仅此而已。"

记者们还想提问，方季白的几个助理和保镖终于受到方季白的眼神示意，纷纷走了过来拦住记者。

方季白说："我们都是普通人，感情生活这么受大家关注真是受宠若惊。我的发言到此为止，也希望这件事能到此为止。我刚刚说的话，大家可以自由报道，但希望不要断章取义或曲解我的意思，至于拍摄了展眉照片的记者朋友，请与我助理联系，我们会高价购买，希望她的照片不至于流传太广，也希望大家赏脸。"说完就拉着卫展眉走上旁边的车了。

方季白发动汽车："抱歉。"

卫展眉看着前方，下意识握了握自己的左手。

刚刚方季白紧紧地抓着她的左手，都有一点儿痛了。

她说："爆料人是顾安，她是针对我才去爆料的。"

方季白说："但如果不是我之前要和陈敏尔订婚，这件事不会有这么多关注度——刚刚打你电话，你怎么没接？我开完会才看到报道，知道他们一定在你家里等你，想提醒你别回家，结果还是晚了一步。"

卫展眉说："手机没电了。"

正好红灯，方季白踩着刹车，无奈地看了她一眼："是吗？我还以为你也看到了报道，所以在生气不想接电话。"

卫展眉说："我没有那么易怒。"

方季白低声笑了起来："我知道。不过你的家现在是不能回去了，虽然我刚刚说了那么多，但一定还是会有人在你家楼下蹲点，学校里也会有很多人议论。你……先去东柳花园住几天吧？我尽快让这件事平息。"

卫展眉沉默了一会儿，说："好。"

方季白有些意外地看了她一眼，最后笑了笑："嗯，等下就去超市帮你买点儿必需品，然后你把你家钥匙给我，我让你去帮你把你的衣服收拾一些过来。"

他似乎非常乐在其中，卫展眉靠在椅背上，懒懒地闭上眼睛。

方季白在车上打电话提前让打扫阿姨将最大的客房彻底打扫了一遍，还放了些新鲜的花朵装饰，房间自带浴室。

卫展眉看了一圈房间，最后从包里掏出笔记本电脑放在书桌上，说："桌子挺大的。"

方季白好笑不已："你先休息一下吧，现在快六点了，冰箱里还有菜，我去做点儿菜。"

卫展眉说：“你会做饭？”

方季白点头：“在国外有时候会做，不太复杂的都会。现在时间不早了，我随便做个炒饭行不行？”

卫展眉说：“嗯。”

说来好笑，卫展眉吃惯食堂，住的地方也没有厨房，所以厨艺仍停留在高中时期的煮面和拌面上。

方季白在切菜，让卫展眉随便参观，然而他家实际上摆设并不复杂，装修的风格也是简单的黑白两色为主，除了墙上有一些他自己拍的照片之外，并不见主人对房子有多用心。

卫展眉在一楼走了一圈后坐在沙发上休息，方季白说：“你在这里发呆做什么？可以去楼上随便看看。”

卫展眉说：“万一我不小心进了你房间怎么办？”

方季白微笑地摇头：“没关系，我的房间没什么见不得的人东西。”

卫展眉于是上去，推开了几间都是简单至极的客房，方季白自己居然住在最角落的一个房间里，里面的摆设也很简单，只是多了衣帽间，视野也比较好，如他所说，他的房间里看起来并没有什么不能被看的东西。

不过墙上挂着一张黑白的照片，照片非常简单，是一片天空，下方是紫藤花架的一角。

卫展眉不明所以，也不打算在他房间多待。

然而就在卫展眉想离开时，她发现方季白床头的小桌子下方有一个小纸盒。

纸盒上有几个字：喝彩旅馆。

卫展眉一顿，忍不住走过去将纸盒打开，却发现里面是一个蓝色的存钱罐。

这个存钱罐是铁制的，有密码锁，现在仍然锁着。

卫展眉缓缓伸手拿起来，愣住了。

存钱罐的下方居然被剪开了一个口子，里面的钱理所当然地也没了。

卫展眉沉默地拿着存钱罐，方季白忽然推门而入："床边的那个纸盒你别……"

他看到卫展眉手上的存钱罐，声音戛然而止。

卫展眉看着他，晃了晃存钱罐。

方季白有些无奈："这不是我弄坏的，是店老板弄坏的。我去旅馆的时候，他说起你，说你什么值钱的东西都没留下，他把你的衣服和书都丢了，清空房间继续接待新的客人，而你的存钱罐被他发现后，他试图打开，但发现有密码锁，索性挖空了下面，把钱给取了出来。我到那边的时候，这个存钱罐被他倒着放在柜台上，当烟灰缸。我出了二十块钱买了回来。"

卫展眉说："你买这个回来干什么？"

方季白说："我想猜猜你的密码是什么。"

卫展眉一愣，像是才想起什么一般，伸手要将存钱罐放回去。

方季白说："我当时就猜出来了。"

卫展眉沉默着，方季白站在她身后，将那存钱罐给当着她的面，调到正确的号码。

0824。

"啪嗒！"

存钱罐应声而开。

方季白说："你怎么知道我生日的？"

卫展眉自然不会回答。

方季白将存钱罐放在一旁，仗着此时两人的位置方便，又把脑袋搁在卫展眉肩膀上，说："我当时什么都试过了，最后随手才试的我自己生日，结果居然开了。我当时一点儿也开心不起来，我想如果你是喜欢我的，为什么不能等等我，为什么会和顾墨离开……"

方季白拥抱住卫展眉："再遇到你的时候，我弄清楚了，所以才决定不管怎么样，也要死皮赖脸再试一次。"

卫展眉说："都过去了。"

方季白点头："嗯，所以重新来过。"

卫展眉抿着嘴唇没有说话，方季白从她的右耳边看向她的脸颊，看见她苍白的皮肤、清澈的眼睛，她的脸上仍是平静的，可轻颤的睫毛却泄露了心事。

方季白在她的眼上落下一个吻："我不想逼你，我只是想告诉你，我们之间误会是有的，失去的五年是回不来的，你和我都有改变，但'我们'可以不变。"

这一回卫展眉没再推开他，但也没给他继续说情话的机会，她说："你的炒饭……"

方季白一顿，低声说了句"不好"，便匆匆去楼下了。

卫展眉拿着那存钱罐，去回忆当年具体是何时将密码改为了0824，却已经没有头绪了。她自己的情绪太淡、太弱，像一条随时会干涸的河，何时打了个弯，何时笔直朝前，连她自己也已记不分明。

卫展眉将存钱罐放回喝彩旅馆的纸箱中，往楼下走去。

第十三章 *miss you* / 唯将终夜常开眼，报答平生未展眉

　　虽然出了点儿小状况，但无伤大雅，方季白的炒饭味道仍然不错，卫展眉没有夸奖，但吃得不算少，方季白因此略有些得意，说："明天我给你做菜，你想吃什么？"

　　方季白报了几道菜名，实际上都是卫展眉当年喜欢吃的，方季白记到了现在，却不敢肯定她如今还爱不爱吃了。

　　卫展眉点点头："嗯，就这些吧。"

　　之后有人给卫展眉收拾了一些衣物送来，折腾了一整天。

　　卫展眉累得厉害，晚饭后靠在沙发上看书时边轻轻打了个哈欠，方季白便催促她去休息。

　　卫展眉习惯晚睡，刚要拒绝，方季白便以如果她不去休息，他就每过十分钟来偷亲她一下作为威胁，她听完就放下书回自己房间了。

　　本以为会辗转反侧到半夜，结果一挨到枕头卫展眉就坠入了无边的梦境里。

　　那是个有点儿莫名其妙的梦，她梦到了林恩。

从小到大，在无数次有林恩的梦境中，这是第一次，林恩有了确切的容貌，她像照片里一样，美丽、落落大方，笑起来非常有感染力。卫展眉坐在一个温馨的屋子里打哈欠，而林恩端着一个刚烤出来的面包给她，笑眯眯地看着她吃下，在她说好吃之后还拍掌说自己实验成功。

门口有个男人说了声我先去上班了就走了，他身材高大，看不清长相。卫展眉不晓得他是卫锋还是什么人，他说自己要去上班，林恩便急匆匆地说自己也要走了，她脱下围裙，去拿了个巨大的相机出来，跟卫展眉说自己去洗盘子，洗碗盘子就乖乖上课。

卫展眉醒来的时候，觉得自己好像哭了，但摸脸颊，什么也没有。

她没有哭，只是似乎非常不好受，洗漱更衣完都有些没缓过神，她打开手机，发现顾墨给自己打过两个电话，最后发了一条短信，问她有没有事。

卫展眉简单地回复没事。

慢吞吞走到一楼，方季白正手忙脚乱地弄什么，见卫展眉下来了，他一顿，说："你稍微等一下，我……刚刚突发奇想要烤面包，结果好像没那么简单。"

卫展眉看着他鼻尖还有点儿面粉，没忍住笑了笑："哦。"

方季白意外地看着她："你笑什么？我脸上有东西吗？"

他伸手去摸自己的脸，却忘了自己手上也都是面粉，脸上反而更多面粉。

卫展眉走过去，说："你别动了。"

她抽了一张餐巾纸，打湿一点儿，抬手帮方季白将脸上的面粉给轻轻擦了。

方季白看着她，一动没动，等她收回手的时候，才低头忽然亲了亲她额头："谢谢。"

卫展眉退了一步，看着他："你都是这样道谢的吗？"

方季白无辜地说："一般是拥抱或者握手，但我现在手上太脏了。"

卫展眉没理他，坐到餐桌边去等，过了一会儿烤箱"叮"了一声，方季白戴着手套拿出来，发现烤得居然还不错，只是不够蓬松，但至少可以吃，味道还不赖。

两人吃着面包喝牛奶，方季白含笑看着卫展眉："像梦一样。"

卫展眉想到自己昨晚做的梦，想，确实是像梦中一样。

此时门铃响起，方季白皱了皱眉头，像是知道来人是谁一般。

他犹豫片刻，说："应该是我父亲来了，如果你不想见他，可以去二楼看一会儿书。"

季建丹？

林恩当时的男朋友……

卫展眉迟疑了片刻，说："如果你希望我上去，我可以上去。"

方季白立刻摇头："不，我当然希望你见他，你们迟早得见面的。"

这话中深意不必多说，方季白起身去开门，果然是季建丹。

虽然年纪已大，但他依然健硕，没有从政人士发福的通病，身材保养得当，除了脸上不可避免的细纹之外，也几乎没什么岁月的痕迹，气场极其强大。

可方季白是不怎么怕他的。

季建丹板着脸，刚进门便劈头盖脸地说："方季白，你看看你自己做的什么好事？！你……"

他话还没有说完，便看见了站在客厅里的卫展眉。

一时语塞。

季建丹几乎是惊愕地看着卫展眉，显然，他一下子就认出卫展眉了，毕竟只要认识卫锋和林恩的人，很难在看到卫展眉的脸后还不知道她是谁的孩子。

季建丹盯着卫展眉看了片刻，像是深深压着怒意一般，对方季白说："我以为你只是胡闹，想不到你是已经无法无天了！你知道你在干什么吗？"

方季白说："我知道啊，我有喜欢的人，不想和陈敏尔订婚，仅此而已。"

卫展眉迟疑地看着季建丹，觉得出于礼貌，自己应该和他打声招呼，然而季建丹现在的状况，似乎自己应该保持沉默。

季建丹冷冷地看了一眼方季白，走到卫展眉面前："你是林恩和卫锋的孩子？"

他开门见山，没有任何迟疑。

卫展眉点头："是。季先生，您好。"

当着卫展眉的面，季建丹回头，看着方季白："我绝不会允许你们两个在一起。一个强奸犯的女儿，怎么可能进季家的门？"

这话说得毫不留情，方季白冷笑了一声："父亲，您搞错了，我不姓季，我姓方。"

季建丹说："你以为你外公会同意你娶林恩的女儿吗？在他看来，你母亲就是因为林恩死的！"

"外公不会这么糊涂的。"方季白脸上笑意更冷，"我和他都知道，妈妈是因为你死的。"

季建丹紧紧咬着牙齿，像是随时会大发雷霆一般，但他最终忍住了，目光厌恶地在卫展眉脸上扫过，说："无论如何，我绝不会同意你们在一起。"

方季白冷冷地说："我不需要你的同意。"

季建丹没和方季白多说，板着脸离开了，像是根本不想多看卫展眉一眼。

方季白坐在她身边，说："抱歉，我父亲的性格就是这样。"

卫展眉："没事。"

毕竟季建丹曾是林恩的恋人，看到她无论如何也是没法给好脸色的。

方季白说："我父亲和我关系不好，和我爷爷关系也不好，和我外公……就更不用说了。"

林恩会喜欢这样的人吗？

虽然没见过林恩，但不知道为什么，卫展眉总觉得林恩不会喜欢季建丹这样的人，寥寥数语就可以看出季建丹是多么大男子主义，又是多么难以沟通。

吃完早饭，卫展眉又接到了王珩的电话，王珩这两天在国外出差有时差，没想到他直接说："你现在住在方季白家里啊？"

卫展眉说："嗯。"

王珩笑着说："方季白比你靠谱多啦，晓得给我打电话通报，你自己都不晓得。"

卫展眉有些抱歉："我昨晚睡得太早了。"

王珩一愣，又笑了起来。卫展眉不明白他为什么笑，也不明白自己的话里有歧义。

好在王珩笑了一会儿说："我就说方季白是靠谱的啦，人家喜欢你那么多年。你们在一起不容易，你也要珍惜。"

卫展眉："……"

王珩话音一转："对了，你有没有想过申报国外的学校？虽然今年你是赶不上了，但可以空一年，今年九月以前把要考的考完，我相信你的能力，之后再申报合你心意的学校。"

卫展眉有些疑惑："为什么忽然这么说？"

"就是看到一些朋友的小孩儿在这边念书，觉得你也应该出去，你成绩那么好，也喜欢念书。"王珩说，"你不用考虑钱的事情，反正将来从你工资上扣咯。"

卫展眉说："我考虑一下吧，谢谢您。"

王珩说："嗯，不过你现在和方季白在一起了的话，要你出去你估计也舍不得吧。"

卫展眉正要说话，那边王珩就说有点儿事挂了电话，结果马上顾墨的电话又打了过来。

卫展眉接通，顾墨说："你今天有没有空？"

卫展眉有些迟疑："怎么了？"

顾墨说："想带你见个人。"

"谁？"

"谢朗。"

卫展眉意外："谢朗？"

说起谢朗，她还有些印象，如果不是谢朗，她不会晓得方季白的身份和目的，还有左芯薇……

卫展眉揉了揉眉心。

五年前的人之前如同消失了一般，现在却忽然一股脑儿地蹦了出来。

她说："为什么谢朗要见我？"

顾墨说："我没跟你说吗？我现在的合伙人就是谢朗。"

卫展眉："嗯，不是。"

顾墨不怎么在意："那就是我忘记说了。谢朗知道我一直在找你，他也帮过忙，但没找到你，找到了另一个人，那个人想见你——他叫卫峻，是卫锋的弟弟。"

卫展眉错愕地举着电话。

那边方季白也才打完一个电话，回头看着她，见她如此，用口型问她出什么事了。

卫展眉摇摇头，对电话说："我……不想见他。"

顾墨并不惊讶："但他有很重要的事情要告诉你。跟你母亲有关……相信我，如果不是因为事情很重大，我也不会牵线让他跟你见面。"

卫展眉犹豫片刻，说："好。什么时候？"

顾墨说："他想尽快见你，如果你今天中午有空，就来谢朗的一个川菜馆见面吧。"

卫展眉说："嗯。"

放下电话，卫展眉告诉方季白自己要跟卫峻见面的事情。

方季白也有些惊讶，但立刻表示自己陪她一起去，随后又说："如果可以的话，我们晚上去我爷爷那边一趟行不行？他应该是从我父亲那里知道了你是林恩女儿的事情，所以想见见你。"

卫展眉有点儿乱，但还是点头："好。"

反正都是和林恩卫锋有关的人，一次性见了，也好。

谢朗和顾墨开的川菜馆在B市有好几家连锁，因为卫展眉和方季白现在不便去人流太多的地方，他们约了个比较偏僻的位置，但客人依然不少，好在他们直接进了包厢。

卫展眉和方季白到得早，包厢里只有顾墨，他看见方季白来了并不意外。

方季白笑着跟顾墨打了个招呼，顾墨点点头算是应了。

卫展眉问："卫峻要见我……是为什么事？"

顾墨说："这个应该让他自己告诉你，确实是很重要的事情。"

此时门被推开，正是谢朗带着卫峻来了。

五年不见，谢朗倒是没什么改变，仍是吊儿郎当的样子，只是换上了衬衣长裤，显得人模人样的，而他身边的卫峻，虽然年纪看上去不小了，也略有些发福，但眉眼间依稀能看出年轻时候长相不赖，他看上去也很高，起码一米七八的样子。

他看见卫展眉，愣了一会儿，眼眶居然有点儿泛红。

大约是想到了卫锋。

谢朗说："卫展眉、方季白，好久不见啊，没想到兜兜转转，你们两个人还是在一起了，真是可喜可贺，非常感人。"

方季白笑了笑："谢谢。"

卫展眉没理会谢朗，只说："请问……卫先生找我，是有什么事情想跟我说呢？"

卫峻说："我们……可以单独说话吗？"

顾墨站了起来，表示自己可以出去。方季白看了眼卫展眉，卫展眉对他点点头。

方季白便和顾墨、谢朗一起离开了，走的时候他低声说："有什么事情打我电话。"

等包厢内只剩下卫峻和卫展眉的时候，卫峻便再也忍不住，低声哭了起来："展眉……我终于找到了，我终于可以告诉你真相了。"

卫展眉不明所以地看着他。

卫峻说："你父亲，卫锋，根本不是什么强奸犯。他和林恩是真正的恋人。"

像是怕卫展眉不相信似的，他拿出了一本相册，递到卫展眉眼前。卫展眉一点点翻阅，发现上面几乎都是卫锋和林恩的合照，如卫峻所言，两人非常亲密，甚至有一张是卫锋笑着看着镜头，而林恩凑过去亲了他的嘴角。

卫锋高大帅气，而林恩美丽动人，两人极其相配。

"这是……卫锋当年留下的。"卫峻心酸地说，"他和林恩交往了足足三年，我也见过林恩，他们原本都打算谈婚论嫁了。但不知道为什么，忽然就分手了，林恩和季建丹开始交往——但我相信林恩绝不是那种嫌贫爱富的人——再后来，就传出了卫锋把林恩……的消息，最后就是林恩自杀了。"

卫展眉低头看着那些照片，没有说话。

卫峻擦了眼泪，说："当时我才二十出头，在外地工作，这些事情都是断断续续地知道的。父母早逝，我和我哥从小相依为命，这些年我一直想找个真相。可季建丹身份特殊，我没有任何办法……至于你，我也没能找到……我曾经联系上过林舒，但她知道我是卫锋的弟弟后，就挂了电话，后来还换了号码，我就彻底地和你失去了联系……"

卫展眉将相册合起来，说："卫锋入狱后，你没有去看过他吗？"

"他入狱后根本没人通知我，等我知道的时候已经过了一个月了，我匆忙赶过去想见他，但他却死在了监狱里……说是畏罪自杀。但我不信，他费尽心思才托人给我传了信，怎么可能没见到我就自杀呢？一定是别人……"卫峻咬牙切齿地说。

卫展眉没有说话，卫峻有些着急："展眉，你不相信我吗？我每一个字每一句话都是真的，卫锋已经死了，我没有撒谎的必要。我什么也不图，只希望他能沉冤得雪……"

卫展眉说："我没有不信你，只是……我现在太震惊了。"

如果真的是卫峻推测的那样，那么季建丹究竟扮演了什么角色，可想而知。

她当初也想过，为什么林恩不把自己打掉，为什么林恩要生下她，还取名卫展眉，然后自杀？

卫展眉……

她曾以为，林恩是想说，因为有了这个孩子，所以她终其一生再未展眉。

直到有一次，她看到一首诗：

唯将终夜常开眼，报答平生未展眉。

倘若林恩当时已知道卫锋的死讯，那么她执意生下孩子，并取了这个名字，便是希望留下卫锋的孩子在这个世界上吗？她的自杀，也只是想要去陪卫锋吗？

卫展眉觉得自己仿佛被丢入深海之中，她几乎难以呼吸。

过了许久，她才说："请你给我一点儿时间，我……认识季建丹的儿子，我会想办法调查这件事。"

卫峻看了眼门的方向："我知道。方季白对不对？可你和他……"

卫展眉说："他不会阻止我调查这件事的，请您放心。"

卫峻说："我只是担心你的安危。"

卫展眉抿了抿唇："他……无论如何，是不会伤害我的。"

离开川菜馆，卫展眉如约定一般和方季白去方季白的爷爷家。

方季白开着车，最终还是在一个红灯时忍不住说："卫峻和你说了什么？"

"我的父母，是恋人。"卫展眉也没有要瞒他的意思，"他们已经谈婚论嫁了，我的母亲却忽然反悔，和你父亲在一起，最后发生了你知道的所有事情。"

方季白过了很久才说:"嗯。正好,等一会儿可以问问我爷爷。我爷爷和我父亲的关系不好,就是从他和林恩交往开始的,但我爷爷没有和我说过太多。"

卫展眉侧头望着他:"你……不害怕知道真相吗?"

方季白有些无奈地笑了笑:"怕,当然害怕。但是,不能因为我害怕,就剥夺你知道的权利。既然是真相,就应该被挖掘。"

"谢谢。"卫展眉轻声说。

方季白的爷爷季长青比卫展眉想象中看起来要和善许多,他住在B市四环的一个别墅里,依山傍水,环境非常好,也是独栋别墅,但要比方季白那个大上不少,一楼院子里还自己种了一堆蔬果。

而季长青本人穿着一身唐装,精神矍铄,像是个从武林小说里走出来的高人,他站在院子里等着两人。

方季白和纪长青的关系显然比和季建丹要好太多了,他上前几步搀扶着季长青,说:"您怎么不在屋子里待着?"

季长青摆摆手:"出来晒晒太阳嘛——你就是卫展眉?"

卫展眉对季长青点了点头:"季爷爷,您好。"

季长青端详了卫展眉片刻,有些感慨:"像……真像。"

卫展眉说:"您……见过我母亲?"

季长青点了点头,一边带着两人朝里走去,一边回忆当年:"那时候……建丹带林恩来见过我。和你们现在的这样有点儿像呢。"

过了一会儿,他又自己摇头:"不,不像,一点儿也不像——那时候林恩看起来可是很不高兴的。虽然对我还算有礼貌,可是一直闷闷不乐的,我当时就跟建丹说,你哪里找的女朋友,怎么好像一点儿都不喜欢你,你们是不是吵架了。"

季长青在一楼客厅的沙发上坐了下来，方季白和卫展眉坐在他对面。季长青叹了一口气："后来我才知道，他是强迫林恩和他在一起的。"

虽然早就有所预想，但真的听到，卫展眉还是非常意外："强迫？"

"他用卫锋的前程逼迫林恩和他在一起。"季长青摸了摸自己的胡子，"其实这件事，我应该将它当作一个永远的秘密，深藏在心里，可是……罢了，林恩、卫锋、方茜……建丹造的孽太多了……我实在是没办法看他这样。既然时隔这么多年，季白喜欢上了你，或许这就是个循环吧……"

方季白皱着眉头："爷爷，那后来呢？"

季长青说："后来？后来卫锋不理解林恩为什么离开自己，数次来找林恩。林恩虽然让他离开，但大概也于心不忍……林恩和卫锋决定私自逃走，可没多久就被建丹给追到了，当时林恩已经怀了你，建丹便污蔑卫锋，最后卫锋入狱，林恩也拒绝和建丹在一起，生下了你，最后……"

卫展眉听完，愣愣地坐在沙发上，居然觉得有点儿可笑。

她被骂了这么久的强奸犯的女儿，可她的父亲根本不是什么强奸犯。林舒戳着她的脊梁骨，天天说她母亲是狐狸精，然而事实上，她母亲却是一个完完全全的受害者。

至于她，卫展眉……

又算是什么呢？

方季白轻轻握住卫展眉的手，说不上是在安慰她还是如何。

卫展眉轻轻将手抽出，说："季爷爷，您……怎么会愿意跟我说这些？如果我把这些事情全都说出去……"

无论如何，季长青是季建丹的父亲，他不会希望季建丹就这样倒台，甚至入狱吧？

季长青看着她，目光中带着一丝怜悯："这件事已经过去了二十多年了，任何人都不能指望用这个来扳倒他，但卫锋确实应该被正名，这件事发生的时候我不知道，没能够阻止，但现在……我会尽力帮忙。"

卫展眉抿着嘴唇，没有说话。

季长青说："还有一件事。卫锋在牢内的死，和建丹没有关系。我认真地问过建丹，也调查过，卫锋的死是因为他当年他拍照的时候，无意中留下了一个杀人犯的影像，成为警方抓捕那个人的证据。那个杀人犯在牢内和当时牢里的老大关系很好，为了报复卫锋，将他杀害并伪装成自杀的假象，杀人犯和那个老大很快也都被处刑……"

方季白苦笑说："爷爷，这算什么？父亲做的事情已经很可怕了，就算知道这个……"

"我知道。只是不是他做的，不能让展眉误会。"季长青叹了口气，"我已经知道你和卫峻见过面的事情了，你们要帮卫锋平反，必须尽快。"

卫展眉站起来，认认真真地对季长青鞠了一个躬："我明白了，谢谢您。"

回家路上，方季白说："我也没想到……就见了两个人，当年的事情，就全都不一样了。"

卫展眉点了点头。

方季白叹了口气："抱歉。"

卫展眉看着他："你为什么总对我说抱歉？这和你没关系……是你父亲做的事情。"

方季白说："我父亲……我也没想到他会这样。"

卫展眉说："这件事和你没有关系。但季建丹无论如何是你父亲，这件事，我希望你可以不要插手。"

要方季白帮忙替卫锋平反，那实在太不适合。

方季白说："嗯。但如果你有什么需要帮忙，仍然随时可以找我。"

卫展眉说："我不会找你的。无论你帮不帮得上忙。"

方季白迟疑地说："我们……还有机会在一起吗？"

卫展眉摇了摇头："我现在没有心情去想这些。"

方季白看着她，过了很久，轻轻点了点头："嗯。"

好像每一次都是这样。

每一次，都差一点点，他们就能在一起了。

就差那么一点点。

第十四章 *miss you*

多出的一秒用来想我

之后的几天，王珩出面证明了卫展眉是自己的养女，而陈敏尔也出面表示自己和方季白解除婚约与任何第三方没有关系。卫展眉第三者插足的事情便逐渐平息，而卫展眉自己则全身心投入到了帮卫锋平反的事情里去。

既然风波已定，也没什么记者守在门口了，卫展眉便决定先回家，方季白没有阻拦，亲自送卫展眉回了一趟家。

卫展眉常与卫峻还有顾墨见面，慢慢收集资料，谢朗则请了自己最好的律师朋友来帮忙提起诉讼。

一桩二十年前的旧案，如今要再平反实在不易，尤其是季建丹显然已经知道了他们的用意。

卫展眉和卫峻都已经做好要做长期斗争的准备，然而出乎他们的意料，季建丹并没有真的花多少力气来阻止，而加上季长青利用人脉的走动，他们平反之路走得异常顺利。

伴随着卫展眉拿到毕业证书，也终于得到了卫锋当年强暴案的重审结果，经审核，卫锋无罪。

卫峻领到卫锋的骨灰之后，就将他葬在B市的一个墓园里，卫展眉去祭拜了一次后，决定去看看林舒。

在顾墨的牵线下，卫展眉见到了林舒。

林舒和卫展眉记忆中的任何时候都不一样，躺在床上，仍在打点滴，骨瘦嶙峋，头发也几乎掉光了。

卫展眉走进去，林舒慢慢睁开她混沌的眼睛，盯着卫展眉。

卫展眉还没开口，林舒便忽然说："姐姐……"

卫展眉一愣，顾墨低声说："她有时候会有些意识不清。应该是认错人了。"

果然，林舒盯着卫展眉，虚弱地说："姐姐，是你对不起我的……不是我的错……"

卫展眉说："阿姨。"

这一声唤醒了林舒，她猛地清醒了一般，瞪大眼睛看着卫展眉，随即高声道："怎么是你？卫展眉？你想干什么……"

卫展眉说："我没有想要做什么。我是想来告诉你，我们都已经知道了，当年我父母是一对恋人，我的父亲也是被冤枉的，对吗？"

林舒愣了半晌，像是对过去的事已经记不清了一般，过了很久才说："那又如何……他们已经死了……"

卫展眉摇了摇头："没什么。无论如何，多谢你养了我这么些年。"说完她就离开了，也没管林舒疯狂喊她的名字。

顾墨按铃让护士来安抚林舒后，跟着卫展眉走了出去，他说："我以为你会说更多。"

卫展眉说："嗯。我也这么以为……我以为我自己会有很多话想说。可看到她这样，我忽然觉得说什么也都没有意义了。她到现在都还在执念我和我母亲，未尝不是她对自己的折磨。"

顾墨没有说话，点了点头。

卫展眉问："现在顾安在做什么？"

顾墨说："我总不能让她继续做那些不太好的职业，正好川菜馆要去A市开连锁店，我让她先去跟着学习了……她也不太想一直留在B市照顾她母亲。"

卫展眉："嗯。"

顾墨看向她："你呢，打算接下来怎么办？"

"我明年会出国。"卫展眉说，"今年专心考试。"

顾墨并不太意外："那你和方季白……"

卫展眉说："我和方季白，没有缘分。"

顾墨摇头："他不会这么轻易放弃的。"顿了顿，又说，"不是每个人都知道知难而退的。卫展眉，我有喜欢的人了，不是你。"

卫展眉侧头去看他："是吗？恭喜。"

顾墨难得地扬了扬嘴角："嗯，有机会带你见见。"

"记得别让顾安欺负她。"卫展眉说。

顾墨点头："当然。"

卫展眉要出去念书这件事，王珩是又喜又忧。

喜的是卫展眉出国念书毕竟对她自己是一个提升，忧的是看来她和方季白果然还是没戏了。

卫展眉父亲的事情，王珩多多少少知道一些，王珩的意见是，上一辈的恩怨就归上一辈，他们和这些没有关系。

但卫展眉觉得，自己是绝没有办法好好面对季建丹的，方季白也很清楚地知道这一点，所以才没有继续强迫地跟着她。

这是属于方季白的温柔——卫展眉当初因为心里的芥蒂而排斥他的时候，他仍选择缠着她，因为晓得这并非不可改变。而知道了季建丹、卫锋、林恩的事情之后，他没有再一直执着地追求她，因为晓得这件事不可能轻易化解，这根横在她心头的刺，他并不想由自己的手，残忍地拔去。

方季白偶尔会给卫展眉打电话，或是发短信询问她现在过得怎么样。有时候，卫展眉晚上回家，会发现有汽车默默跟在身后，等她回到家，撩开窗帘，看到方季白的车在楼下停了很久才走。

一直到最后卫展眉考完试，拿到Offer，开始准备各类材料时，她有了一个短暂的假期，她选择回到了D市。

五年多，D市有了很大的改变，昔日略显陈旧的南方小城市，也终于出现了宽敞的马路，立起了一栋栋高楼大厦，一切都很陌生，但仍有过去的影子。

卫展眉先去了一趟一中。

一中倒是仍然十分朴实，除了门似乎翻新过之外几乎毫无变化，卫展眉去的时候恰好是周六，只有高三在补课，其他教室空荡荡的，她走到自己当年待过两年的教室。

桌椅已经换过新的了，墙壁也粉刷过不知道几回，卫展眉在最后一排坐下来，撑着脑袋发了一会儿呆。

真奇怪，其实在D市美好的记忆很少，可坐回这个位置，仍有一些感怀。

后门被人轻轻推开，卫展眉转头，看见方季白走了进来。

卫展眉并不惊讶。

方季白在她身边坐下，说："我还挺怀念的。"

卫展眉没有接话，方季白自顾自地说："但是，还是不要回到那个时候比较好。"

"为什么？"

"因为那时候你过得不开心啊。"方季白叹了口气，"我那时候也很不聪明，还很自以为是。"

卫展眉站起来，和方季白慢慢朝外走，然而走了没多久，居然遇见了左芯薇。

卫展眉自己都很惊讶她居然能一地时间认出左芯薇。

左芯薇仍然很漂亮，留着一头黑色长发，穿着米色的羽绒服，看见他们，她也愣住了。

"卫展眉……方季白。"左芯薇甚至下意识地退了一步，"好久不见。"

方季白对她笑了笑："好久不见。"

他的目光落在左芯薇手中的教案上："你现在在这里当老师？"

左芯薇忐忑地点了点头："嗯。"

她像是想转移话题一般，说："我之前在新闻里还看到过你们……想不到那个'魏赞美'真的是你，卫展眉。"

方季白和卫展眉都没有说话。

左芯薇沉默了一会儿，说："当年的事情……抱歉。我没想到那之后你们两个都转学了……"

卫展眉摇了摇头，想说他们的消失和那件事关系不大，无论如何考完试方季白都是要回B市的，他回B市之后，她还是会遭遇之后的一系列事情。

可对左芯薇说这些，似乎也没任何意义。

好在此时上课铃声响起，左芯薇说："我……先走了，你们这次回D市待多久？有空的话，下次一起吃个饭？"

卫展眉说："不必了。"

左芯薇也并没有真的想要和他们吃饭，那场面想想就让人尴尬到窒息，她笑了笑，匆忙离开。

卫展眉和方季白离开学校后，卫展眉走到公交车站，发现去墓地的公交车没有变化，两人一起乘车到了墓地。卫展眉去祭拜林恩，方季白没有跟上。

他在门口说："我在这里等你。"

卫展眉说："不要等我了。"

这是一句双关语，方季白却跟没听明白似的说："没关系，我这两天很闲。"

卫展眉对他挥了挥手，走入墓园，祭拜林恩。

她站在林恩墓前，轻声道："妈，我……替爸爸平反了。你们是恋人，对不对？我并不是怀着罪恶出生的。"

其实有的时候想一想，她会忍不住有点儿责怪林恩，为什么林恩不能好好活着，至少不必让她这二十多年都活在不安和折磨中，让她认为自己生来便带着原罪。

可转念一想，这样的想法未免太过自私，在林恩看来，或许卫锋是因为她而死的，她不愿独活，这无可指摘。

何况，林恩大概也想不到自己的妹妹林舒会那么不靠谱吧。

卫展眉将一束白花放在墓碑面，说："我现在过得很好，您不必担心我。我已经知道了，任何事情……都会过去的。"

此时电话忽然响了，来电人是顾墨。

卫展眉接通电话，顾墨的声音有些低沉："林舒……去世了。"

卫展眉神色微动，半晌才道："嗯。"

顾墨顿了顿，说："生死无常。或许……有些事情，还是应该尝试。"

卫展眉说："你这是在怂恿我接受方季白？"

顾墨说："我没有。只是我太了解你的性格了。你喜欢过方季白，现在也没有完全放下，不然依照你的性格，完全不必给他一丁点儿好脸色看。季建丹做的事情，和方季白没有关系，他们虽然是父子，但这对他来说不太公平。"

卫展眉没有说话，顾墨又说："我只是随口提个意见，你大可以不当一回事。"

"不。"卫展眉低声说，"谢谢你。"

离开墓园的时候，卫展眉走到门口，发现方季白仍在，他靠着一棵树，不知道在想什么。

卫展眉走上前，说："方季白，我这次去美国，想拿到博士学位，最起码要待五年。"

方季白愣了愣，说："嗯，我知道。"

卫展眉说："我的学业会很忙，大概没有任何时间去谈情说爱，如果你愿意的话，等我回国……关于你父亲的事情，大概我也已经能释然了。到那时候，如果你还喜欢我，我们就在一起，行不行？"

方季白看着她，没有立刻回答。

卫展眉说："这个要求很过分，我也知道，如果你觉得不行的话——"

"不不不。"方季白立刻站直，"一点儿也不过分，我觉得很好，特别好。反正我已经等过你一个五年了，再等一个又有什么。不过，我应该能时不时飞去看你吧？"

卫展眉说："学业繁重，我空闲的时间只能拿来吃饭和睡觉，一天二十四个小时都会排得很满。"

方季白扬了扬嘴角："你不知道吗？今年北京时间7月1日7时59分59秒，这个世界多了一秒出来——卫展眉，你可以用这一秒来想我。"

　　我只需要，这一秒。

一完一

【官方 QQ 群：555047509】

每周丰富多彩的群活动，好礼不停送！
作者编辑齐驾到，访谈八卦聊不停！

扫一扫看更多图书番外，作者专访